NOSSA ESTAÇÃO

E SE VOCÊ QUASE PERDESSE O  DA SUA VIDA?

LAURA JANE WILLIAMS

Originally published in the English language by Harper Collins Publishers Ltd. under the title: OUR STOP © Laura Jane Williams, 2019.

Grafia atualizada segundo o Acordo Ortográfico da Língua Portuguesa de 1990, que entrou em vigor no Brasil em 2009.

Edição: Felipe Damorim e Leonardo Garzaro
Tradução: Laetícia Monteiro
Arte: Vinicius Oliveira
Diagramação: Ana Helena Oliveira
Preparação: Leonardo Garzaro

Conselho editorial: Felipe Damorim, Leonardo Garzaro, Lígia Garzaro, Ana Helena Oliveira e Vinicius Oliveira

Catalogação na publicação
Elaborada por Bibliotecária Janaina Ramos – CRB-8/9166

W721

    Williams, Laura Jane
    Nossa estação / Laura Jane Williams; Laetícia Monteiro (Tradução) – Santo André - SP: Rua do Sabão, 2021.

    Título original: Our Stop

    308 p.; 14 X 21 cm

    ISBN 978-65-86460-13-1

1. Ficção. 2. Comédia romântica. 3. Romance. 4. Literatura inglesa. I. Williams, Laura Jane. II. Monteiro, Laetícia (Tradução). III. Título.

CDD 823

Índice para catálogo sistemático
I. Ficção : Literatura inglesa

[2021]

Todos os direitos desta edição reservados à Editora Rua do Sabão
Rua da Fonte, 275, sala 62 B,
09040-270 — Santo André — SP

🌐 www.editoraruadosabao.com.br
❶ / editoraruadosabao
📷 / editoraruadosabao
▶ / editoraruadosabao
📍 / editorarua
🐦 / edit_ruadosabao

NOSSA ESTAÇÃO

E se você quase perdesse o  da sua vida?

LAURA JANE WILLIAMS

Traduzido do inglês por Laetícia Monteiro

Para todos aqueles que, como eu, escolhem acreditar (apesar de todas as evidências do contrário).

NADIA

— Merda. Merda, merda, merda.

Nadia Fielding precipitou-se pela escada rolante da estação de metrô, suas novas sandálias ricocheteando com força contra as solas dos pés. Se as pessoas não saíssem do caminho por conta dos palavrões, com certeza sairiam por causa dos estrondosos claques que seus pés faziam cada vez que encostavam em um degrau. Ela odiou a si mesma por ter arrastado para cima naquele link do Instagram e odiou o blogueiro que fazia aquelas monstruosidades de couro preto parecerem chiques — e confortáveis — o suficiente para alguém querer comprá-las. Ela já estava ficando com uma bolha. *Vai se foder, @whiskyandwhimsies*, Nadia pensou. *Espero que a sua próxima viagem patrocinada para a Costa Amalfitana seja uma merda.* O café era precariamente segurado em uma mão, a bolsa descia pelo ombro, os óculos de sol começavam a escorregar do topo de sua cabeça, Nadia estava um caos — mas nada a impediria de pegar o trem das 7h30. Hoje ela começava A Nova Rotina Para Mudar Minha Vida e A Nova Rotina Para Mudar Minha Vida envolvia pegar o trem na hora certa.

Aquela era uma resolução difícil para ela. Tanto o fato de se deitar à meia-noite após uma noitada com Emma ou Gaby (ela estava curando um coração ferido! Vinho é muito gostoso!) quanto o de ter uma tendência a ser mais uma coruja que uma madrugadora (em pensar que ela conhecia gente que fazia aula de spinning antes do trabalho!) tramaram para intensificar o relacionamento sério que Nadia tinha com a função soneca. Ela só conseguia chegar ao trabalho na hora certa uma vez por semana, geralmente na segunda-feira. Ela agradecia a Deus por viver sozinha em um flat, que era tecnicamente propriedade de sua mãe, mas que significava que ela não precisava de colegas de quarto: não importava a hora em que ela acordasse, nunca haveria fila para o banheiro.

Segunda-feira era um eterno Novo Começo — mas geralmente, depois que Nadia colocava uma série da Netflix para assistir à noite, nada mudava muito. Porém, ela era sempre muito aplicada entre a hora de acordar e o horário do almoço. Mas as tardes de segunda eram sua ruína. Era inevitável. A semana de trabalho era tão desesperadamente longa e Nadia já tinha passado a vida inteira tentando ficar em dia consigo mesma. Ela estava cansada de estar exausta. Uma reportagem viral do BuzzFeed tinha chamado aquilo de "Síndrome de Burnout dos Millennials". Mas, aquilo não queria dizer que Nadia não alcançava grandes coisas quando ela se comprometia com algo — ela recentemente maratonara todas as setes temporadas de "The Good Wife" em pouco menos de três semanas. Contudo, infelizmente não havia nenhum jeito de transformar sua habilidade para maratonar-séries-de-advogadas-norte-americanas-em-saias-impossivelmente-justas-dando-tiradas-assombrosamente-espertas-em-machistas em um cargo assalariado. E assim, a vida seguia caótica. Mas só até hoje. Hoje era o primeiro dia do resto da vida dela.

    A Nova Rotina Para Mudar Minha Vida não deveria ser confundida com um Novo Começo, afinal, obviamente A Nova Rotina Para Mudar Minha Vida não falharia, como as tentativas anteriores. Desta vez seria diferente. Nadia seria diferente. *Ela se tornaria a mulher que estava sempre um passo à frente de si mesma.*

    O tipo de mulher que prepara todas as marmitas da semana em potes que combinam, que não precisa renovar seu passaporte pagando taxas exorbitantes uma semana antes da viagem, mas que, em vez disso, percebe a data de expiração três meses antes do problema e não fica frustrada com o formulário confuso do correio. Ela se tornaria o tipo de mulher que tem um seguro de vida de cobertura ampla e um armário cheio de roupas previamente passadas, em vez de entrar em crise para esticar seus vestidos amarrotados comprados na & Other Stories no vapor do banho cinco minutos antes de correr para pegar o ônibus. Quando seu novo plano virasse sua nova realidade, Nadia seria um símbolo da organização e do zen. Mais *Namastê* que *Naminhacama*. Ela seria a Gwyneth Paltrow de Stamford Hill, com dentes um pouco menos bonitos.

    — Com licença! Desculpa! — ela gritava para ninguém em particular e todo mundo ao mesmo tempo enquanto se aproximava da plataforma com velocidade crescente. Ela normalmente odiaria as pessoas que a cotovelavam para fora do caminho nas estações de metrô e paradas de ônibus, mas elas eram as únicas pessoas com lugares importantes para ir. Em mais de uma ocasião ela berrara um "TE DESCULPO!" em pura frustração, depois de levar uma cotovelada. Mas hoje, nesta manhã, *ela* era a idiota egoísta que empurrava rebanhos de pessoas e ela não tinha tempo para sentir vergonha disso. A nova Nadia talvez fosse um pouco mais rude que a antiga, mas caramba, ela era muito mais pontual. (Ela subitamente ouviu um eco de soprano estridente ao se lembrar da professora de inglês do ensino médio entoando "Chegar mais cedo é estar na hora, estar na hora é estar atrasado... e chegar atrasado é absolutamente inaceitável!").

— Espera! Não! — ela guinchou. Nadia estava a apenas quatro passos rápidos do trem, mas sua velocidade faria com que ela desse de cara com as portas fechadas a não ser que alguém desafiasse as regras do Transporte Público de Londres e as segurasse abertas para ela.

— Peraperaperaperaperapera! — A voz dela atingiu uma nota que só os golfinhos poderiam ouvir. E então, como se tudo estivesse em câmera lenta, uma mão se estendeu e prendeu a porta de modo que Nadia pôde subir a bordo bem a tempo de seus Ray-Bans falsos caírem em seu rosto deixando-a temporariamente cega com a súbita escuridão. As portas fecharam atrás dela. Ela conseguiu. Por pouco.

Com um pouco de prática, Nadia pensou, subitamente confiante, murmurando um "obrigada" e pegando o único assento livre para se sentar e bebericar seu café, *talvez eu consiga mandar bem nessa rotina nova*. Foi preciso muita persuasão e esforço, mas até agora, ao longo da uma hora e meia transcorrida desde que havia acordado, ela estava impressionada em ver que ela tinha conseguido manter suas regras autoimpostas. Afinal de contas, uma hora e meia dentro do plano era melhor que uma hora e meia fora do plano.

A Nova Rotina Para Mudar Minha Vida exigia vários compromissos além de garantir que ela estivesse na plataforma exatamente às 7h30 para pegar o metrô que ia da estação Angel para a London Bridge. As outras regras incluíam:

PELO MENOS sete horas de sono durante a noite, o que queria dizer deitar-se às 23h NO MÁXIMO — e isso significava luzes apagadas e olhos fechados às 23h e não três horas de atualizar persistentemente a tríade santa do Instagram, Twitter e e-mail para depois ficar imaginando por que era tão difícil levantar da cama no dia seguinte quando o alarme começasse a tocar, enquanto dava mais crédito às suspeitas de que a vida de todo mundo era mais bonita e mais fácil que a dela.

Levantar-se às 6h da manhã para meditar por cinco minutos e depois acender uma vela aromática enquanto se arrumava para o dia de trabalho com calma e serenidade, assim como a Oprah, ou talvez como a Duquesa de Sussex.

Trocar a sua dose tripla de cappuccino extragrande comprada na estação (que Nadia estava certa de que lhe causava espinhas, ela tinha visto um documentário sobre os hormônios no leite) por um *bulletproof coffee*, em um copo reutilizável, para levar no trem. Ela ouvira sobre *bulletproof coffees* por meio de uma estrela de Hollywood que documentou seus treinos no Instagram em tempo real e que adicionava manteiga sem sal no seu expresso matinal para regular seus níveis de energia e sua agenda de cocôs. ("Isso é que nem fazer um suco verde com sorvete de baunilha", a mãe dela sugeriu em um e-mail e, para o arrependimento de Nadia, ela não conseguiu fazer nenhuma réplica científica. "Pelo menos estou usando um copo que ajuda o meio ambiente!", ela respondeu como forma de consolo e se questionou sobre a possibilidade de sua mãe realmente estar certa.).

Manter a fé nos romances: não era só porque o ex dela, o Ben Lixo, era, de fato, bem lixo, que ela precisava pensar que todos os homens eram daquele jeito. Então era importante continuar acreditando no amor.

Nadia também tinha planejado chegar ao escritório antes de todo mundo pela manhã. Ela trabalhava com inteligências artificiais, desenvolvendo tecnologias que podiam pensar por si mesmas e substituir atividades humanas simples como colocar objetos em prateleiras e etiquetar caixas; com perspectivas de tornar o braço mecânico do armazém totalmente controlado por uma IA. Ela pretendia sempre estar um pouco à frente, para revisar os progressos do protótipo do dia anterior, antes que as inevitáveis reuniões sobre reuniões começassem, interrompendo-a a cada seis ou nove minutos e destruindo sua concentração até que ela quisesse gritar ou chorar, de acordo com a fase do ciclo menstrual em que estivesse. Porém, sua autossatisfação matinal não durou muito.

O trem freou do nada, com um movimento brusco que fez com que um líquido quente e marrom voasse de seu copo reutilizável e encharcasse a barra de seu vestido azul-claro espalhando-se até as coxas.

— Merda — ela disse de novo, como se ela, uma mulher no comando de um time de seis pessoas que ganhava £ 38.000,00 por ano e tinha dois diplomas, não conhecesse outras palavras.

Emma, sua melhor amiga, dizia que o vício em café de Nadia era um ajuste de atitude dentro de uma caneca. Ela precisava de cafeína para funcionar como ser humano. Grunhindo visivelmente, ela fez um bico ao ver a mancha que agora teria que vestir pelo dia inteiro, ela criticou a si mesma por não ser mais sofisticada — ela nunca vira a droga da Meghan Markle coberta por seu café da manhã.

Nadia pegou o celular e enviou uma mensagem para Emma, em busca de um pouco de apoio moral de segunda-feira de manhã.

Bom dia! Você quer assistir aquele filme novo do Bradley Cooper essa semana? Eu preciso de alguma coisa na minha agenda para me empolgar...

Ela se sentou e esperou que sua amiga respondesse. Estava quente dentro do trem e uma pequena poça de suor tinha se formado na base de seu pescoço. Ela estava sentindo o cheiro de desodorante e começou instantaneamente a ficar preocupada que estivesse vindo dela.

Nadia tentou virar sua cabeça sub-repticiamente e fingir que estava tossindo enquanto levava seu ombro até a boca e suas narinas para mais perto das axilas. Ela sentiu o cheiro de antitranspirante. Ela lera sobre a ligação entre desodorante e câncer de mama e tentou usar o Crystal como uma alternativa natural durante três semanas no último verão, mas Emma a puxou para um canto e disse, sem meias palavras, que não estava funcionando. Hoje, ela usava um Dove de pepino e chá verde que era cem por cento alumínio — e cem por cento livre de suor.

Aliviada, ela olhou ao redor procurando o culpado, e observou um grupo de turistas discutindo em posse de um mapa, uma babá com três crianças loiras e um cara fofo lendo o jornal perto da porta (que até parecia o modelo da nova propaganda da John Lewis). Seu olhar finalmente se fixou nas pizzas embaixo da axila de um cara que estava parado bem na frente dela, a virilha dele quase nos olhos de Nadia. Eca. O trem da manhã era como estar na Arca de Noé — animais selvagens amontoados, anormalmente próximos, um bufê de odores digno de uma tarde de sábado em uma loja esportiva, como a Sports Direct.

Ela esperou pela sua estação, o olhar perdido pelo vagão, tentando não inspirar. Ela se demorou preguiçosamente no cara perto da porta — aquele com o jornal. Exatamente o meu tipo, ela não conseguiu deixar de imaginar, gostando da forma como as calças sob medida ajustavam-se nas coxas dele de um jeito que a fazia corar. Seu telefone tocou. Ela baixou os olhos para ver a mensagem de Emma e aí não mais se lembrou dele.

Daniel

Daniel Weissman não podia acreditar. Quando eles passaram pela estação Angel ela deslizou pela esquina e ele prendeu a respiração enquanto segurava a porta para ela, como em uma música da Taylor Swift sobre um começo inócuo e um final feliz que sempre haviam sido predestinados. Não que Daniel quisesse soar meloso daquele jeito. Ele só ficava estranho, ansioso e sentimental quando pensava nela. Ela tinha aquele efeito nele. Daniel teve dificuldade em não deixar que sua imaginação o levasse para longe dali.

Ele tentou avistá-la novamente de sua posição próxima à porta — ela havia se esgueirado para o meio do vagão. Ele só conseguiu distinguir o topo da cabeça dela. Ela sempre estava com o cabelo bagunçado, mas não como se não se importasse consigo mesma. Estava sempre bagunçado como se ela tivesse acabado de sair de uma grande aventura ou de voltar da praia. Ele simplesmente sabia que ela era exatamente o seu tipo. Era muito constrangedor porque, durante a propaganda patrocinada a cada intervalo comercial de "The Lust Villa", havia uma mulher que parecia muito com ela, e, se Daniel não a tivesse visto por muito tempo, até aquilo — uma droga de propaganda! — podia deixá-lo saudoso e pensativo. Era vergonhoso, mesmo.

"The Lust Villa" foi o reality show de férias em que Daniel ficara viciado, era cheio de romance, sedução e risadas. Ele agia como se estivesse incomodado porque a TV tinha de estar ligada às 21h todas as noites para o programa, mas sempre estava na sala de estar às 20h58, como se por acaso, ajeitando sua caneca de chá sentado na poltrona grande, com a melhor vista da tela plana. Seu colega de apartamento, Lorenzo, fingia não perceber a coincidência e eles assistiam juntos e alegres todas as noites. Nenhum dos dois dizia em voz alta — e ninguém adivinharia pelo comportamento de Lorenzo —, mas os dois procuravam alguém para um relacionamento sério e achavam bem informativo ver do que as mulheres gostavam e não gostavam por meio de um programa de TV diário que mostrava relacionamentos reais. Daniel usava aquilo como uma forma de aumentar sua confiança, fazendo notas mentais e tirando lições; na noite passada, um cara que estava no reality e era meio excluído tinha finalmente encontrado seu par, e lá estava ele. Aquele programa o fazia sentir que ele, no mínimo, devia a si mesmo uma tentativa com aquela mulher. Só para ver no que ia dar.

Daniel não conseguia não admirar a coincidência daquela manhã. Quais eram as chances de que ela passasse por ele exatamente na manhã em que o anúncio fora publicado? Eles só haviam estado no mesmo trem na mesma hora umas poucas vezes, incluindo a de hoje. Ele se forçou a respirar fundo. Ele tinha feito aquilo — enviado para a *Conexões Perdidas* — para, talvez, com sorte, finalmente conseguir a atenção dela, mas subitamente ele ficou aterrorizado pensando que ela descobriria que tinha sido ele. E se ela risse na cara dele e dissesse que ele era um perdedor? Um romântico? E se ela contasse para todo mundo no trabalho — o dela ou o dele — sobre como ele era patético e tinha ousado pensar que era bom o suficiente para ela? Talvez ela viralizasse no Twitter ou postasse a foto dele no Instagram dela. Por um lado, ele sabia que ela era legal demais para ser tão maldosa assim mas, por outro, uma vozinha no fundo de sua mente dizia que aquilo era exatamente o que aconteceria. Ele balançou a cabeça para tentar se livrar do pensamento. O amor o estava levando à loucura. Ou será que ele estava louco de amor?

— Bro, isso não é amor — Lorenzo havia dito a ele, sem sequer tirar os olhos da TV para dar seu veredito. — Você só quer comer ela.

Daniel não queria só "comer ela". De modo algum. Ele provavelmente não deveria ficar encarando-a de longe e em silêncio. Aquilo era um pouco estranho. Era só que — bem... as convenções para dar em cima de uma mulher do nada eram tão carregadas e confusas. Ele dificilmente poderia se aproximar dela de modo direto, como um psicopata do trem de quem ela teria que se livrar "fingindo" que tinha chegado no ponto dela e então esgueirando-se para um vagão diferente. Mas ele também sabia que se algum cara conhecido dissesse que tentaria flertar com uma mulher colocando um anúncio no jornal e olhando fixamente para ela em algum ponto depois da parada em Moorgate, ele gentilmente sugeriria que talvez aquele não fosse o plano mais eticamente adequado. Mas ele estava *tentando* ser romântico, enquanto também se protegia. Ele torcia para que tivesse chegado ao equilíbrio.

Na cabeça dele, seu sonho se desenrolava assim: ela leria o jornal, veria a nota dele e olharia imediatamente para cima percebendo que ele estava naquele exato lugar, perto da porta, como ele tinha dito, e eles fariam contato visual e ela sorriria timidamente e ele iria até ela com um simples "Oi". E isso seria o começo do resto das vidas deles, aquele "Oi". Como num filme.

E no filme não haveria cinco turistas espanhóis entre os dois, amontoados em um círculo, encarando um mapa e fazendo um falatório indistinguível pontuado ocasionalmente pela pronúncia errada de "Leicester Square". Merda. Onde ela estava? Ah não, isso era horrível.

O trem tinha parado na estação Torre de Londres e, depois de finalmente localizá-la, enquanto ela se movia rumo à saída, passando em meio à multidão, o momento com o qual ele sonhara evaporou bem diante de seus olhos. Não houve nenhum relâmpago. Nenhum mundo que ficava mais devagar enquanto os olhares dos dois se encontravam, não como uma pergunta, mas como uma resposta. Ela mal o tinha notado quando ele segurou as portas e a ajudou a entrar no trem — ela estava com pressa e distraída; o agradecimento dela pareceu mais uma expiração sem fôlego quando ela passou por ele. Enquanto ele tentava acompanhá-la, Daniel percebia que estava desapontado com ele mesmo e com a situação. Ele havia imaginado aquilo por semanas e agora... nada.

Ela parou de repente no meio da área de desembarque para ler algo no celular, mas não era como se ele pudesse desacelerar também e ficar de pé ao lado dela, né? Então ele continuou andando e depois parou para esperar na saída. Ele não tinha certeza de por que estava esperando. Só para vê-la, provavelmente. Para vê-la no dia em que ele havia se exposto, para lembrá-lo de que era real, de que ela era real, mesmo que as coisas não tivessem ido de acordo com o plano.

Mais tarde, quando Daniel contou a Lorenzo sobre como a manhã tinha sido, ele omitiu essa parte — a parte em que esperou por ela. O que ele estava fazendo? Ele realmente não iria lá falar com ela. Afinal, ela tinha o direito de existir sem que ele a incomodasse. Ele balançou a cabeça. *Vamos, cara, toma jeito*, ele disse a si mesmo. Ele se dirigiu ao escritório, seu coração batendo alto, rápido e perturbado dentro de seu peito.

Ele tinha estragado tudo.

Ele estava devastado.

Ela não o tinha visto.

Que gesto desperdiçado.

Seu idiota de merda, ele sussurrou para si mesmo, sem saber que a visão do anúncio tinha sido exatamente o que levara Nadia a parar no meio da plataforma.

NADIA

Nads, não tô bancando a engraçadinha, você não acha que isso soa exatamente como se fosse você?!

Nadia tocou na foto que Emma havia acabado de enviar e esperou pelo download enquanto esbarrava nos passageiros que iam na direção oposta.

A foto era um close de uma parte específica do jornal daquela manhã, a seção Conexões Perdidas — a parte onde londrinos escreviam sobre seus *crushes* do transporte público e deixavam pistas sobre suas identidades na esperança de conseguirem um encontro com uma pessoa desconhecida que haviam visto no ônibus ou no metrô. Nadia e Emma eram obcecadas pela *Conexões Perdidas*. Era um misto de horror e deslumbramento — o mesmo tipo de compulsão que mantinha o amor delas por *reality shows*.

Os rituais de acasalamento dos gêneros eram uma constante fonte de fascinação para ambas. Antes de conseguir a vaga de crítica de restaurantes — um emprego esplêndido para qualquer melhor amiga ter, já que Nadia seria frequentemente sua convidada —, Emma costumava ser a colunista de relacionamentos de uma revista feminina semanal. E a maior parte do conteúdo era coletivamente inspirada nos drinks de fim de expediente com Nadia e, às vezes, com a melhor amiga do trabalho de Nadia, Gaby.

Romance, desejo, sexo e relacionamentos eram infinitamente interessantes para elas, e desde que se conheceram, encontros ruins quase valiam a pena já que elas teriam histórias absurdas para compartilhar no dia seguinte. Teve o cara dos quatro-dedos-na-bunda-dele, e o cara divorciado que deixou escapar no primeiro encontro que a esposa o deixara porque ele "não conseguia satisfazê-la, sabe, sexualmente". Teve o homem do "Na-verdade-eu-estou-em-um-casamento-aberto-e-minha-esposa-só-não-sabe-disso" e aquele que cutucava o eczema atrás de sua orelha e então lambia os dedos entre os goles de cerveja.

Emma uma vez coincidentemente tivera três encontros com um cara com quem Gaby tinha saído no passado — Gaby deu um fora nele porque ele se recusava a usar camisinha e Emma só descobriu isso quando deu um fora nele por... se recusar a usar camisinha. Por alguma razão, todas as três tinham ficado com vários homens diferentes de nome James, que acabaram sendo referenciados por números: James Um, James Seis, James Nove. O mais memorável de todos fora Pete Menstruação, um amigo de um amigo que gostava de fazer sexo oral em mulheres menstruadas, e que as três haviam decidido unanimemente que só podia ser uma deficiência de ferro ainda não diagnosticada.

    Nadia, Gaby e Emma tinham conversado sobre todos eles, para tentar entender o quebra-cabeças que eram os homens. Bem, exceto por aquele que dissera que estava ocupado demais para ter uma namorada "pelos próximos cinco anos, pelo menos", para quem Nadia nunca mais mandara outra mensagem. Ele era um enigma que não valia a pena ser resolvido. Ela não queria um homem para o qual precisasse ensinar bondade.

    Nadia se perguntava se aquilo mudaria caso um dia alguma delas se casasse — será que parariam de contar umas às outras tudo sobre suas vidas amorosas e sexuais? Ela torcia para que não. Ela torcia para que mesmo casadas ou após cinquenta anos de casamento com seu parceiro hipotético, ainda haveria romance, mistério e tensão para que ela quisesse fofocar com as amigas sobre isso. Ela ouvira em um podcast da Esther Perel que aquilo era importante. Para uma pessoa que historicamente não tinha se dado muito bem naquela área, Nadia passava bastante tempo pesquisando sobre o amor.

    A imagem que Emma tinha fotografado terminou de carregar e Nadia viu que ali estava escrito:

Para a loira devastadoramente fofa na linha Northern com uma bolsa preta de marca e manchas de café no vestido — você entra na estação Angel às 7h30, sempre pela escada rolante mais próxima e sempre com pressa. Eu sou o cara que está parado perto da porta do vagão, torcendo para que hoje seja o dia que você não perdeu a hora. Topa um drink qualquer hora dessas?

Nadia estancou fazendo com que uma mulher atrás dela virasse o pé e murmurasse "Ah, pelo amor de Deus".

Ela releu a nota.

A loira devastadoramente fofa na linha Northern com uma bolsa preta de marca e manchas de café no vestido. Ela girou nos calcanhares para olhar de novo para o trem do qual tinha acabado de desembarcar. Ele já havia partido. Ela baixou a mão para passar um dedo sobre a mancha marrom em seu vestido. Ela olhou para sua bolsa. Ela enviou um zap de volta para Emma.

!!!!!!!!, ela digitou com uma mão.

E então, Hum... Tipo, kkk, talvez?!

Depois de um instante ela pensou melhor: *Quer dizer, as chances são pequenas, né?*

Ela ponderou sobre o assunto um pouco mais. Ela e Emma nem tinham certeza de que a Conexões Perdidas era real. E isso fazia sua reação inicial parecer cada vez mais inadequada. Nadia e Emma não ligavam — se era verdade ou se era uma invenção do estagiário da semana do jornal como um exercício de escrita criativa — era a magia de pessoas desconhecidas buscando por alguém com quem sentiram uma conexão passageira que era divertida. Era como a música do Savage Garden sobre alguém saber que te ama antes mesmo de te conhecer.

Era romântico, de um jeito meio você-é-um-quadro-em--branco-no-qual-posso-projetar-minhas-esperanças-e-sonhos.

De um jeito fantasias-não-têm-problemas-então-isso-é--melhor-que-a-vida-real.

De um jeito nosso-amor-será-diferente.

Conexões Perdidas parecia muito mais cheia de romance do que o Bumble ou o Tinder. Embora, a qualquer momento que alguma delas duvidasse daquele tipo de amor, outra iria lembrá--las de Tim, o irmão de Emma. Ele fora para Chicago por algumas semanas e usou um app de relacionamentos para encontrar uma pessoa da região que pudesse mostrar a cidade para ele, e talvez para ter um casinho rápido. Através do aplicativo, Tim conheceu Deena, e reza a lenda que, quando Deena foi ao banheiro, Tim pegou o telefone dele, deletou o aplicativo e em três meses se transferiu para lá e foi morar com ela. Eles se casaram naquela primavera. *Milagres acontecem mesmo,* Tim disse em seu discurso. *Eu procurei o mundo inteiro, e lá estava você, esperando por mim no centro de Chicago, na mesa da janela de um restaurante.*

Emma respondeu: *Pergunta: você está com uma mancha de café hoje e você pegou o trem das 7h30? É segunda, então eu imagino que sim.*

Nadia respondeu com uma foto de seu vestido visto de cima — a mancha de café com manteiga estava claramente visível — e ela estava obviamente em seu caminho para o trabalho.

Mas, Nadia pensou... Com certeza havia milhões de mulheres na linha Northern que derramavam café e carregavam bolsas chiques de marca que os familiares tinham conseguido em promoções de outlets. E ninguém nunca fazia as coisas pontualmente — não em Londres. Hordas de loiras fofas — de *loiras devastadoramente fofas* — provavelmente perdiam o trem que desejavam o tempo todo. E, sim, ela nunca tinha realmente pensado sobre como ela sempre virava instintivamente à esquerda no pé da escada rolante da Angel e andava em direção ao fim do trilho, mas aquilo *era* algo que ela fazia. Quem mais fazia? Centenas, sem dúvidas. Milhares? No fim das contas, aquela era a maior escada rolante do metrô de Londres, ela super podia carregar um monte de gente.

Certo, então, Emma respondeu, com emojis de coração antes e depois da mensagem, *acho que temos que investigar, não acha?*

Eu estou morrendo. Nadia escreveu de volta. *Claramente não sou eu. Mas eu sou totalmente grata a todas as outras mulheres lá fora que não conseguem tomar café no trem sem derrubar na roupa. Faz com que eu me sinta melhor sobre mim mesma, kkkk.*

Mas pode ser você... Emma disse.

Nadia considerou. *Tipo, tem uma chance de 2%.* E acrescentou: *Se tiver isso tudo.*

De repente a ficha despencou: o homem perto da porta do trem, lendo o jornal. Tinha um homem lá! Será que era ele? Homens devem ficar perto da porta e ler jornal o tempo todo, não era uma raridade ser um homem que usa o transporte público e pega um jornal no caminho. Nadia olhou ao seu redor na estação, tentando reconhecer se algum deles era o homem de quem ela estivera próxima. Ela sequer conseguia se lembrar de como ele se parecia. Loiro? Não. Moreno? Definitivamente gato. Ai, Deus.

Uma estranha sensação de esperança de que era ela tomou conta de Nadia, ao mesmo tempo em que ela percebia que ficar esperançosa por aquilo também era meio não-feminista. Ela não precisava ficar esperando um homem misterioso para namorar e ser feliz. Ou precisava?

Mas, por outro lado, A Nova Rotina Para Mudar Minha Vida dizia que Nadia deveria acreditar que a sorte estava ao seu lado. E se a sorte realmente estava ao seu lado, talvez aquilo fosse mesmo para ela e talvez esse homem não fosse um perdedor inseguro. Ben Lixo, seu último namorado, tinha uma masculinidade estranhamente frágil — ele era um manipulador emocional que fazia com que *ela* pensasse estar errada até que ele minasse a confiança dela. E ele fazia isso mesmo — ele minava a confiança dela. Aquilo realmente a tinha machucado; ao longo dos seis meses em que namoraram, ela quase acreditou que havia algo de errado com ela. Ela ainda não entendia o que levava alguém a fazer algo deste tipo: dizer que se apaixonou por você e então decidir que odeia tudo que o fez dizer aquilo em primeiro lugar. Só agora é que ela estava começando a se sentir ela mesma de novo.

Nadia estremeceu com as memórias ruins. Ela ainda pensava em Ben Lixo todos os dias, mas, sempre que pensava nele, agradecia aos céus por não estar mais naquela situação horrível. Ela não conseguia acreditar no que se deixou aguentar. De vez em quando ela abria uma janela anônima do navegador e abria o Instagram dele para conferir se ele ainda continuava o mesmo escroto, pretensioso e difícil de sempre. Sim. Ele continuava.

Mas agora, meses depois do término, Nadia estava igualmente dividida entre feridas e a necessidade de algo que limpasse seu paladar emocional. Um sorbet romântico. Alguém novo no qual pensar. Um homem que fosse um pouquinho mais legal com ela já seria suficiente, como se isso não fosse abaixar demais o nível. Talvez se ela fizesse seu próprio anúncio no jornal, seria assim: *Procura-se: homem que pareça gostar realmente de mim*

Ah não, a quem ela estava enganando? O seu anúncio diria: *Procura-se: homem seguro de si, capaz de rir, relacionamento saudável com a mãe. Deve gostar de romance, reality shows e estar apto a ser um guardião e um líder de torcida pela parceira ao longo da vida, recebendo de volta exatamente o mesmo. Também deve entender a importância de sexo oral e de pizza — mas não ao mesmo tempo. Eu gozo primeiro, a pizza vem depois.*

Será que era querer demais? Ela pensou sobre Tim e Deena. Com certeza ela também podia ter aquilo.

2% é mais que 0%, Emma respondeu sua mensagem, *então tá valendo*.

Nadia gargalhou enquanto finalmente terminou de andar até a escada rolante, emergindo na manhã ensolarada de verão. *Se você diz*, ela mandou de volta. E pensou consigo mesma, *mas eu não ousaria ter tantas esperanças*.

— Emma já me contou por mensagem — disse Gaby, indo ao encontro de Nadia quando ela se dirigia ao lobby para a pausa das 11h. A banquinha de café do lobby servia um blend maravilhoso de expresso amargo. — E eu também acho que é você.

Nadia estava embasbacada.

— AimeuDeus. A pior coisa que eu fiz na vida foi apresentar vocês duas — ela respondeu rindo, antes de pedir ao cara atrás do balcão um "expresso duplo com água quente pra completar, por favor".

Gaby fez uma careta:

— O que aconteceu com o cappuccino integral como posicionamento político?

— Eu estou reconsiderando a estratégia. Eu fiz um daqueles *bulletproof coffee* hoje de manhã, para ver se consigo regular o açúcar do meu sangue e mais, tá vendo essas espinhas no meu queixo? São uma ameaça! Acho que pode ser excesso de leite. Tipo, parece que o leite é, na verdade, um monte de hormônio de vaca que não devíamos beber, então vou cortar por um tempo. Essas porcariazinhas doem, sabe?

Nadia esticou o pescoço para ver seu reflexo na janela do arranha-céu em que trabalhavam. Ter espinhas a deixava constrangida de verdade. Quando ela estava no meio de um conflito, Nadia tendia a escolher roupas mais escuras, como se quisesse passar despercebida. Ela precisava de um filtro permanente que a acompanhasse a todos os lugares — nem parecia tão ruim quando ela estava no Stories do Instagram e podia usar aquele filtro de coroa para deixar tudo mais suave. Ela faria qualquer coisa para se livrar dos inchaços vermelhos raivosos sob a pele da mandíbula, o que incluía sacrificar seu cappuccino diário.

— Então — ela continuou —, estou experimentando.

Nadia agradeceu o barista e logo as duas amigas foram andando do cafezinho até os elevadores da RAINFOREST, o lar de dois mil empregados de Pesquisa e Desenvolvimento para um serviço de entregas global que entregava tudo: desde livros até tampos de mesa de mármore passando por papel higiênico. Era ali que Nadia fazia seu trabalho com inteligência artificial. Gaby era a sua melhor amiga do trabalho. Elas haviam se conhecido em uma festa de verão dois anos atrás e se deram bem logo de cara, conversando sobre IA e seu papel para o Futuro Bom ou para o Futuro Ruim: o que aconteceria se acidentalmente eles desenvolvessem uma tecnologia que se voltasse contra eles no futuro, que nem em um filme de terror? Gaby trabalhava para a empresa com o que chamavam de "computação em nuvem", seu maior gerador de renda, vendendo armazenamento de dados sob medida para todos, desde startups até o serviço secreto de inteligência britânico. Nadia não entendia de verdade como funcionava, mas sabia que Gaby era mais ou menos trinta vezes mais esperta que ela mesma, e que intimidava metade do pessoal da divisão em que trabalhava.

— Tá, que seja; posso te falar sobre A Nova Rotina Para Mudar Minha Vida? — Nadia apertou o botão do elevador. — Porque, sei lá, acho que eu estou finalmente me sentindo livre do Ben Lixo e queria mudar de energia ou algo assim. Parece que eu acabei de sair do luto. Tipo, de verdade, parece que meu ânimo voltou nesse fim de semana. — O elevador chegou. — E hoje estou deliberadamente tentando mantê-lo. A partir de agora eu levo meu bem-estar e minha saúde mental muito a sério.

— Isso é ótimo!

— Obrigada! — O visor do elevador mostrou o número 0 e as portas se abriram. As duas entraram e Nadia apertou os botões de seus respectivos andares.

— Sabe, se você quer manter seus níveis de endorfina altos, você bem que podia aparecer na aula de spinning amanhã antes do trabalho, hein?

Nadia revirou os olhos.

— Não! — Gaby continuou. — Não faça essa cara! É tão legal. Fica bem escuro lá dentro e o professor faz um monte de afirmações positivas e a gente pode gritar porque a música é tão alta que ninguém vai ouvir.

Nadia balançou a cabeça, observando as luzes de cada andar se acenderem momentaneamente enquanto passavam por ele. Spinning era o seu pior pesadelo. Ela tinha feito exatamente uma aula de *Soul Cycle* quando fora para Los Angeles a trabalho e passou quarenta e cinco minutos na bicicleta ao lado de Emily Ratajkowski, se perguntando como uma mulher tão pequena conseguia pedalar tão rápido. E ela odiou isso.

— Definitivamente não. Eu não faço exercícios de manhã. Eu estou satisfeita com minha aula noturna de *Body Pump*, na última fileira, tenho dois pés esquerdos, mas estou fazendo o meu melhor. Só psicopatas malham antes do meio-dia.

— Aff. Tá bem. De qualquer forma, estamos fugindo do assunto.

— Eu esperava que você não percebesse.

— A descrição realmente bate com você, sabe?

Nadia levantou as sobrancelhas, com um ar que era meio maravilhado e meio sarcástico.

— Bate sim. Você é literalmente fofa e loira e você se atrasa e se suja de café cronicamente. E... — Subitamente Gaby pareceu conectar dois pontos mentais. — E hoje é o começo da sua Nova Rotina Para Mudar Sua Vida! Então, se a gente falar de um ponto de vista energético, é o exato dia em que algo desse tipo iria acontecer. É como se os planetas tivessem se alinhado. Hoje é um dia perfeito para se apaixonar.

— Eu não sei se você tá falando sério ou se tá tirando uma com a minha cara.

— Ambos — Gaby respondeu impassível.

Nadia revirou os olhos teatralmente outra vez, receosa de deixar transparecer algo.

— Emma disse que talvez você escrevesse um anúncio em resposta.

— É, tô cogitando sim. Se eu decidir que aquele anúncio realmente foi escrito pra mim. E... Não tenho certeza. Metade de mim quer que seja eu. E a outra metade tá me achando louca de pensar nisso por mais de dois segundos.

— Você faz ideia de quem ele poderia ser? Se for pra você, né. Tem algum cara fofo no seu trem todos os dias?

Nadia olhou para a amiga.

— Estamos em Londres! Existem centenas de caras fofos em todos os lugares o tempo todo. E quando eles abrem a boca eles ficam duzentos por cento menos fofos porque... homens.

— Sempre otimista, tô vendo.

— Eu só tô sendo realista.

— Nunca conheci uma mulher querendo proteger seu coração que não dissesse a mesma coisa — disse Gaby com um sorrisinho.

Nadia não respondeu nada, sabendo muito bem que Gaby estava certa. Ela se percebia fazendo esse tipo de coisa com muita frequência: fazendo afirmações depreciativas para todos os malditos homens até seu menor denominador comum, agindo como se ela não precisasse ou quisesse ter um. Ela *estava* protegendo a si mesma, ela achava, pelo menos era o que se dizia. É claro que sua amiga conseguia perceber a verdade. Porque, ao mesmo tempo em que Nadia dizia que nenhum homem prestava, ela esperava que esse, o Cara do Trem, prestasse. Ou, que ao menos, aquele único cara, em algum lugar lá fora, prestasse. Ela passou a manhã inteira fantasiando que o anúncio era para ela e que ela o encontrava no trem e se apaixonavam e se pegavam em algum lugar da linha Northern, entre a casa e o trabalho dela. Nadia queria aquilo para si mesma. Ela queria tão avidamente que, para falar a verdade, ficava até assustada. O elevador chegou ao andar de Gaby e, assim como elas sempre faziam quando pegavam o elevador juntas, Nadia saiu com Gaby para que terminassem a conversa.

— Mas tem só uma coisa — disse Nadia. Gaby virou-se e a encarou, querendo que ela continuasse. — Bom. O negócio é que não consigo entender por que um cara iria me ver no metrô todas as manhãs e não iria me dar um oi?

Becky, da administração, passou por elas no caminho para a fotocopiadora e Nadia interrompeu a si mesma para dar um aceno e dizer:

— Oi, Becky!

— Sapatos bonitos! — disse Becky em resposta antes de desaparecer ao virar em um corredor.

Nadia continuou:

— Por que arquitetar uma trama elaborada que envolve um jornal e a crença de que eu, ou quem quer que seja, pode ser que não seja eu, como já falamos, iria ver?

— Porque é divertido! — disse Gaby. — Fofo! — Ela pensou um pouco mais e então acrescentou: — Além do mais, se um cara aleatório viesse até você no metrô, falando sério, será que você iria dar alguma atenção pra ele?

Nadia sorriu.

— Não. Eu ia achar ele estranho.

— Eu também.

— Aff! — suspirou Nadia. — Só estou tentando gerenciar minhas expectativas românticas, sabe? Eu nem sei se daria conta de passar por outro primeiro encontro...

Nadia fez um barulho que parecia um engasgo enojado, resumindo as diversas emoções de uma namoradeira serial da forma mais sucinta possível. Mas, mesmo enquanto fazia aquilo, seu coração deu uma aceleradinha. Quando um primeiro encontro dava certo, era a coisa mais mágica e esperançosa do mundo. Uma sensação de que os deuses sorriam para ela, ou de ver a si mesma em uma outra pessoa. Ela ouviu uma vez que a expressão "cair de amores" não deveria ser assim, porque os melhores amores te dão raízes e te incentivam a crescer, cada vez mais alto e forte. Ela tinha visto aquilo acontecer com sua mãe e o seu padrasto depois que seu pai biológico havia ido embora. Sua antiga colega de trabalho e amiga, Naomi, e o marido dela, Callum, encarnavam isso. Sua chefe direta em seu primeiro emprego, Katherine, era a mulher mais bem-ajustada e carismática que Nadia jamais tivera a honra de conhecer e de ter como mentora, e Katherine sempre dizia que ela chegara aonde estava no trabalho por causa do time que ela tinha em casa. Todos eles disseram que logo no começo eles já sabiam que tinham conhecido a pessoa com a qual gostariam de passar a vida juntos e se comprometeram, juntos, a fazer dar certo. Tim também tinha dito aquilo sobre Deena.

— Não, você não daria conta de passar por outro primeiro encontro *ruim* — disse Gaby. — Mas e se esse fosse o seu último primeiro encontro de tão *bom*?

Nadia era grata por Gaby estar incentivando suas inclinações mais românticas, porque ela estava gostando de imaginar o que aconteceria se ela conhecesse o amor de sua vida por um anúncio de jornal. Imaginava como eles iriam rir disso e seriam eternamente conectados pelo apreço a grandes gestos de afeto e a correr riscos. Mas, de repente, Nadia ficou alerta também: Gaby costumava ser cética e incisiva sobre o amor, orgulhando-se de sair com um cara atrás do outro sem precisar de nenhum deles. Não era muito a cara dela estimular alguém a acreditar que contos de fada eram reais.

— O que é que te deixou tão romântica do nada? — Nadia perguntou espremendo os olhos.

— Você deveria ser a minha amiga cínica.

Gaby balançou os ombros sem revelar nada.

— No que é que você vai trabalhar hoje? — ela disse em resposta.

— Quem é que está mudando de assunto agora?!

— Não banque a espertinha comigo, Nadia Fielding.

Nadia fez uma nota mental para mais tarde discutir com Gaby sua súbita doçura. Agora que ela estava prestando atenção, havia algo diferente na amiga. Porém, Nadia era aficionada por seu trabalho, então acabou seduzida pela própria vaidade em falar sobre ele.

— É um momento decisivo para os protótipos que em breve vão preencher os centros. Aquela matéria de jornal realmente prejudicou o preço e John quer os humanos de verdade fora de lá o mais rápido possível para deixar a coisa toda como um assunto do RH. O que é uma droga para milhares de pessoas que não sabem que estarão desempregadas no Natal...

— Nossa, isso é horrível. De verdade — disse Gaby.

— Eu me sinto péssima, sabe. Eu estou construindo robôs que irão substituir humanos e... sabe. É tão conflituoso!

O elevador voltou e abriu as portas e, ao ver que estava subindo, Nadia entrou nele.

— Continuamos depois? — perguntou Gaby.

— Continuamos — disse Nadia. — Eu gostaria de fazer um *brainstorm* de ideias para garantir que o pessoal consiga empregos em outros lugares. Gostaria de ajudar.

— Claro! — ela respondeu e acrescentou — Talvez durante um almoço essa semana? Quarta? Eu tenho uma reunião na hora do almoço amanhã. Faz séculos que não vamos até o Borough. E não pense que terminamos de falar sobre essa conexão perdida.

— Pare de falar com Emma sobre minha vida amorosa!

Nadia conseguiu ouvir a gargalhada de Gaby enquanto o elevador já estava subindo.

DANIEL

— Faz meses que você está apaixonado por ela, cara. Hoje é o seu grande dia!

Lorenzo ligou para ele no trabalho, apesar de Daniel ter pedido para que ele não fizesse isso. Mas Lorenzo odiava seu trabalho e ficava entediado com facilidade e gostava de perturbar seu colega de apartamento, além de também fingir que estava ocupado em sua própria mesa, em uma editora ao norte do rio. Além do mais, ele era charmoso o suficiente para persuadir o recepcionista, Percy, a completar a ligação, ainda que Daniel tivesse dado a ele instruções específicas inúmeras vezes para não fazê-lo. Lorenzo gostava de praticar seu charme e gostava que as coisas fossem do seu jeito. Conseguir chegar até Daniel no trabalho era só mais uma forma de se exibir.

— É, mas ela não viu a droga do anúncio — Daniel sibilou ao telefone.

— Será que você pode mudar os adjetivos e enviar outra vez, para alguma outra pessoa em quem você reparou? Atire para todos os lados que uma hora vai pegar em alguém — Lorenzo disse e Daniel estava setenta por cento certo de que ele não estava brincando. Lorenzo *disse* que queria um relacionamento, mas pelo que Daniel podia ver, seus requisitos para namorar eram que a mulher respirasse e não falasse demais. Era muito a cara do Lorenzo sugerir que ele usasse a mesma tática, só que com outra mulher.

— Vai vender uns livros, vai — Daniel respondeu.

— Não tô a fim, bro. Ainda tô de ressaca.

Daniel odiava o fato de que Lorenzo usava cocaína de quinta até domingo. Ele nunca fazia aquilo em casa, Lorenzo prometera, mas Daniel continuava sendo a pessoa que tinha que aguentar as mudanças de humor enquanto ele subia pelas paredes e depois apodrecia em cima do sofá durante a primeira metade da semana — mesmo que ele fosse ótimo companheiro para assistir televisão nesses momentos. Lorenzo era um cara legal, mas Daniel não conseguia deixar de achar que metade de suas escolhas não eram lá muito sensatas. Era bem frustrante testemunhar aquilo. Eles acabaram morando juntos por causa de um anúncio que Lorenzo tinha colocado no site QuartoSobrando.co.uk, e Daniel suspeitou desde o começo que eles eram um pouco como água e óleo; mas a localização do apartamento e o preço do aluguel eram simplesmente perfeitos, então Daniel tomou a decisão de ignorar suas diferenças, sem que se tornassem exatamente amigos, mas certamente se tornando mais que dois estranhos morando juntos. Eles construíram seu diálogo próprio e bem particular e, até que Daniel tivesse o seu espaço, o arranjo iria servir.

— Estou indo agora — disse Daniel. — Eu tenho trabalho de verdade pra fazer. Te vejo em casa.

Lorenzo ainda falava quando ele desligou o telefone. Poucos segundos depois o celular de Daniel acendeu com uma mensagem. Era de Lorenzo.

Parabéns pelos culhões, bro. Aquele era o jeito Lorenzo de dizer *"eu sei que você odeia quando eu sou um pé no saco, mas eu não consigo evitar".* Daniel deu duas batidinhas na mensagem para enviar um joinha.

Ele terminou de verificar os e-mails da caixa de entrada de modo indolente, tentando focar no dia que viria e não na manhã que já tinha passado. Ele não conseguia. Ele não conseguia parar de pensar nela. Ele não conseguia parar de pensar na primeira vez em que se encontraram.

Não fazia muito tempo desde que o pai de Daniel havia falecido, pouco depois da Páscoa. Daniel tinha começado a se forçar a levantar de sua mesa toda vez que se sentia claustrofóbico, desconfortável ou prestes a chorar. Durante o seu luto — a palavra depressão ainda parecia dar uma entalada em sua garganta, soando um pouco embargada — a terapeuta dissera que estar ao ar livre, na natureza, ajudaria sempre.

Jesus. Ele nem podia acreditar que tinha uma *terapeuta*.

— Continue a usar seu corpo, faça questão de se engajar com o mundo, faça uma caminhada pelo parque mais próximo, só para fazer a energia se movimentar de um jeito diferente — ela disse para ele em uma das primeiras sessões, quando ele contou sobre os ataques de pânico que o agarravam pela garganta e faziam ele sentir que não conseguia respirar.

Ele teve que pagar sessenta e cinco libras a hora para ter sessões privadas porque a lista de espera do Serviço Nacional de Saúde era longa demais e a situação dele, ruim demais. Ele mal podia funcionar, e ele ficou se perguntando, honestamente, se era aquele o tipo de conselho que ele receberia ao pagar mais de duzentas libras por mês. Que seja. Ele caminhou, para que pelo menos sentisse que estava recebendo retorno pelo investimento, e ela estava lá, Nadia (é claro que ele não sabia que aquele era o nome dela na época), no pátio mais afastado do Mercado Borough. Em uma sexta-feira qualquer. Puff. Na sua pior fase, em um momento de puro desespero emocional, aquela mulher positiva, engajada e esperta tinha aparecido e seu entusiasmo — sua própria essência, sua aura — era como a luz do sol dando energia para todos ao redor dela. Aquilo nocauteou Daniel.

Daniel sabia exatamente qual tinha sido o dia em que a vira pela primeira vez porque aconteceu duas semanas após o funeral de seu pai e cinco semanas depois dele começar seu contrato de seis meses como consultor na Converge, uma empresa de engenharia de petróleo. Foi no dia em que a mãe dele ligou no meio de uma reunião sobre as falhas do design de uma plataforma petrolífera e ele pediu licença para atender, pois poderia ser urgente.

Ela disse:

— Ele está aqui.

— O que você quer dizer com isso, mãe? — Daniel perguntou
— O pai, o pai morreu, lembra?

Ele prendeu a respiração enquanto esperava ela notar que havia usado a palavra errada, que havia dito a coisa errada. Ele mostrou dois dedos para os homens do outro lado do vidro da repartição sinalizando dois minutos. Ele só precisava de dois minutos. Eles estavam impacientes, precisavam da conclusão antes do almoço, e receosos de que um estranho entrasse em um projeto já tão avançado e estragasse tudo forçando alterações na próxima etapa. Ele não ligava. Ele queria ter certeza de que sua mãe estava bem. Ele não daria conta caso ela estivesse com demência ou perda de memória ou algo do tipo. Ele acabara de perder seu pai — e não podia perdê-la também.

— Daniel — ela respondeu, racionalmente. — Eu sei que ele morreu, droga. Foram as cinzas dele. Eles acabaram de deixar as cinzas aqui.

Daniel expirou aliviado. Ela não estava louca. Bom, não estava mais louca que o normal.

— Mas é uma merda de saco de lixo! Que é tão pesado que eu não consigo mover pra lugar nenhum. Então ele tá aqui. Na cozinha comigo, perto da porta de trás. Todas as cinzas dele em uma sacola resistente e eu não sei o que fazer com ela.

Daniel fechou os olhos e massageou a ponte do nariz, abobado. As cinzas de seu pai. Porque seu pai estava morto.

— Estou tomando café e contando a ele, seu pai, sobre o carro novo de Janet Peterson, um Vauxhall Mokka. Dá pra acreditar que eles compraram dourado?! Dourado! E você sabe, eu disse "novo", mas é obviamente de segunda mão. Carros perdem dinheiro assim que você dá a primeira volta. Mas, enfim, é um pouco esquisito. Seu pai. Você pode vir aqui me ajudar depois do trabalho?

Daniel quase conseguiria ter rido. Na verdade, ele até riu e disse à sua mãe que estaria lá em Ealing Broadway por volta das sete horas, e, nesse meio tempo, ela deveria ficar na sala e assistir a um programa de entrevistas, tipo "Loose Women". Ela estava sendo tão forte desde o funeral que ele se envergonhava de ser o "sensível". Ele estava prestes a voltar para a reunião — sua mão estava literalmente na maçaneta para abrir e voltar para a sala — quando sua garganta se fechou e o colarinho da camisa pareceu apertado e ele teve uma vaga noção de que poderia vomitar porque seu corpo estava relembrando tudo outra vez: seu pai estava morto. Seu melhor amigo. Seu torcedor mais entusiasmado. Morto por causa de um aneurisma cerebral.

Ele tinha ido tomar uma cerveja com o pai no pub, antes do almoço de domingo, e seu pai estava dizendo a ele que podia ajudar Daniel com um depósito para o apartamento e que não havia porque se preocupar: era um presente, e não um empréstimo. Ele queria ver Daniel bem resolvido e os preços dos imóveis em Londres eram tão absurdos que ele nunca conseguiria resolver sozinho. É estranho que você tenha um colega de apartamento aos trinta, disse seu pai — ele já tinha um filho e uma esposa naquela idade. Daniel disse que pensaria a respeito, que era um pouco orgulhoso para aceitar uma caridade e que era normal ter trinta anos e dividir um apartamento em Londres, afinal era uma cidade muito cara, e ele gostava da companhia e de morar em Kentish Town. Naquela tarde, antes que Daniel pudesse aceitar e dizer "Pai, eu te amo, obrigada por cuidar de mim", seu pai de sessenta e dois anos se debruçou sobre um prato apimentado de *bazargan* e nunca mais acordou. Em uma única hora, tudo estava diferente: Daniel tinha perdido o homem que o fizera ser quem era.

Daniel entrou em crise, depois daquele telefonema, girou nos calcanhares com a cabeça baixa para encobrir seu rosto, um rosto que estava pálido e coberto de lágrimas. Ele saiu pelas escadas de emergência, desceu todos os vinte e três andares até o térreo, e fugiu para a rua. Ficou parado ali, de costas contra a parede, ofegante. Ele nem percebeu que tinha começado a caminhar até largar-se ao sol, encharcado de suor, em um banco circular nas proximidades do mercado. Sentado, fechou os olhos e respirou profundamente, deixou que as lágrimas e o suor secassem, e pensou sobre o pai, sobre quão sozinho se sentia, sobre como estava dormindo mal e como achava que a insônia poderia ser a coisa que iria realmente enlouquecê-lo.

No banco, ele tinha ficado de costas para ela, no começo. Ele estava com o olhar perdido, meio que só deixando o sol bater em sua face e fechando os olhos para mais algumas respirações profundas, lembrando a si mesmo de que ficaria bem. Ele não chegava a chamar aquilo de "mantra", mas quando sentia saudades do pai até nos ossos, ele começava a dizer em sua cabeça "Fique vivo e lembre-se de viver. Fique vivo e lembre-se de viver. Fique vivo e lembre-se de viver...".

Ele notou vagamente uma voz atrás de seu ombro esquerdo que ficava cada vez mais alta e sintonizou-se com ela, como se estivesse escolhendo um canal de rádio na estrada, até que conseguiu ouvir claramente uma voz feminina dizendo:

— Porque vai ser construído de qualquer jeito, não é? Então precisa ser construído por pessoas de classe baixa ou por famílias com pouca renda...

Aquilo fez com que Daniel realmente prestasse atenção. Ele tinha sido o primeiro de sua família a ir para a universidade. A família dele era muito modesta. Seu pai só havia faltado três dias em seu emprego como carteiro nos 40 anos que durou seu contrato, e conseguiu pagar o ensino superior de Daniel praticamente sem fazer dívidas. Foi importante para ele que seu filho tivesse as oportunidades que ele não tivera. A voz da mulher continuou:

— O único jeito de fazer a inteligência artificial ajudar as pessoas mais pobres é se pessoas de comunidades menos privilegiadas forem exatamente as que estiverem programando a inteligência artificial.

Como engenheiro, Daniel sabia um pouco sobre inteligência artificial, mas não muito. "A próxima revolução industrial" declarara um de seus professores na graduação, mas Daniel preferira as entidades bem estabelecidas de matemática, equações e a construção de coisas no agora, e não no futuro. Tinha um cara lá — calças de terno sem cinto, obviamente ajustadas por um alfaiate para o caimento nos quadris, finas riscas de giz em vez de preto puro, sapatos tão brilhantes que você poderia se ver refletido nele — que estava olhando meio ironicamente para a moça. Com um sorrisinho.

— Não tenho certeza disso não... — disse o cara do sorrisinho.

Daniel não gostou nada dele. Ele parecia ser o tipo de pessoa que ele tinha encontrado na universidade para quem tudo viera com muita facilidade. Os caras de boa aparência e porte atlético que não jogavam futebol ou rúgbi, mas tênis e lacrosse. As notas deles ficavam só na média, mas eram os primeiros a conseguirem empregos acima da média, porque suas famílias conheciam outras famílias que podiam "dar uma palavrinha" com alguém. Daniel tivera amigos na universidade — bons amigos, com quem ele mantinha contato — mas todos eles se esforçaram muito, eram todos filhos de classes trabalhadoras cujos sotaques ficavam misteriosamente mais carregados perto dos rapazes grã--finos. Como se estivessem usando sua diferença social como um escudo em vez de fingirem vir de algum lugar de onde não vinham. Um pequeno "foda-se" para o privilégio.

A maior parte dos grã-finos achavam a coisa divertida, alguns até tentaram fazer amizade com Daniel, mas ele sempre sentira como se aquilo fosse uma brincadeira para eles. Como se o discurso de "não vejo classes sociais" fosse um passe para conquistar um amigo de família trabalhadora que falava com vogais diferentes e assim atestar seu próprio bom caráter. Mas qualquer pessoa que venha da pobreza sabe que não deve confiar em alguém que diz que o dinheiro não compra a felicidade. Dinheiro compra comida, eletricidade e um uniforme escolar sem buracos para que você não sofra *bullying*, e você não consegue ser feliz sem isso.

A mulher que falava era gentil. Ela não estava perdendo a cabeça enquanto explicava sua teoria para o cara cheio da grana. Ela falava com paixão. Ela se importava.

— Nós precisamos que as crianças das comunidades sem privilégios sejam recrutadas diretamente para que elas possam levar essa tecnologia para o caminho certo. Do contrário, teremos só um monte de gente rica tomando decisões de gente rica que vão continuar a foder milhões de pessoas só por não serem ricas. Tipo, literalmente, o abismo entre o ter e o não ter só vai aumentar até chegar ao ponto em que a pessoa precisará de uma liquidez mínima para simplesmente estar viva. É doentio. Doentio! Mas nós realmente podemos fazer algo sobre isso.

Daniel amava o que estava escutando. Amava essa mulher com seu cabelo despenteado e os braços que gesticulavam loucamente e o burrito de arroz e as grandes ideias sobre responsabilidade social. Ele pensou: *Meu pai iria gostar dela*. Ele se reposicionou ligeiramente para que conseguisse enxergá-la.

O cara rico ergueu as mãos:

— Tá bem, tá bem. Jesus. Nadia, você pode ficar com o investimento. Nós faremos alguma coisa. Eu te escutei. — E ele balançou a cabeça rindo. — Vou falar com os diretores, me dê um mês mais ou menos.

Nadia — então aquele era o nome dela — riu também.

Daniel já tinha se levantado àquela altura, seu *Apple Watch* vibrava em seu pulso para lembrá-lo de uma videoconferência com o escritório da Cidade do Cabo em dez minutos. Os geólogos haviam analisado a estrutura da superfície do novo local e Daniel precisava das informações deles para saber o que fazer com o problema da extração. Ele sabia que não podia perder a reunião para que conseguissem continuar dentro do orçamento — e a Proposta Única de Valor de Daniel era prometer pouco e entregar muito. Era por isso que ele conseguia cobrar a taxa diária que cobrava. E agora ele já se sentia muito melhor. Agora que ele sabia que aquela mulher existia.

Ele fez contato visual com ela antes de ir embora. Foi a coisa mais corajosa que fez em meses. Ela era bela e selvagem. Ele deu uma tropeçada de leve e se afastou da dupla andando de costas, sem muito equilíbrio. Ela meio que assistiu a cena, olhou para ele pelo que só poderia ser meio segundo, mas que pareceu um minuto inteiro para Daniel, e aí voltou a olhar para o Homem Rico. Daniel sentiu como se tivesse sido estapeado pelos Deuses do Amor, e não foi em seu pai que ele pensou enquanto entrava pelas portas de seu escritório, mas na mulher.

— É que ela tem tanta... *alma* — ele disse para Lorenzo, mais tarde. — E não tem nenhum anel no dedo, eu conferi.

Lorenzo riu:

— Essa é a primeira vez que você parece remotamente animado por alguma coisa desde o seu pai, bro. Estou feliz por você. — E então, em uma voz mais baixa e mais séria ele disse: — Só que você nunca mais vai ver ela de novo, é claro. Não fique empolgado demais.

Daniel

Quando Nadia entrou no trem de Daniel para ir ao trabalho dois dias depois dele entreouvir a conversa dela no mercado, ele primeiramente agradeceu ao universo — ou talvez ao seu pai, ou quem quer que fosse que estivesse lá em cima fazendo este grande favor a ele —, e então mandou uma mensagem se vangloriando para Lorenzo.

Será que ela estivera na linha Northern todo aquele tempo? (Sim). Por que só agora ele estava reparando nela? (Ele estivera vivendo em seu próprio mundo, totalmente movido a luto). Ele sabia que tinha de fazer algo sobre aquilo. Ele não havia conseguido parar de pensar nela, e até voltou ao mesmo lugar do mercado na semana seguinte para ver se ela era uma cliente frequente, o que tinha sido um pouquinho além da conta, mas não deixou de ser verdade. É claro que ela não estava lá. Era esperar demais que ela estivesse.

Encontrá-la no trem deu a ele a sensação de que estava recebendo uma segunda chance para uma primeira impressão. Ele procurou por ela no dia seguinte, e no dia depois daquele e no dia seguinte ao dia depois daquele — ansiosamente, ele queria sua terceira chance, sua quarta chance. O metrô era enorme e havia tanta gente na plataforma. Ele não conseguia se certificar, como já era esperado, que ela não teria entrado em outro dos trens matinais. Ela poderia pegar o das 7h28 ou das 7h32, ou das 8h ou das 6h. As pessoas nem sempre ficavam apegadas à mesma rotina como ele ficava. Daniel continuava no estágio de desenvolvimento psicológico anal-retentivo de várias maneiras, e tirava proveito máximo de rotina e de previsibilidade. Mas ver Nadia no mesmo trem que ele, ainda que só uma vez? Ele decidiu se apegar àquilo como um sinal.

Ao todo, ele vira Nadia (embora não conseguisse decidir como chamá-la em seus pensamentos. O nome dela era Nadia, ele sabia, mas como não haviam sido formalmente apresentados, ele achava presunçoso tratá-la pelo nome, até mesmo em sua imaginação. Ao mesmo tempo em que se perguntava por que chamá-la de "mulher no trem" quando já sabia seu nome? Era confuso e significava que geralmente ele visualizava o rosto dela sem realmente chamá-la de alguma coisa) sete vezes, sempre por volta das 7h30, sempre parecendo um pouco exausta de um jeito bem "Mulher Que Trabalha E Tem Muita Coisa Para Fazer". Em três dessas vezes, ele a viu em seu vagão; uma vez na plataforma de Angel e três vezes na escada rolante da estação London Bridge. Duas vezes ele pensou tê-la visto nas proximidades do Mercado Borough, mas não era ela, era apenas sua vontade de encontrá-la.

Quando ele de fato a encontrava, ela sempre estava com o telefone na mão, mas diferente da maioria das pessoas no transporte público, não usava fones de ouvido para ouvir música enquanto fazia seus trajetos. Daniel sabia que se um dia resolvesse falar com cla do nada, ela seria, pelo menos, capaz de ouvi-lo. Porém, ele não queria estragar a única chance que teria de conhecê-la. Ele ficava receoso de que se simplesmente puxasse papo em um metrô lotado — um lugar notório por ser anti-puxação-de-papo, onde até mesmo um sorriso poderia fazer alguém parecer lunático só porque era o tipo de coisa que ninguém fazia — ele pareceria ranços o e pervertido. Uma mulher tinha total direito de ir para o trabalho sem lutar contra avanços de homens que achavam que ela era gostosa. Ele sabia disso. Ele queria dar a ela um aceno de encorajamento para que ela tivesse uma deixa para mostrar se também estava interessada. Foi Lorenzo que fez piada sobre a Conexões Perdidas ser o lugar certo para isso. Lorenzo estava zoando, mas assim que ele fez a sugestão, Daniel soube que era daquele jeito que ele queria conseguir a atenção daquela mulher. Ele já a tinha visto lendo o jornal antes. Poderia ser o caminho certo.

— Mas por que essa mulher? — perguntou Lorenzo. — Eu não entendo. Você não a conhece!

Como é que Daniel poderia explicar para Lorenzo que, acima de tudo, ele simplesmente tinha uma *sensação?*

NADIA

— Será que estou sendo louca? — Nadia perguntou. — Eu sinto que não posso colocar uma mensagem respondendo porque pode ser que nem seja eu. Dá para imaginar? Ele está esperando que a merda da Daisy Lowe responda e ele acaba COMIGO?

Emma estava empurrando um pêssego grelhado pelo prato, enchendo o garfo de avelãs tostadas e coalhada cremosa de leite de cabra. Ela convocara Nadia para o In Bocca al Lupo porque, sim, ela teria que escrever sobre o local depois que uma estrela do R&B e seu namorado da Arábia Saudita tinham sido vistos comendo ali duas noites atrás, fazendo com que o bar se tornasse O Lugar Onde Todos Querem Estar e seu editor queria a resenha para o jornal de sábado, mas, também porque, como ela dissera em sua mensagem: *In Bocca ul Lupo significa boa sorte! Em italiano! e sua avó era italiana e você precisa de um pouco de sorte! Vai ser uma refeição de boa sorte no amor!* Era uma lógica bizarra que servia perfeitamente à ginástica mental de Emma, especialmente porque o restaurante em si nem era italiano, mas Nadia não queria ir para casa e cozinhar e, falando sério, se uma cantora com doze Grammys e shows esgotados em estádio tinha ido até lá para cair de boca em um linguado na brasa em uma sexta-feira à noite, Nadia com certeza poderia fazer o mesmo na segunda seguinte. Além do mais, ficaria tudo por conta de Emma. Era uma espécie de regra pessoal: Nadia nunca dizia não para uma refeição gratuita. De acordo com A Nova Rotina Para Mudar Minha Vida, ela deveria estar em casa com uma máscara facial, comendo salada e meditando, mas aquilo não importava. Ela poderia fazer aquilo amanhã e segunda já tinha sido um sucesso quase completo.

— Escuta — Emma disse, usando seu garfo para gesticular. — Ben Lixo. Ele era um merda, certo?

Nadia ficou desconfiada à menção do nome:

— Certo — disse devagarinho.

— Você merece amor, felicidade e tudo que seu coração desejar. Certo?

— ...Certo.

— Pois então. Você tem que fazer isso tudo acontecer pra você mesma. Você tem que se colocar no caminho do seu próprio destino. Você precisa dizer: É óbvio que o anúncio é para mim!

Elas foram interrompidas pela chegada de um garçom com olhos inquietos e sobrancelhas pinçadas que trazia um pão achatado de alho, salsinha e tutano.

— Cumprimentos do chef — ele disse e Emma respondeu:

— Obrigada, querido.

Ela sempre chamava quem trabalhava oferecendo serviços de queridos, como se quisesse cair nas graças deles e porque, na indústria das críticas, ninguém queria ser visto como um cliente miserável ou grosseiro. Além disso, Nadia pensou, você pode descobrir muito sobre alguém ao ver como essa pessoa trata quem a serve: garçons, faxineiros e porteiros. Os modos de Emma sempre eram impecáveis, qualquer que fosse a motivação, e isso fazia com que Nadia gostasse ainda mais da amiga.

— Eita — disse Emma. — Você parece emburrada. Por que você está emburrada? — Ela usou as mãos para partir o pão e, depois de terminar, lambeu os filetes de azeite temperado que tinham escorrido pelos dedos até os pulsos.

— Eu não estou emburrada! — disse Nadia, alegre demais. Emma ergueu as sobrancelhas por conhecer as nuances do humor de sua amiga melhor que a própria.

— Eu não estou emburrada! Eu só... — Nadia bebeu um grande gole de vinho branco. — Não fale do Ben Lixo desse jeito, ok? Eu posso. Você não.

Emma assentiu:

— Tudo bem.

— E outra, não fale com a Gaby sobre mim. Parece que vocês estão se amotinando. Eu estou empolgada e assustada e preciso sentir que vocês estão no meu *time*, e não que são um time separado.

— Certo — Emma respondeu com olhos arregalados. — Eu te entendo, mas nosso histórico mostra que estamos todas no mesmo time. O Time da Nadia.

Nadia sentiu-se subitamente culpada por ter comentado sobre aquilo. Aquele não tinha sido o melhor momento para tocar no assunto de Emma e Gaby falando sobre ela. As duas mulheres terminaram o pão achatado e esvaziaram as taças em silêncio. Emma era uma companhia de se tirar o chapéu, sabia quando ficar calada e deixar Nadia ruminar. E, em algum momento — não agora, mas em algum momento — Nadia provavelmente teria de mencionar para uma delas que às vezes o fato de Gaby e Emma terem ficado tão próximas a incomodava.

Tinha sido bem legal a primeira vez que Emma veio para os drinks após o expediente e se deu super bem com Gaby. Emma costumava ser a ciumenta, querendo Nadia toda para si. Uma típica filha única que não tinha muita prática nesse negócio de dividir. Mas era como se aquela história de "se dar bem logo de cara" tivesse sido inventada especialmente para Gaby e Emma. Nadia ficou sentada lá, mais ou menos muda, enquanto as duas trocaram histórias absurdas sobre encontros e entraram em uma competição de cantadas com os garçons. Elas nunca chegaram a se encontrar sem ela, mas sempre que Nadia convidava uma delas para sair, a primeira pergunta era se a outra tinha sido convidada também. Nadia sabia que era infantil ficar com inveja de como elas tinham se conectado, mas... é. Ela estava com inveja de como elas tinham se conectado. Ela vinha tentando encontrá-las separadamente. Não que ela tivesse dito isso em voz alta ou algo assim. Ela não queria parecer imatura.

Nadia se deixou acalmar e aí quando as entradas foram retiradas Emma disse:

— Eu continuo achando que você deveria fazer um anúncio para responder. — Nadia conseguiu relaxar completamente e sorrir. Ela sabia que sua amiga só queria o melhor para ela.

— Não! — Nadia disse rindo. — Ai, meu Deus! Eu acho que não consigo.

Emma disse com impaciência: — Como é que vamos achar ele então?

— Sei lá! Talvez eu nem queira achar o cara!

— Até parece! — disse Emma. —Você é uma péssima mentirosa e eu consigo ver que isso é uma mentira. — Ela serviu mais vinho para ambas. — Eu consigo ver que você está doida pra ser você. Olha pra você! Mandou mensagem o dia inteiro falando *talvez seja eu!* e agora de noite está toda sensível. Você está com medo de se empolgar. Eu te conheço.

— Ah, cala a boca — Nadia disse de bom humor.

— Você vai ter que ficar alerta. Todos os dias, no trem das 7h30, na ponta perto da escada rolante. É por lá que você tem que começar. Fica de vigia por um tempo. Se *for* pra você, com certeza vai ter alguém olhando todo esperançoso pra você, fazendo cara de "Olha pra mim! Olha pra mim!".

Nadia riu:

— Ah, sim. Isso eu posso fazer.

Ela torceu o guardanapo em seu colo.

— E... me desculpa por reclamar do Ben. É que ele era muito... lixo. Ele fazia tantos joguinhos para me fazer duvidar de mim, para me diminuir. Eu me deixei nas mãos dele. Eu sou grata por esse relacionamento porque, caralho, eu aprendi muita coisa, mas... — Sem perceber, Nadia brincava com o tecido entre os dedos. — Ele me arruinou. Minha cabeça sabe que o amor é real e que nem todos os homens são tão horríveis e blá blá blá. Mas o meu corpo. É como se fosse memória muscular ou sei lá. Eu fico tensa só de ouvir o nome dele.

Emma assentiu, compreensiva:

— Isso é pra valer, sabe.

— Ficar tensa ao ouvir o nome de alguém?

— Isso. Esse tipo de memória muscular é sério mesmo. Nós armazenamos traumas nos nossos músculos e é por isso que às vezes ficamos com dor no corpo: são feridas antigas nas fibras do nosso ser.

Nadia não entendeu de verdade. Trauma nas fibras do seu ser? Não era como se Ben Lixo tivesse batido nela ou algo assim; embora, teve uma noite, durante um surto, em que ele bateu nele mesmo e o som daquilo — PÁ — assustou Nadia o suficiente para ela se tocar de que, se não se afastasse, ela poderia ser o próximo alvo. Começou com palavras, acusações e críticas pequenas mas constantes, e dentro de algumas semanas, Nadia percebeu que não conseguia respirar direito perto dele, e ainda assim ela não sentia como se pudesse terminar, sentia como se estivesse de alguma forma presa a ele. Ela estava aterrorizada por continuar, e ainda mais aterrorizada em ir embora. Ela nunca achou que seria uma "daquelas mulheres", mas no fim das contas, não existiam "aquelas mulheres" — apenas "aqueles" homens.

— É, eu sei que parece loucura, mas têm coisas que você pode fazer para o seu corpo liberar essas... memórias ruins. De verdade mesmo!

Emma ficava exposta a todo tipo de coisa por causa do jornal para o qual trabalhava. Uma vez ela estivera em um *speed dating* em que ela deveria dançar lentamente ao som de música clássica, com um estranho em busca do amor, e eles só podiam encostar um dedo e não podiam perder o contato visual. Ela disse que foram os três minutos mais eróticos de sua vida. Teve também aquela outra vez em que ela acabou em uma festa de réveillon com um ex-jogador de futebol que agora vende pães na televisão e ele a convidou para um ménage com sua noiva. Emma aceitou.

— Emma, se isso envolver uma mulher me masturbando na frente de uma audiência eu vou literalmente matar você. — Aquela foi outra coisa que Emma fizera — uma "aula do amor Yoni", que significava que todo mundo teria a própria vulva massageada por uma professora usando uma bata cheia de miçangas e luvas de látex. A ideia era que aquilo iria limpar a energia delas e encorajar orgasmos mais profundos. Emma teve orgasmos na frente de outras seis mulheres que pagaram trezentas e cinquenta libras pela oficina, que durava meio-dia, e que depois fizeram turnos para abraçá-la dizendo "parabéns".

— Ah não! — disse Emma. — Eu nunca faria aquilo de novo. Acho que foi o vapor de ervas que me deu aquela vaginite recorrente, lembra. Não. Isso é só sobre ficar largada em um tatame vestindo nossas roupas de ginástica da Lululemon, mas funciona mesmo! A Denise, lá do trabalho, fez isso e disse que chorou durante a aula e aí conseguiu seguir adiante com a vida. Ela disse que sentiu sua energia mudar. Na real, vou mandar uma mensagem pra ela agora mesmo perguntando o nome.

Nadia nunca conhecera alguém tão interessado no ridículo e no sublime quanto Emma. Era provavelmente por causa disso que elas se davam tão bem — Emma encorajava Nadia a experimentar mais, a ser mais corajosa, e Nadia fazia Emma refletir um pouco mais. Ela sorriu ao observar a amiga digitando e depois deu uma olhada no restaurante. Estava quase cheio e seu olhar se demorou em uma mesa de garotos da cidade do outro lado do lugar. *Poderia ser qualquer um deles,* ela pensou, surpreendendo a si mesma na sua desesperança. *Literalmente, se fosse para mim, o cara que escreveu o anúncio poderia estar bem aqui.*

— Aquele cara pode literalmente estar em qualquer lugar, né? — ela disse, tanto para si mesma quanto para Emma.

— Eu te disse — Emma falou, colocando seu telefone na mesa outra vez, com a tela virada para baixo. — Escreva de volta pra ele! Você não tem nada a perder.

Nadia hesitou. Ela não tinha. Ela não tinha nada a perder. Porque se ela escrevesse de volta e, na verdade, não fosse ela a pessoa do anúncio original, a única pessoa que saberia disso era o cara. E eles não se conheciam. Nadia poderia até mesmo fazer piada do assunto e dizer que achava que estava escrevendo para outra pessoa também. E se o cara fosse algum tipo de viking serial killer que morava com a mãe e tivesse votado A FAVOR do Brexit, Nadia poderia simplesmente negar que ela era a autora do anúncio-resposta. Ela poderia culpar Emma. Poderia fingir total ignorância.

Emma se curvou sobre sua bolsa:

— Pera aí — ela disse, fuçando suas coisas. — Eu tive uma ideia.

Ela esticou as costas novamente, vitoriosa, com um caderno e duas canetas. Nadia assistiu enquanto ela abria o caderno e escrevia em uma página em branco, com uma caligrafia bem redondinha: ANÚNCIO PARA O CARA DO TREM.

— Você realmente vai me obrigar a fazer isso, né?

— Com certeza — disse Emma, a caneta posicionada acima da página.

Um garçom veio e completou as taças delas.

— Nós gostaríamos de mais uma garrafa, por favor — Emma pediu a ele. — Acho que minha amiga vai precisar.

Nadia sorriu envergonhada para o atendente.

— Então, eu acho que você deve ser objetiva nisso — disse Emma. — O anúncio dele continha elogios, mas não eram enjoativos, eram fofos, né? Ele conseguiu o tom certo?

— *Se* for para mim — respondeu Nadia.

— *Se* for para você, ele acertou na mosca, né?

— Bom, ainda estamos aqui falando sobre isso e cogitando escrever de volta para ele então... sim. O garoto acertou.

— O *homem* acertou.

— Homem, isso — Nadia falou, se dando conta de como era bom diferenciar homens e garotos. Ela tinha vinte e nove anos. Ela *deveria* namorar homens. — Escuta, eu não quero soar desesperada nem nada assim, tá? Isso é importante.

— Então, você não está desesperada, é isso. — Emma pareceu ter uma súbita inspiração e levantou um dedo como se dissesse *peraí!* — Que tal... — Emma começou a rascunhar alguma coisa, sorrindo consigo mesma.

O atendente entregou a nova garrafa e perguntou se queriam taças limpas. Nadia disse que não, doida para se livrar dele da maneira mais educada possível, para que pudesse ver o que Emma estava escrevenado. Emma passou o papel para Nadia que leu silenciosamente:

Oi gostosão, seu anúncio acertou meu coração tão em cheio que machucou e eu mal posso esperar para você me ma-

chucar um pouco mais. Eu vou levar os chicotes e as correntes e você traz o seu charme sensual. Sexta à noite funciona pra você? Com amor, a loira devastadoramente fofa do trem das 7h30.

— Quase isso! — Nadia disse rindo — Definitivamente, esse é um ótimo começo.

Ela pegou a caneta e o papel da amiga e se voltou para a janela em busca de inspiração. Ela viu um casal que parecia um pouco mais velho que ela, talvez por volta dos trinta e cinco, se pegando escorados em um poste, como dois adolescentes. O verão fazia aquilo com as pessoas. Fazia agirem do mesmo jeito que agiram no primeiro verão em que perceberam que gostavam de alguém e que trocar cuspe poderia ser um passatempo divertido. O verão mandava embora as inibições.

— Alô? Terra para Nadia? — Nadia voltou a focar-se em Emma. — Você deveria estar escrevendo, lembra?

— Sim. Desculpa. Eu fiquei olhando aquele casal se pegar. Parecem gostar um do outro.

Emma espirou por cima do ombro e disse:

— Jesus. Eu quero o que eles beberam!

— Ei — Nadia falou. — Você está saindo com alguém? O que aconteceu com aquele cara do Tinder? Me sinto deixada de lado, não tive nenhuma notícia em séculos.

— Não deu em nada — disse Emma. — Por que é que todos os homens querem uma mãe e uma terapeuta e uma melhor amiga e uma líder de torcida, tudo embalado no corpo de uma modelo e o máximo que eles oferecem é nunca ter matado ninguém e, talvez, saber fazer frango com molho de cogumelo?

— Eu devia pôr isso no meu anúncio?

— O seu cara parece romântico! Ou pelo menos minimamente acima da média. Ele é aquele um cara no meio de cinquenta que vale o esforço, porque ele está fazendo esforço também. Acho que é essa a proporção. A cada cinquenta homens, um vale o trabalho.

— Tá bem, tá bem, vou escrever de volta para ele. Que tal: *Eu sou tímida e vivo atrasada para o trabalho, mas eu faço um café incrível e acho que foi pra mim que você escreveu, pra me chamar de fofa. Eu não faço ideia de quem você é lá no trem, mas venha falar comigo. Eu não mordo. Pelo menos não logo de cara.*

Emma riu:

— Até que tá engraçado! — ela disse.

— Eu não estou cogitando isso de verdade.

— Mas você poderia! Que tal: e *pague um vinho, um jantarzinho e me leve para o mau caminho: mas me deixe descobrir quem você é primeiro. Me dá um oi? Com amor, a loira devastadoramente fofa com cabelo incrível (você esqueceu de mencionar meu cabelo incrível no seu anúncio, mas tudo bem. Lembre-se disso na próxima vez!).*

— AI MEU DEUS! Você me fez soar tão narcisista!

Emma encolheu os ombros:

— Sabe, você é. Um pouquinho. Pelo menos com o cabelo você é.

— Esse cabelo me custa duzentos e dez libras a cada três meses. Acho que seria um crime se eu não estivesse orgulhosa dele, você não acha?

— É, eu acho.

— Isso é difícil — reclamou Nadia. — E se eu responder e ficar uma bosta e ele perder o interesse?

— Opa, opa, opa, pera aí, amiga. Pare com isso antes mesmo de começar! Não é o SEU papel seduzir ele. É o papel *dele* impressionar *você*. Quem quer que seja o próximo cara, ele tem que quebrar o ciclo, tá bom? Chega de Nadia sorrindo tímida, de Nadia que aceita tudo. Namore sendo a Nadia que a gente conhece e ama! Literalmente, a sua mentalidade não pode ser a de impressioná-lo. Ele seria sortudo em ter você na vida dele. Entendeu?

— Entendi.

— E se ele for aquele um cara no meio de cinquenta com quem vale a pena se importar, você vai ter sorte de ele estar na sua vida também. E juntos, vai ser adorável.

— Tá bem.

— Eu falo sério quando digo um em cinquenta, viu? Ele tem que provar que é o um em cinquenta.

— É hilário pensar que ele provavelmente está procurando pela "uma em um milhão" dele.

— É. Ninguém vai vencer as probabilidades. Somos todos humanos, no fim das contas.

Depois de uma hora, uma terceira garrafa de vinho foi pedida.

— Serasse você dá em cima. DÁ EM CI-MA — Emma falou com a voz arrastada, esforçando-se apenas o suficiente para que Nadia soubesse que ela estava igualmente frustrada. — Eu-dô--imcima-melhó. Eu dou sim.

Nadia assentiu sabiamente: — Dá sim. Muito muito muuui-to melhooor. — Ela afundou de novo na cadeira e sorriu para a amiga sem mostrar os dentes: o sorriso dos bêbados.

— Preciso ir pra casa — ela disse pegando o telefone na mesa e pressionando um botão para que o relógio acendesse. — É quase meia-noite! Tenho-que-tá-de-pé-em... — Ela ficou calada enquanto usava seus dedos para conseguir fazer a conta de meia--noite até seis da manhã.

— Seis horas!

— Eu gosto dessa sua história de nova rotina — disse Emma. — Eu não conseguiria, mas gosto de você por fazer isso. É proativo.

Nadia balançou a cabeça concordando, suas pálpebras pesavam:

— Eu também — ela disse. — Num-sô-boa todo dia, mas tô tentano.

Emma pagou a conta, pegou o recibo para que pudesse ser reembolsada, e elas fingiram um comportamento sóbrio enquanto desciam o lance de escadas da recepção. Não disseram nada exceto um "boa noite!" estridente para duas mulheres sérias em vestidinhos pretos e rabos de cavalo lustrosos que estavam atrás do balcão.

— Uber — Nadia disse do lado de fora. — Preciso de um Uber.

Ela imaginou que poderia justificar essa despesa já que não gastara nada a noite inteira, ainda que A Nova Rotina Para Mudar Minha Vida limitasse gastos desnecessários durante a semana, como táxis. Ela pagava à sua mãe uma boa quantia todos os meses, quase como um aluguel, para que um dia o flat passasse a ser seu. Mas essas quantias precisavam ser maiores se ela quisesse ser a dona do lugar antes do septuagésimo quinto aniversário. Ela cutucou o telefone algumas vezes e pediu um táxi.

— Aqui diz que chega em três minutos. — Ela levantou o rosto e notou que Emma estava olhando para alguma coisa no fim da rua. Institivamente, seguiu o olhar da melhor amiga para descobrir que ela estava olhando para Gaby, a BFF do trabalho, acenando. Nadia olhou de novo para Emma, que parecia ligeiramente em pânico, e então gritou:

— Gaby! É você?

Gaby andou até elas, parecendo fabulosa no que Nadia sabia ser, mesmo com as lentes da embriaguez, uma roupa de encontro. Mas ela não tinha dito que não estava saindo com ninguém?

— Oi, meninas! — ela disse alegremente. — O que vocês duas estão fazendo aqui?

— A gente acabou de mandar um anúncio pro jornal... pro Cara do Trem.

Nadia a corrigiu:

— Não. A gente não mandou. A gente *escreveu*.

Emma olhou de um lado para o outro, maliciosamente:

— Isso, isso. O que ela disse.

Nadia ficou subitamente enjoada e muito mais sóbria: — Emma! — ela chamou como se estivesse falando com um cãozinho desobediente que fez xixi no carpete.

— Não — disse Emma, com a face impassível. — Aliás, sim. Não. Talvez!

Um Prius branco estacionou ao lado das três mulheres.

— Nadia? — disse um cara através da janela do motorista e Nadia olhou para ele, esperando que ele dissesse mais alguma coisa antes de entender que ele estava dizendo que era seu motorista.

— Ah, eu... é o meu — ela disse, oferecendo sua bochecha para receber um beijinho de Gaby e depois um de Emma. — Me conta tudo amanhã? — ela pediu para Gaby indicando o vestido de sair — Eu sei que você estava com alguém!

E então virou-se para Emma:

— É melhor que você esteja brincando sobre esse anúncio, Emma. Juro por Deus.

Emma sorriu fazendo-se de inocente enquanto ajudava Nadia a entrar no carro e fechava a porta atrás dela:

— É claro que eu estou — ela disse enquanto Nadia abaixava a janela para escutá-la. — Eu não iria mandar sem você deixar.

— Nós te amamos! — Gaby gritou pela janela aberta, segurando a cintura de Emma enquanto as duas acenavam para ela.

— Eu amo vocês duas também — Nadia disse arrastadamente antes de pedir ao motorista: — Pode colocar alguma coisa pra tocar? Um pouco de música? Algo romântico. Que fale de amor.

O motorista mudou para uma estação que parecia tocar músicas românticas em loop e Nadia deixou Emma e Gaby para trás, no meio do Soho, sua cabeça cheia de pensamentos sobre o homem do trem a procurando com desejo. Ela chegou em casa na mesma hora em que o último refrão de "Endless Love" terminava. Foi direto para cama sem tirar a maquiagem, sonhando com trens e duetos e jornais. E, é claro, esqueceu completamente de ligar o despertador.

Daniel

Daniel pediu a Percy para bloquear a última hora da sua terça-feira como uma reunião na agenda e sorrateiramente saiu mais cedo do trabalho. Ele estava indo tomar um chá na casa da sua mãe e com a disposição perfeita para ser paparicado. Ele nunca seria velho demais para a mãe. Ele não contara para ela sobre o anúncio — a única pessoa que sabia era Lorenzo, já que tinha sido ideia dele. Mas, de qualquer modo, era literalmente assunto do jornal de ontem. Ele queria esquecer tudo sobre a questão. Que coisa mais estúpida, idiota e despropositada para colocar expectativa. Ele se sentia um idiota completo.

Daniel passou pelo segurança no caminho para a saída e Romeo, um homem com a cabeça raspada e um walkie-talkie na mão, se aproximou para dar um *high five* em Daniel.

— Meu brother, meu chapa — disse Romeo, transformando o *high five* em algo mais elaborado ao agarrar o pulso de Daniel e puxá-lo para bater ombro com ombro de um jeito que Daniel já havia visto esportistas e rappers americanos fazerem. Romeo não era americano. Romeo nascera em Wastgate-on-Sea, uma cidadezinha no litoral da Inglaterra.

— Como você está hoje? Você está todo chavooooso — Romeo disse como se ele fosse aquele primo de um filme do Will Smith sobre um hilário assalto a banco em nome do amor, mas ele era branco e tinha olhos azuis e cabelo loiro e um diploma em paisagismo. ("No fim das contas, descobri que não gosto tanto assim de ficar ao ar livre", ele havia explicado com feições arrependidas).

Daniel puxou seu próprio colarinho, deixando-o todo para cima igual ao John Travolta. Hoje ele estava usando um paletó junto com as calças de seu terno, o que não era esperado para o escritório e que pedia um clima dez graus mais frio que o atual, mas ele queria se sentir bonito porque isso melhorava seu humor. Ele gostava de cuidar de si, de gastar dinheiro com roupas.

Ele gostava de sentir que estava mostrando sua melhor versão — isso o encorajava. E, depois de ontem, queria ser encorajado.

— Eu tento — disse Daniel para fazer graça. — Eu tento.

O terno era azul-marinho, uma cor que ele sempre escolhia para roupas formais, desde seu primeiro terno quando tinha doze anos e sua mãe insistira na cor: "Porque é essa a cor que a Lady Di gosta que o Charles use."

Romeo franziu o cenho em vez de rir:

— Sem enrolação, cara. Que que tá pegando?

No segundo dia de volta ao trabalho, após a morte de seu pai, Daniel foi encontrado por Romeo próximo à lateral do prédio. Ele estivera chorando, andando em círculos, beliscando a ponta do nariz e tentando parar a corrente de lágrimas para que pudesse voltar para a sua mesa sem que ninguém perguntasse se ele não tinha voltado a trabalhar cedo demais. Daniel nunca tinha sido rude com Romeo, mas também nunca tinha feito nenhum esforço para ser amigável com o segurança. Ele nunca ignoraria alguém ao lado da porta, mas não tinha feito nenhuma cortesia além de murmurar um "Olá" a cada manhã. Depois que Romeo o abraçara — dois homens, se abraçando, ao lado de um dos edifícios mais prestigiosos de Londres — e dissera para ele deixar tudo sair, o que quer que fosse — bem... Daniel passou a parar e conversar com seu novo parceiro à noite, quando ele estava trabalhando, perguntando sobre seu dia ou analisando o jogo do Arsenal da noite anterior. Certa vez, em uma ocasião memorável, Daniel tinha escutado sobre os méritos da oficina de interpretação de sonhos que Romeo estava fazendo. Até agora, aquela era uma das horas do dia de que Daniel mais gostava. Aquilo lhe dava uma sensação de normalidade e de que tinha encontrado um amigo.

Além do mais, Daniel respeitava Romeo particularmente por nunca ter mencionado a coisa do choro outra vez, tampouco tinha se intrometido tentando descobrir por que ele estivera naquele estado. Ele simplesmente continuou cuidando da portaria e cumprimentando todos que passavam, o que tinha um toque de classe. Um toque de muita classe.

— Sabe o que é? — Daniel começou, ele confiava em Romeo para contar a ele toda a tragédia. Que ele viu a essa mulher e pensara que seria legal mandar um anúncio para a *Conexões Perdidas* e que ele se sentiu bem idiota por não ter funcionado. Ele pensou que preferiria esquecer, mas não preferiu: queria era falar sobre o assunto e ficar triste em alto e bom som.

— Caramba! Isso que você fez foi legal pra caralho! — Romeo exclamou. — Está aqui? No jornal? — Ele se esticou por trás da mesa da recepção e mexeu em uma pilha de jornais que pareciam ser a coleção da semana anterior. Ele revirou os jornais até encontrar o do dia anterior: — Ahá! Achei!

— Ai, Deus... — disse Daniel, mas Romeo já estava folheando as páginas com velocidade relâmpago.

— Nossa, eu vou morrer! — Romeo disse.

— Para *a loira devastadoramente fofa*...

— Não leia em voz alta! — Daniel pediu.

— Jesus! — Ele ergueu as palmas em rendição. Ele sabia a coisa de cor e salteado: ele passara três dias elaborando e refinando o texto antes de finalmente apertar o botão de "enviar" no e-mail para o jornal. Ele não precisava passar pela agonia de ouvir Romeo lendo todo o monólogo para ele.

Romeo deu uma gargalhada e continuou a ler o resto baixinho, sussurrando uma ou outra palavra.

— Suave — ele disse para concluir, fechando o jornal e devolvendo-o onde estava antes. — Muito suave, bro.

— Bom — falou Daniel. — Nem tanto, né? Ela estava no meu vagão e não olhou para cima nem uma vez. Ela nem leu. Ela estava no WhatsApp!

— Talvez ela estivesse falando sobre o anúncio — sugeriu Romeo.

— Não — afirmou Daniel. — Eu consegui perceber. Ela não viu. Ela teria pelo menos dado uma olhada ao redor se tivesse visto. — E então algo ocorreu a ele. — A não ser que ela tenha lido sim, mas não percebeu que era para ela. Talvez eu não tenha sido específico o suficiente? — Ele agitou os braços exasperado consigo mesmo. — Eu fiquei assim a semana toda — ele disse a Romeo. — Paranoico e neurótico. Eu odeio ficar assim.

Romeo coçou o queixo, escorando-se na mesa da recepção.

— Sabe, eu conheci uma mulher chamada Juliet no meu primeiro dia no treinamento desse emprego, e pensei que nosso destino era ficarmos juntos. — Daniel assistiu seu amigo falando. Romeo encontrou uma Juliet? Ele não sabia se aquilo era verdade ou se Romeo estava prestes a fazer uma piada.

— Ela me deu um olhar quarenta e três lá do outro lado da mesa, gostosa pra caralho mesmo embaixo daquela luz fluorescente que eles usam, sabe? Todos os dias durante uma semana ela me encarou e, no último dia, eu pensei é agora ou nunca, preciso agir. — Romeo soava saudoso enquanto falava e Daniel compreendeu que o que ele dizia, por mais insólito que parecesse, era real. — Mas, no último dia, ela não veio. Eu nunca a vi de novo. Eu penso nela, sabe? Porque eu acho que a gente podia ter tido um lance.

Daniel não sabia o que dizer: — Eu... sinto muito? — Decidiu-se por dizer, transformando a fala em uma pergunta. Um quase romance era um tipo especial de decepção.

— Eu só quis dizer que — Romeo falou, acordando de seus devaneios — pelo menos você tentou. Você não precisa se arrepender disso, sabe? Você tá de parabéns, cara. Você disse alguma coisa.

— Sim — disse Daniel. — Mas só para deixar claro: ela não viu. Ou ela não se importa. Então.

Romeo assentiu com a cabeça:

— Ela é bonita? Sua mulher?

Daniel sorriu:

— Ela é.

— Ela é bondosa?

Daniel fez que sim com a cabeça:

— Acho que sim.

— Ela trabalha por aqui?

Daniel estreitou os olhos, se perguntando se por acaso existia alguma espécie de rede de seguranças que Romeo poderia usar para rastreá-la.

— Sim — ele respondeu. — Só que não faço ideia de onde. Alguma coisa relacionada com inteligência artificial... talvez? Eu a ouvi falando disso na primeira vez que a vi.

Romeo ofereceu sua mão para Daniel para que eles pudessem se despedir.

— Se ela trabalha por aqui, talvez ela ainda vá te surpreender. Não quero soar brega, nem nada, mas eu acho que amar não é o suficiente. É preciso ter fé.

— Fé — Daniel repetiu, grato por Romeo ter levado seu problema a sério. — Beleza.

— Eu vou cruzar todos os dedos pra te dar sorte, bro. Eu acho que você teve uma atitude massa pra caramba.

Duas manhãs depois, a fé estava oscilante, mas continuava lá, e Daniel tinha lido quase todo o jornal no momento em que o trem passou pelas estações Angel, Moorgate e Bank. Quando ele chegou à seção *Conexões Perdidas*, bem no final, tinha decidido que não a leria, afinal, qual era o sentido? Mas duas palavras saltaram na cara dele: *devastadoramente fofa*. Fora daquilo que ele a tinha chamado — Nadia. Ele levantou os olhos e olhou para o vagão, sentindo-se subitamente constrangido e exposto. Seu corpo sabia o que ele estava prestes a ler antes que sua mente compreendesse. Os pelos de seu braço se arrepiaram de empolgação e ele sentiu seu pescoço ficando quente e vermelho.

É bizarro que você tenha ficado me olhando quando você podia ter me dito oi, mas talvez você estivesse tentando ser romântico. Eu só quero que você saiba que eu não mordo antes do terceiro encontro, então não fique com vergonha. Se você acha que eu sou devastadoramente fofa, então tenha coragem: bondade, romance & coragem? Essa é a minha linguagem do amor. Da garota com café no vestido para quem você escreveu, no trem das 7h30 na Angel. Beijo.

Daniel sorriu e escaneou o trem outra vez. Onde ela estava? Será que estava observando-o, como ele a observara? Ele não conseguia vê-la do lugar onde sempre ficava, perto das portas. Ele estava sorrindo como um idiota e nada podia contê-lo. Ele abriu o jornal de novo e releu o que ela havia escrito. Ele gostou de ela não ter passado pano por ele ter agido de um jeito um pouco perturbador, porque intelectualmente ele sabia que era de uma bizarrice limítrofe ele estar sendo tão dramático, mas fazer uma piada da coisa, bom... pareceu intimidade. Tipo, era legal que ela conseguisse zoar com a cara dele. Você tem que estar confortável consigo mesmo para zoar alguém. E aquilo que ela disse sobre as mordidas e o terceiro encontro — aquilo era um flerte, e ousado. Ela também o elogiara, o que era meio que um ponto central. Ele se colocara vulnerável e ela disse a ele que estava tudo bem. Foi bom, foi uma resposta encorajadora, divertida e gentil. Com o nível certo de provocação. Se ele conseguisse enxergá-la, ele iria diretamente até ela e diria: bebidas, hoje à noite, às 18h30.

Mas ela não estava por perto. O trem parou na London Bridge e Daniel enfiou o jornal dentro de sua mochila. Ele procurou por ela no meio da multidão. Manteve os olhos e a mente em alerta conforme atravessava a estação, durante todo o caminho até o escritório.

— Daniel! Meu amigo! Como é que você tá hoje, cara?

Daniel pescou o jornal para fora de sua mochila e disse para Romeo:

— Cara. Olha isso! Olha isso! — Ele abriu o jornal na página da Conexões Perdidas e apontou para a resposta. — Ela escreveu de volta, cara! Dá pra acreditar nisso?!

Romeo tirou o jornal das mãos de Daniel e leu o que deveria em silêncio, seus olhos ficando cada vez maiores em pura admiração.

— Olha, ela tem personalidade. Parabéns!

Romeo ofereceu a mão e Daniel encarou o anúncio e o amigo que sabia que aquilo era algo importante para ele. Ele sentiu uma sensação engraçada de realização. Realização e um pouco de medo porque: e agora?

— Você tem que dar um jeito de trazer essa conexão da página de jornal para a vida real — disse Romeo. — Ela está pedindo para que você faça isso!

— Tenho mesmo. — Concordou Daniel, balançando a cabeça.

— Tipo, é só esperar ela estar no trem e aí... ir até ela e dizer oi, né?

— Isso — disse Romeo. — Isso.

— Isso mesmo?

— É... Ou, você podia dar uma amplificada na coisa, sabe? Parece que ela é do tipo corajosa. De repente você podia fazer um pouco de suspense.

— Aham. Isso. Com certeza. — Daniel assentiu. E aí ele sacudiu a cabeça porque, na verdade, ele não tinha entendido do que exatamente Romeo estava falando. — Mas tipo... como?

Romeo dobrou o jornal e o devolveu para Daniel:

— Escreva de volta para ela, cara. Faça disso um lance entre vocês. Se você construir a tensão, o clímax vai ser ainda melhor, tanto para você quanto para ela. Mulher adora essas coisas!

Daniel assentiu.

— Eu não sou mulher e eu adoro essas coisas também! Romance é legal, certo? A emoção da conquista e tudo o mais?

— Você dá conta disso, cara — disse Romeo.

Daniel abaixou a cabeça, compreendendo a ideia.

— Mas se eu for escrever de volta, tem que ser um flerte, tipo o dela, mas também, bom, você sabe naqueles aplicativos de namoro quando as pessoas dizem "eu não quero um correspondente"? Eu não quero que pareça que eu estou jogando um jogo em que as cartas são mais importantes que um encontro de verdade.

— Você tá sendo esperto, cara — falou Romeo — Você está absolutamente certo. Talvez o que você queira seja tipo, um enigma né? Um mistério pra ela resolver. Você disse que ela é esperta, aposto que ela vai adorar isso.

— Um enigma pra ela resolver, mas nada que deixe ela pensando que precisa me impressionar — disse Daniel, a expressão sombria por conta da lembrança — Eu tinha um colega, Joel, que sempre fazia esse negócio que ele tinha lido na faculdade, acho que chamam de *negging*? Que é tipo quando você faz uma mulher tentar te impressionar fingindo que ela não te impressionou.

— Isso, *negging*. — Confirmou Romeo, com ar desaprovador.

— É uma manipulação psicológica bizarra — disse Daniel.
— Bom, eu gosto dela e agora a gente sabe que ela gosta de... — E então ele percebeu. — Pera aí. Na real isso não é verdade. Ela gosta da ideia que ela tem de mim, não sabemos se ela sabe quem eu sou. Ela nem esteve no trem de novo desde segunda, então...

Romeo ergueu os braços.

— NÃO me diga que você está inseguro sobre ela gostar de você! — ele disse. — Ela vai gostar, cara. Eu gosto de mulher e tudo, mas eu sou confiante o suficiente na minha masculinidade para dizer que você é um homão da porra.

Daniel sorriu e soltou o ar, já mais confiante depois das palavras compassivas de Romeo.

— Show.

O rosto de seu pai passou rapidamente em sua mente. Seu pai sempre fizera com que ele se sentisse mais confiante, ele sempre acreditara em Daniel antes de Daniel acreditar em si mesmo.

Romeo mostrou a mão e, quando Daniel foi bater, ele o puxou em um daqueles meio-abraços, meio-batida-de-ombros dele.

— Você está me inspirando a ficar mais romântico, é isso — ele disse. — Eu tive dois encontros com uma mulher que eu gosto, sabe? Talvez eu mande uma mensagem para ela dizendo "bom dia" só porque ela estava na minha cabeça. Não tem nada de errado nisso, né? Se você achar que tem me avisa e tal.

— É algo legal de fazer para pessoas de quem gostamos. — Daniel concordou.

Romeo levantou o punho para Daniel dar um toque com o próprio punho, em um gesto de adeus.

— Nós somos do tipo certo, né? — Romeo disse e Daniel não pôde discordar. O amor estava no ar e ele estava empolgadíssimo com isso.

Nadia

— Puta que pariu, eu vou te matar! — Nadia disse em uma mensagem de áudio para sua melhor amiga. — Eu não tô acreditando que você mandou aquilo! Você é completamente... — Nadia não tinha palavras. Ela não conseguia *acreditar* que Emma tinha enviado um e-mail para a *Conexões Perdidas* no nome dela. — Com essa ressaca eu não consigo processar isso. Você me fez soar... barata! E como se eu fosse algum tipo de tentação sexual! Que merda foi aquela sobre morder? Ninguém faz essa piada desde os anos noventa e mesmo nos anos noventa só quem fazia essa piada eram uns tiozões pervertidos. Eu disse ironicamente, mas você não usou ironicamente. Ai meu Deus. Se algum esquisito de setenta anos que parece o Piers Morgan se aproximar de mim e a mão dele estiver na calça, eu vou realmente matar você. Eu sei que acabei de te ameaçar de morte, mas eu preciso que saiba que eu vou realmente assassinar você.

Nadia estava uma hora atrasada para o trabalho e seu humor estava um horror. Ela chegou no trabalho na hora só uma vez naquela semana, na segunda-feira, depois esqueceu de programar o despertador duas vezes. Na noite passada ela saíra depois do trabalho para um *happy hour* com a equipe e depois encontrou Naomi, uma antiga colega, para jantar e elas ficaram conversando até tão tarde que ela basicamente caiu dormindo à meia-noite — esquecendo outra vez de ligar o despertador. Isso significava que ela acordou no susto na quinta-feira, teve de correr para o banho e não teve tempo o suficiente para verificar se a roupa realmente estava legal ou se combinava de um jeito que ela conseguisse se passar por estilosa. Ela teria que recomeçar A Nova Rotina Para Mudar Minha Vida amanhã. Ou talvez na outra segunda.

— Não aja como se estivesse brava! — disse Emma quando ela eventualmente ligou para responder ao áudio mordaz. — É um anúncio fofo. Eu te fiz um favor! E eu prometo que eu não fiz isso enquanto estávamos bêbadas! Eu deixei salvo nos rascunhos e só mandei ontem quando eu tinha certeza de que era bom.

— Não é bom! É terrível! — disse Nadia, determinada a ser dura com a amiga por ter feito aquilo sem permissão. *Eu não mordo?!* No que Emma estava pensando?

— Não! É bom *sim*! Eu sei com duzentos por cento de certeza, sinto até nos meus ossos que ele vai entrar em contato com você. Você estaria falando com ele agora mesmo se tivesse ido para o trabalho na hora! O anúncio é muito bom!

Nadia teve uma contração estranha em sua barriga ao pensar naquilo — que se ela tivesse ido para o trabalho na hora, no seu trem de costume, ela poderia estar conversando com seu futuro agora mesmo. Mas seu futuro poderia esperar vinte e quatro horas. Né? Ela podia usar o dia para desenvolver mais coragem. Subitamente ela ficou menos irritada e mais empolgada.

Depois de falar com Emma, Nadia pegou o jornal novamente e abriu na página da *Conexões Perdidas*. Respirou fundo e releu, olhando cuidadosamente para cada frase.

É bizarro que você tenha ficado me olhando quando você podia ter me dito oi, mas talvez você estivesse tentando ser romântico.

Tá, ok. Aquele pedaço até tinha ficado bom, se ela fosse totalmente honesta. Era uma espécie de aviso de que era melhor ele não ser um doido, que ficava perseguindo-a ou algo assim. Ela poderia lidar com aquilo. A linha entre um grande gesto romântico de um estranho e um perseguidor bizarro era, na verdade, bem tênue, e provavelmente estaria relacionada a quão bem ajustado e bonito fosse o autor das cartas. Nadia tinha lido uma *thread* do Twitter uma vez sobre uma garota que o cara com quem ela estava saindo soube que deveria aparecer na porta de trás da casa dela, e não na porta de entrada, com um buquê de lírios porque ela gostava de lírios. A mulher disse que ela nunca tinha falado para ele usar a porta de trás e que as flores favoritas dela nunca foram o assunto de nenhuma conversa; e para muita gente podia parecer que ela estava exagerando, mas ela disse que sentiu nas próprias entranhas que aquilo não estava certo. Duas semanas depois o cara foi preso por estar se masturbando no capô do carro dela às três da manhã.

Eu só quero que você saiba que eu não mordo antes do terceiro encontro, então não fique com vergonha. Puta merda.

Aquela parte realmente era péssima. Horrível, horrível, horrível. *Eu não mordo antes do terceiro encontro?* Emma era insana por incluir aquilo. Era provocante de todas as piores formas. Se Nadia tivesse escrito aquilo, ela teria dito algo como... bom... Na verdade ela não tinha certeza, assim de cabeça. Foi exatamente por isso que ela estava deixando para dar sua própria resposta depois — era difícil chegar ao tom certo! Mas só porque ela não tinha conseguido chegar lá sozinha, não significava que ela não conseguiria no fim das contas. Provavelmente. Talvez.

Hummm. Nadia começou a reconhecer os contornos de uma sensação de que talvez Emma tivesse feito um favor para ela. Será que um dia ela conseguiria decidir qual era a resposta "perfeita"? Talvez fosse igual ao pilates: você pode continuar procrastinando ou fazer logo e admitir que a enchente de endorfina que veio depois foi incrível.

Se você acha que eu sou devastadoramente fofa, então tenha coragem: bondade, romance & coragem? Essa é a minha linguagem do amor.

É... Aquela parte era legal. Nadia conseguia lidar com aquilo. Aquilo meio que declarava quais eram seus valores e ela gostava de ter dito claramente que a bondade era essencial. Bondade sem ser trouxa. Bondade que significaria que ele sabia esperar as pessoas descerem do metrô antes que ele entrasse, e que se ele fosse convidado para o pub e Emma estivesse lá, ele não se incomodaria em ouvi-la reclamando um pouco e então diria a ela que ela estava absolutamente certa, independentemente de qual fosse o assunto da reclamação. E tinha também aquela história que Katherine, sua ex-chefe, tinha contado sobre quando ela ainda estava namorando o marido. Ele saiu com as amigas dela e ouviu de forma empática a uma história eterna sobre um término. Katherine agradeceu a ele no final por ter escutado e sido um amigo tão bom para a melhor amiga dela quanto ela mesma tentava ser.

— Se ela é importante pra você, então quero que ela seja importante pra mim. — Ele explicou para ela.

Katherine disse que foi naquela hora que ela soube que queria se casar com ele. Nadia amou ouvir aquela história. Ela amava quando ficava sabendo de homens bons e atenciosos. Nadia levava consigo um caderno mental onde guardava todas as histórias que as mulheres de sua vida haviam lhe contado, que ela abria em sua mente sempre que percebia que estava entrando outra vez no caminho de todos-os-homens-são-iguais. Eles não eram. Existiam os bons. Talvez nem todos fossem bons, mas talvez Emma estivesse certa quando dissera que um a cada cinquenta era bom. Katherine e Naomi tinham conseguido vencer com essas estatísticas. Nadia se forçava a acreditar que ela também conseguiria.

Se ela tivesse que dar uma nota para o anúncio, valendo dez, a contragosto ela daria um oito e meio. Emma perdera um ponto pela coisa de morder — Nadia jamais perdoaria aquilo. Mas. Talvez, possivelmente, potencialmente Nadia levaria semanas para fazer algo ela mesma e pelo menos havia alguma coisa no mundo real.

Ela se permitiu um pequeno sorriso.

Ele pode estar lendo agora mesmo, ela pensou consigo mesma. *Ele pode estar pensando em mim enquanto eu estou pensando nele.*

A ideia não era desagradável. Na verdade, era estranhamente reconfortante.

O que será que ele diria de volta?

Daniel

— Eu realmente vou ter que te pedir pra vazar — Daniel falou para Lorenzo enquanto colocava água fervente na sua caneca preferida do Arsenal. — Eu *não* vou ler um *manual de namoro*. Definitivamente não.

Ele contornou o colega de apartamento para chegar à geladeira e puxou a garrafa plástica de leite e a sacudiu quando percebeu que estava estranhamente leve. Ele olhou para ela, fuzilando-a e suspirou dramaticamente.

— Lorenzo, você colocou uma garrafa de leite vazia de volta na geladeira?

Lorenzo olhou da garrafa para as sobrancelhas erguidas de Daniel.

— É dia de usar a reserva de emergência.

— Lorenzo deu de ombros e abriu a gaveta onde eles deixavam as porções únicas de leite UHT. Eles tinham uma brincadeira que envolvia furtar leite de hotéis e buffets de café da manhã. Daniel não tinha certeza sobre como a coisa começara, mas agora eles tinham uma gaveta específica para aqueles leites longa-vida UHT, e tinham também sachês de leite.

— Eles estão na moda — Lorenzo comentou com ar de entendido quando ele voltou de um casamento em Edimburgo com dez sachês.

— Os sachês são muito mais fáceis de abrir. Causam menos impacto no meio ambiente também.

Às vezes, eles realmente não compravam leite de verdade e ficavam vivendo do leite da gaveta por dias. O que era ainda mais estranho era que Daniel e Lorenzo nem falavam sobre aquilo de verdade. Faltou leite na geladeira? Hora de abrir a gaveta de leite. Normalmente aquilo ocorria no final da semana, às sextas, então, pelo menos até hoje, eles haviam sido consistentes com as inconsistências de seu consumo de leite.

Como uma forma sutil de pedir desculpas, Lorenzo ofereceu a Daniel um sachê abre fácil. Daniel pegou-o, balançado a cabeça. Às vezes parecia que havia uma dinâmica "Joey e Chandler" entre eles — c isso provavelmente não era boa coisa.

— Eu só estou dizendo para você dar uma chance a ele — disse Lorenzo, pegando um sachê para ele mesmo e abrindo-o com os dentes. Ele bebeu tudo em um único gole.

— É para garotas! — disse Daniel — Provavelmente para garotas que querem namorar garotos! Eu não quero namorar garotos! — Ele segurou o chá pela borda da caneca, percebeu que estava muito quente e aí trocou de mão para conseguir segurar pela alça. — Se eu fosse uma garota querendo um garoto, esse livro pareceria super ok, mas eu não sou. Eu devo seguir meu próprio caminho, livre de livros — ele disse. — Eu não preciso de um livro que me diga como conquistar uma mulher.

Lorenzo pegou a cópia de Agarre o seu gato! que deixara para Daniel sobre a mesa na noite anterior.

— Tudo que estou dizendo — Lorenzo modulou a voz — é que todo mundo no trabalho estava tão descrente quanto você, tirando a mulher que encomendou o livro. E aí, uma por uma, ela emprestou o livro para cinco garotas da equipe e, uma por uma, todas elas tinham histórias sobre o que — ele deu uma olhadela na capa para relembrar o nome do autor — Grant Garby dizia, e agora a maioria está noiva.

— Só que — Daniel respondeu fechando os olhos como se estivesse muito, muito cansado. — Elas são mulheres. Dando em cima de homens.

Lorenzo balançou a cabeça negativamente.

— Olha, você que sabe, eu achei que deveria conferir, sabe, como pesquisa mesmo, já que é meu trabalho fazer leituras críticas de livros, ainda que eu não estivesse fazendo isso pra esse aqui. Conheça o mercado e tudo o mais. E ele é incrivelmente genial. Grant Garby. Ele tem séries no YouTube e tudo mais. Foi um crescimento lento, mas, desde que começou a se espalhar no boca a boca, ele já vendeu tipo cem mil cópias. As minas se tornaram leais a ele, mas ele afirma que os caras também deveriam ler esse livro.

Daniel terminou seu chá e colocou a caneca vazia dentro da pia. Ela habitaria ali por dois dias até que ele finalmente cedesse ao impasse com Lorenzo sobre a lava-louças e a esvaziasse ele mesmo, abrindo caminho em uma cozinha cheia de louça suja e reiniciando o ciclo outra vez.

— Por que você precisa de ajuda para dar em cima de mulheres? É literalmente a única coisa em que você é bom.

— Grosso — disse Lorenzo, apenas parcialmente ofendido.

— E tem mais, meu amigo, o que me faz tão bom é exatamente a prática contínua.

— Prática contínua.

— Prática contínua. Os cristãos não vão à Igreja uma vez e aí dizem que são cristãos para sempre. Eles vão à igreja todo domingo, se mantêm praticando sua religião. Eu não sou um Casanova porque eu dei sorte com as garotas algumas vezes — me chamam de O Pegador porque eu pratico as habilidades necessárias para ser O Pegador.

— Isso é repulsivo — disse Daniel, olhando para o relógio de pulso. — Ninguém te chama de O Pegador.

— Eu me chamo de O Pegador.

— Vou repetir: isso é repulsivo.

Lorenzo se mexeu para bloquear a saída de Daniel da cozinha que dividiam:

— Me escuta. Eu me importo com você, porra. Eu quero que isso dê certo pra você. Tá bem? E estou te dizendo: leia o livro.

Daniel olhou nos olhos do amigo, que instantaneamente, em um acesso repentino de constrangimento por excesso de sinceridade, virou o rosto e deu um passo para o lado. O relacionamento entre os dois não era fácil, mas Lorenzo ganhou vários pontos depois que o pai de Daniel faleceu. E Daniel entendeu que era aquilo que Lorenzo estava tentando: ele queria que Daniel tivesse algo a seu favor. Lorenzo estava cuidando de Daniel da única maneira que ele sabia cuidar.

Daniel pegou o livro.

— Tá bem — ele disse. — Eu vou dar uma olhada.

Lorenzo bateu palmas, animado por ter conseguido mais uma pessoa que se dobrasse à sua vontade. Daniel se perguntava se fora daquele jeito que Lorenzo aprendera a fazer aquilo — com o livro.

— Capítulo seis, bro. Esse é o capítulo! Eu te desafio a tentar.

— Capítulo seis — Daniel falou — Beleza.

Enquanto ia para o trabalho, Daniel tinha a sensação de que havia um enorme holofote apontado para sua mochila, escancarando o fato de que ele tinha um manual de namoro em sua posse. Ele ficaria mortificado se fosse pego com aquilo, e se preocupava que qualquer movimento em falso fizesse sua mochila escorregar de seus ombros, fazendo seu conteúdo se esparramar pelo chão ao alcance do olhar julgador de todos no metrô. E se ela visse aquilo? Nadia?

Sua paranoia era tão grande que ele quase conseguira se convencer de que a Polícia do Manual de Namoro passaria de vagão em vagão exigindo que qualquer pessoa em posse de um manual de namoro desse um passo à frente. Ele teve visões dele mesmo tendo que declarar para todos, incluindo Nadia, que ele tinha uma versão em capa dura de Agarre o seu gato! e ele nunca seria capaz de pisar no metrô novamente. Ele pegara o manual para ajudar com Nadia, mas se ela soubesse, ele com certeza a perderia antes mesmo de começarem algo.

Foi um alívio ela não estar no trem daquela manhã.

— E aí, meu amigo, como é que você está hoje? — Romeo perguntou assim que ele passou pelas portas de vidro do edifício.

— EU ESTOU COM UM GUIA DE NAMORO! — Daniel declarou desesperado para que alguém, qualquer um, soubesse. Ele não conseguia carregar aquela culpa. Ele precisava ser absolvido.

— Que bom pra você! — disse Romeo sem se abalar pela resposta descabida de Daniel. Aquilo era algo muito característico de Romeo: ele era simplesmente feliz por estar vivo, e feliz por todo o resto do mundo estar vivo também.

Daniel revirou sua mochila, puxando o livro para Romeo ver.

— Se chama Agarre o seu gato! — ele disse, em pânico. — Lorenzo me forçou a pegá-lo.

— Ah — disse Romeo, pegando o livro. — Você já chegou ao capítulo seis? Minha irmã leu esse livro e disse que o capítulo seis mudou a vida dela.

— Capítulo seis? Não, não, eu não li o capítulo seis. Eu não li nada! — Daniel balançou a cabeça — Eu não preciso ler um guia de namoros!

Romeo deu de ombros enquanto folheava o livro.

— Bom, então que mal isso pode fazer? — ele disse, sendo racional. — Se você não precisa dele, então por que está surtando por causa disso?

Daniel fez uma careta.

— Eu preciso ir — ele disse, pegando o manual e enfiando-o na mochila outra vez. Ele se aproximou de Romeo e disse num sussurro: — Não conte para ninguém. — E foi embora.

Esperar encontrar uma pessoa que você goste para aprender a flertar é como esperar subir no palco para decorar as suas falas, foi o que o capítulo seis disse para Daniel. Ele ficou em sua mesa por dez minutos antes de pedir que Percy agendasse para ele uma sala de reunião — a mais privada das salas de reunião, no canto, onde ninguém passaria pela frente da parede de vidro no caminho para algum outro lugar. E era ali que estava sentado agora, cuidando do livro. A introdução explicara que o livro era pensado para mulheres heterossexuais, mas que, na verdade, Grant Garby também funcionava para homens. Isso porque na raiz de toda conexão estava a humanidade, e todos nós somos humanos.

Exceto por Lorenzo, Daniel pensou sombriamente, o que fez com que se sentisse culpado.

O capítulo seis era basicamente uma longa lista de dicas para flertar, na verdade, para flertar com estranhos. Daniel estava absorto, apesar do que pensava.

Quando você passa muito tempo sem namorar, pode ser fácil pensar que há uma escassez de homens lá fora, o livro dizia. *Mas a oportunidade para transformar estranhos em amigos está em todo lugar — você só precisa ter coragem de falar com eles.*

A primeira dica era simples: faça contato visual. Daniel ponderou sobre isso. Cruzar o olhar com alguém era, na verdade, algo bem ousado a se fazer: normalmente Daniel mantinha sua cabeça baixa e ia aonde precisava ir, vagamente consciente de quem poderia estar ao seu redor. Não era esse o... normal?

Tá bom. Eu consigo fazer isso, Daniel pensou consigo mesmo. *Contato visual. Fácil.*

Ele deixou o livro escorregar das mãos para a cadeira ao seu lado e empilhou alguns jornais que trouxera com ele em cima do livro. Depois, virou o sinal que ficava na porta para "ocupado".

Ele se dirigiu à copa no outro extremo daquele andar. O livro estava certo — seu instinto era o de manter seus olhos fixos nos sapatos enquanto andava, ou então focados bem à sua frente, em seu destino. O livro o questionara sobre quão amigável aquilo o fazia parecer, ou quão acessível. *Isso é bem válido,* Daniel refletiu. *Ok.* Ele entrou na copa e fingiu procurar alguma coisa por um minuto, decidiu pegar um copo d'água e então girou nos calcanhares, se dirigindo novamente para a sala de reunião — mas, dessa vez, em um passo mais lento. Ele se forçou a deixar os olhos passearem, o que o fez se sentir vulnerável e exposto. Mas, então, seu olhar cruzou com o de Meredith, uma mulher energética de trinta e poucos anos que tinha um cargo semelhante ao dele, mas em uma equipe diferente.

Aaah! Daniel pensou, desviando o olhar rapidamente. Contato visual!

O livro dizia para sorrir, para não ter medo de reconhecer a outra pessoa e, talvez, dizer oi. A coisa em si não era uma ideia radical — em essência, Grant Garby estava advogando pela boa educação —, mas o deixava vulnerável. Como se ele estivesse segurando um cartaz com os dizeres "Solteiro e à Caça", o que era um corta tesão, não era? Daniel continuou andando. Ele deu uma olhada de esguelha por cima do ombro, mas Meredith já havia ido embora. Pelo menos ela não estava encarando as costas dele, pensando que ele era um esquisito.

Ok, eu vou sorrir para a próxima pessoa com quem fizer contato visual, Daniel encorajou a si próprio. Ele viu que Percy olhava para ele. Daniel deu um grande sorriso.

— O que você está fazendo? — Percy perguntou.

— Eu estou... sorrindo — disse Daniel.

— Por que você está andando de um lado pro outro no escritório como se tivesse acabado de perceber que você tem pernas?

— Não — disse Daniel. — Eu não, hã... eu vou...

Percy fitou Daniel, tentando entender o que ele não estava dizendo. Meredith passou por eles e disse timidamente:

— Oi, Daniel! — enquanto continuou andando.

— Oi — Daniel disse para a nuca dela. Ela se virou e olhou para ele por sobre o ombro e então seguiu seu caminho.

Percy olhou para Daniel e então para Meredith.

— Estranho — ele disse baixinho e foi atender ao telefone.

Daniel saiu para sua caminhada até o mercado no horário de almoço com o único propósito de Fazer Contato Visual. Ele nem tinha feito a coisa direito com Meredith — ele esquecera de sorrir! —, mas ela fizera questão de procurá-lo depois para dizer oi. Daniel entendia a ideia por trás daquilo agora — se ele conseguisse praticar ser corajoso perto de mulheres, quando ele finalmente conseguisse conversar com Nadia, ele teria mais chances de não estragar tudo. Fazer contato visual e sorrir para estranhos — e, o capítulo seis dizia, encontrar a coragem para papear com estranhos também — eram maneiras diferentes de construir Músculos de Paquera, para que eles estivessem fortes para a pessoa que poderia vir a significar algo.

É como uma academia, mas para a paquera, Grant Garby escrevera e Daniel estava começando a entender como aquele livro vendera tantas copias. Ele não era radical. Era um argumento muito bem pensado para que você se posicionasse no mundo lá fora de uma forma natural e bem-intencionada.

Enquanto caminhava para o restaurante dos burritos, Daniel manteve o queixo erguido, quase lunático em sua jornada de busca por contato visual. Quando ele começou a cruzar os olhos com outras pessoas ele percebeu, mais uma vez, o quão raro era fazer aquilo. E era incrível. O efeito que tinha nas outras pessoas.

Ele pôde ver mulheres — ele não diferenciou entre jovens e velhas, convencionalmente atraentes para ele ou não — que respondiam imediatamente para ele. Ninguém se esquivou ou o acusou de ser um pervertido ou o perseguiu ameaçando com uma bolsa. Era amigável. Ele não estava sendo desprezível ou repulsivo, apenas amigável. A forma como aquelas mulheres sorriram de volta para ele fizeram Daniel se sentir o cara mais popular de Londres.

Havia bravura em enxergar as pessoas, mas também havia bravura em ser enxergado. Fazer contato visual era como reivindicar espaço no mundo, e para reivindicar espaço no mundo era preciso acreditar que você era merecedor daquele espaço. Ele nunca se achara tímido, mas aquele lance de contato visual estava fazendo-o se sentir confiante, e definitivamente fazia um bom tempo que ele não se sentia daquele jeito.

Ok. Capítulo seis. Você estava certo, Daniel disse para Lorenzo em uma mensagem de texto.

Sim, brother!!! Lorenzo respondeu. *Você já fez aquela parte de "pedir um conselho"? Ela sempre funciona, porra!*

E então, depois de um segundo, Lorenzo mandou outra mensagem dizendo: *Se você precisar de alguma camisinha de emergência por causa disso, minha mesa de cabeceira sempre tem um estoque delas. Mas elas são extragrandes.*

Daniel sabia do que Lorenzo estava falando — a coisa do conselho, não das camisinhas. Daniel poderia conseguir suas próprias camisinhas, caso precisasse de alguma. O que não era o objetivo do dia. O objetivo de hoje era explorar esse sentimento de confiança. Ele gostava dele. Ele gosta de se sentir tão seguro.

O livro sugeria que o jeito de passar de um sorriso para uma conversa com um estranho era facilmente praticável na fila de um café. O livro falava para fazer uma pergunta para a pessoa atrás de você, algo como qual sabor de cupcake escolher, porque você não consegue se decidir — dessa forma, você abriria as comportas da possível conversa.

É um convite para conversar, o livro decretava, *sem nenhuma obrigação de continuar, por nenhuma das partes. Se você se voltar para o homem atrás de você e disser "Você prefere o de limão ou o de chocolate? Não consigo decidir" ele pode responder à pergunta e só. Ou, ele pode responder à pergunta e você pode usá-la para chegar a um ranking de sabor de bolinhos, ou os méritos da cobertura. Iniciar conversas não significa que você está pedindo alguém em casamento, significa, simplesmente, que você é uma pessoa capaz de bater um papo, de se conectar. E se não funcionar, não é porque você não é boa o bastante: é porque a outra pessoa não queria papear. É só isso. Então tente de novo.*

O livro também dizia que conversa fiada era uma ótima forma para introduzir algumas provocações leves. *Se ele disser que é mirtilo, não tenha medo de dizer para ele "Ah, nunca iria dar certo entre nós! Quem é que escolhe mirtilo quando pode escolher chocolate?". Isso planta a semente de que poderia haver um "nós", e o desafia a agir, caso ele esteja interessado. Ele pode declarar repentinamente, "Pera aí! Não me descarte assim tão rápido!" e então, antes que você perceba, ele já está pedindo o seu telefone.*

Daniel não estava seguro sobre os jogos mentais por trás, mas estava disposto a tentar, já que o simples contato visual já o fizera se sentir mais preparado para encontrar Nadia cara a cara. Ele estava na fila do burrito atrás de duas mulheres de terninho, que provavelmente trabalhavam em algum dos escritórios próximos ao seu. Eram mais ou menos 800 m² de escritórios, incluindo, em algum lugar, o de Nadia.

Daniel examinou o cardápio minuciosamente. Um burrito era um burrito, então não havia muitas opções para escolher. Ele teria que escolher entre carne e carne de soja, ou talvez pedir um adicional de *sour cream*.

A fila diminuía. Havia um rapaz na frente das mulheres e rapidamente chegaria a vez delas. Daniel teria de dizer algo logo ou perderia sua chance e aí o que faria? Voltaria para o fim da fila até conseguir ter coragem de falar com outra pessoa? Não. *Aquilo era estranho*. O livro dizia que a coisa supostamente seria supernatural, supertranquila. Dane-se, cara. Tá tudo bem.

Ele acabou se inclinando em direção às mulheres na frente dele e perguntando:

— E aí, o que vocês acham, senhoritas? Abacate ou abacate extra?

Elas não o escutaram e continuaram conversando. A mulher mais alta dizia à companheira mais baixa:

— Você sabe, é por isso que a gente precisa reforçar a sola *antes* de usar pra valer. É tipo um seguro pra salto-alto.

— Genial — disse a outra mulher. — Eu devia fazer isso sempre.

Daniel tossiu um pouco, involuntariamente.

— O que vocês acham? — Ele tentou de novo, em um tom um pouco mais alto desta vez.

— Abacate — ele disse — ou abacate extra? — terminou falando mais alto ainda.

Umas das mulheres se virou e olhou para o espaço vazio ao lado de Daniel. Parecia que ele estava falando sozinho.

— Ah — ele disse quando reparou. — Não, eu...

A mulher se virou de costas outra vez. Daniel olhou para trás.

— VOCÊS ACHAM QUE EU DEVIA PEGAR ABACATE EXTRA? — ele berrou, fazendo com que as duas mulheres se virassem.

As mulheres olharam uma para a outra, a ficha de que ele estava falando com elas caiu.

— Ou... só uma... porção normal? — Daniel guinchou, suas palmas subitamente suadas e sua face ficando roxa.

Lentamente, com os olhos girando para todas as direções em confusão, a mulher mais alta disse:

— Bom, você gosta muito de abacate?

Daniel assentiu:

— Gosto.

— Então pega o extra — ela disse e Daniel respondeu com um barulhinho tipo um *pffffff* entre os lábios.

— Abacate extra? Uau. Eu nunca namoraria você então — ele disse, antes mesmo de entender o que estava dizendo.

— Como é que é? — a mulher mais alta perguntou. A boca de Daniel abriu e fechou, como em "Procurando Nemo". — Namorar comigo? Eu sou um metro mais alta que você e umas seis vezes mais gostosa. Um namoro realmente não estava entre as opções, não é mesmo?

Daniel apenas ficou lá, parado, desejando em desespero que pudesse simplesmente girar nos calcanhares e correr, para sempre, até chegar na Groenlândia.

— Mas que escroto — disse a mulher mais baixa, balançando a cabeça negativamente e conduzindo a amiga pelo cotovelo, para que as duas ficassem de costas para ele outra vez, antes de darem um passo à frente para fazer o pedido.

Daniel escaneou seus arredores, humilhado, tentando perceber se alguém tinha testemunhado o que tinha acontecido. Ele não queria ter dito aquilo — ser desequilibrado daquele jeito. Ele entrara em pânico! Era a primeira vez que ele estava tentando usar aquele conselho! Foi um fracasso! Um adolescente estava sentado próximo a janela comendo e, assim que Daniel virou a cabeça, ele mudou a direção em que olhava rapidamente. Os ombros dele balançavam com leveza, como se estivesse rindo. Daniel baixou os olhos para não ter que ver as mulheres enquanto elas iam embora. A mais baixa deu um encontrão no ombro dele quando passaram. Ele não fez nada.

— O que você gostaria? — perguntou o atendente atrás do balcão.

— Burrito de carne — respondeu Daniel, quieto. — Abacate extra. Obrigado.

— Ei, isso aqui é seu? — Percy perguntou assim que Daniel chegou de novo ao escritório. Ele estava segurando uma cópia de Agarre o seu gato!

Daniel gaguejou levemente:

— Meu? Não. De forma alguma. Definitivamente não.

Percy pareceu confuso:

— É que estava junto com as suas coisas na sala de reunião — ele disse. — Meredith achou isso lá.

— Meredith achou isso lá — Daniel repetiu.

Percy sorriu irônico.

— Não faço ideia de quem seja o dono — Daniel disse, passando pela mesa de Percy em direção à sua própria — Nem ideia.

— Claro — Concordou Percy. — Vou deixar na minha bandeja caso você mude de ideia.

Daniel torceu a cara:

— Eu não vou — ele disse, entregando o jogo acidentalmente. — É uma porcaria.

Ele lamentou silenciosamente por não ter apenas continuado usando o que ele já sabia que funcionava: escrever notas para o jornal. Ele era muito mais esperto escrevendo do que simulando flertes. Ele se sentou diante da escrivaninha, abriu a caixa de submissões da *Conexões Perdidas* e começou a digitar.

NADIA

Durante o fim de semana, Nadia checou a parte do jornal em que ficava a *Conexões Perdidas* todos os dias, desesperada para ver se o Cara do Trem tinha respondido. Ela estava mais ou menos setenta e cinco por cento certa de que o que Emma escrevera havia sido muito cru, muito provocativo, muito... excessivo, para garantir uma resposta dele. Mas, ainda assim, ela tinha esperança.

Mesmo que ela não tivesse pegado o trem das 7h30 na sexta-feira, ela continuava esperançosa de que o Cara do Trem estaria no seu vagão hoje. Ela se deixou ir longe, esperando durante todo o trajeto que alguém fizesse contato visual com ela, sorrisse, puxasse papo, porque, sim, ele colocara um anúncio no jornal e, sim, era sobre ela, e por que eles não matavam serviço juntos — hoje, aqui, agora?

Ao longo do fim de semana, ela fortalecera sua confiança e, na noite de domingo, estava imaginando — uma semana inteira após o primeiro anúncio dele — que amanhã ela iria conhecer o homem. Ela não tinha percebido o quanto ansiava por segunda-feira de manhã até que as 21h de domingo tivessem chegado sem qualquer sinal de que o Pânico Pré-Segunda estava a caminho.

Normalmente, ela sentiria uma sensação de desespero crescente aprofundar-se em seu estômago conforme a noite avançava. Porém, neste final de semana, ela estava definitivamente radiante conforme a hora de dormir se aproximava, sabendo que quanto mais perto de ir para a cama, mais perto da segunda de manhã.

Nadia fantasiava que eles desceriam do trem — na manhã em que se encontrassem —, se dirigiriam ao rio e caminhariam ao lado da água. Londres estava na época de um tipo curioso de luz matinal específico de julho — um tipo que brilhava de um jeito único, evidenciando questões problemáticas femininas, como buços e pelos no queixo —, então os dois provavelmente procurariam um cantinho bem sombreado. O sol viria por trás de Nadia, conferindo-lhe uma espécie de aura que ele acharia sedutora e irresistível, e que a faria parecer bíblica, de certa forma, em vez de parecer uma mulher se transformando em lobisomem porque a lua estava cheia.

Nadia sabia que uma forma de conectar duas mulheres era mencionar casualmente a necessidade súbita de pinçar um pelo grande e grosso saltando do queixo — de onde raios ele surgira? Como fizera para se esconder a olhos vistos até que um dia um galho preto de trinta centímetros parecia prestes a atingir o olho de alguém? Era um dos muitos mistérios de ser mulher.

Enquanto eles caminhassem em seu encontro imaginário, Nadia ficaria tentada a falar de seu terrível ex, a implorar que o Cara do Trem não a magoasse como ele havia feito, que não a fizesse ser nada menos do que ela era, mas antes que ela falasse isso, ele diria algo divertido que a faria rir. E a risada dela faria com que ele risse ainda mais, e ela esqueceria a história. Ah, como ele a faria esquecer.

Na segunda de manhã, contudo, a fantasia mudou, porque não dava para voltar atrás. Ele tinha respondido outra vez:

Garota do Café Derramado: Então você não curte grandes gestos românticos? Eu pensei que talvez você apreciaria o tempo dedicado para elaborar um anúncio espirituoso o suficiente para ser escolhido para publicação... (embora eu ache que você tenha parecido mais romântica ao escrever de volta do que você está deixando transparecer 😉). De qualquer forma, eu tenho cabelo escuro, minha mãe me acha "bem bonito, mas precisa se barbear direito", e eu sempre estou no último vagão porque é o mais vazio. Prometo que digo oi pessoalmente se você também disser. Do Cara do Trem, beijo.

Nadia sorriu e olhou imediatamente ao redor para ver se alguém tentava chamar sua atenção. Era um bilhete incrível — ele estava flertando! Ele não tinha medo dela! Bom, de Emma, na verdade. Ele tinha notado o humor no que Emma havia escrito e estava mostrando a ela que ele também sabia como entrar no jogo. Nadia achava aquilo super excitante. Ela adorava uma esgrima verbal.

Seus olhos escanearam o vagão, esperando pelo momento que mudaria tudo. Talvez aquela realmente fosse a manhã em que matariam serviço e fariam aquela caminhada.

O trem parecia mais cheio do que o normal. A razão pela qual Nadia resolvera acordar mais cedo em primeiro lugar foi para chegar à estação a tempo do trem das 7h30, que normalmente não ficava cheio até depois das 8h. Então como é que ela conseguiria descobrir quem era o autor quando todos os passageiros estavam ombro a ombro, espremidos como se dentro de uma lata de sardinha?

Ela escaneou as faces que conseguia ver.

O que Emma me diria para fazer? ela perguntou a si mesma. Emma a diria para engolir o orgulho e ser corajosa. É por isso que elas eram amigas no fim das contas — Emma trazia aquele lado de Nadia à tona.

Certo. Nadia pensou. *Corajosa.*

Nadia ajeitou a postura, inspirou e ergueu o queixo para encarar todo o vagão. Ela decidiu levantar do último assento livre e se dirigir à porta. O cara tinha dito que costumava ficar perto da porta, então era para lá que ela iria.

O coração dela batia tão forte no peito que ela achava que ele poderia se lançar para fora de seu corpo e cair a seus pés.

Humm, ela pensou, sangue pulsando nos ouvidos. Alguém já tinha escorregado por baixo dela — antes mesmo que ela terminasse de ficar de pé — para roubar seu lugar. Ela olhou para a esquerda e para a direita. *Mas será que ele estava falando daquelas portas afastadas de cada ponta ou das grandes portas duplas no meio?* Ela optou pelas portas grandes do meio. Nadia dobrou o jornal enquanto caminhava, acertando as axilas das pessoas, mas esperançosa de que mantê-lo debaixo de seu braço com a página da *Conexões Perdidas* aberta serviria como algum tipo de sinal. Um bom presságio.

Dois homens próximos a ela poderiam se encaixar na descrição de "cabelo escuro, bonito quando a barba está feita". Segurando-se nas barras acima de sua cabeça para se equilibrar, Nadia olhou através dos braços suspensos, viu que algumas pessoas desceram na estação Moorgate e encontrou espaço para se esgueirar para perto de um dos homens. Ele era alto, largo e, na verdade, não precisava se barbear para ficar bonito. Ele tinha aquele tipo de estética que não passaria despercebida na BBC às 21h de um domingo, o tipo de aparência de um homem que sabia como sobreviver na Amazônia por três anos com apenas um canivete e um pedaço de corda, ou que ficaria incrível usando um gorro e cheio de neve nos cílios, em algum lugar do Ártico, dizendo coisas tranquilizadoras sobre pinguins.

Nadia se endireitou. Ele era maravilhoso. Tipo, maravilhoso mesmo. Era esse o cara dela? Ela processou a camisa bem passada dele, o terno escuro e os sapatos brilhantes. Ele parecia super corporativo — ela normalmente não se interessaria por um cara que parecia ter uma empregada doméstica para passar suas roupas —, mas aquilo não era motivo para realmente descartar alguém. Ela procurou arduamente em sua cabeça por algo para dizer, para uma fala inicial sagaz e gentil — o tipo de coisa que ele mencionaria no discurso do dia em que se casassem e todo mundo iria concordar dizendo "Ah! Isso é tão a cara da Nadia! É claro que ele se apaixonou à primeira vista!".

O homem mudou de foco e olhou na direção dela, sorrindo levemente. Nadia percebeu que estivera encarando. Ela sorriu de volta, alucinada, e então viu o reluzir de ouro acima da cabeça dele, onde ele se segurava na barra. Terceiro dedo. Mão esquerda. Ele era casado.

Nadia desviou o olhar.

Não é ele, ela pensou, rechaçando o pensamento de que a) ela estava desapontada; e de que b) o casamento dele era uma inconveniência, mas não era totalmente problemático.

Sim, é problemático sim, ela aconselhou a si mesma, internamente. *Pare de se autossabotar. Chega de homens casados — nunca mais depois do que aconteceu com John.* Ela se deixou sentir momentaneamente a tristeza de quando se apaixonara pelo chefe quando tinha vinte e dois anos. Nada acontecera entre os dois, mas eles haviam trabalhado juntos até tarde tantas vezes que algo poderia ter acontecido se eles fossem outro tipo de pessoas.

Da última vez em que ouvira falar dele, ele tinha falado para a esposa que fazia anos que não era feliz e que tivera casos com várias colegas de trabalho. Agora, aparentemente, ele morava em Portsmouth, era pai solteiro e escrevia uma coluna semanal sobre masculinidade moderna para o jornal *The Guardian*, além de organizar retiros de pesca para homens em busca de conexão com as próprias emoções. Ela torcia para que ele estivesse mais feliz agora. Ela realmente gostara dele — mas, obviamente, várias outras mulheres do seu antigo escritório também.

A mente de Nadia começou a se perder em uma espiral de conversas vexatórias, julgando a si mesma por não ter padrões mais altos que um mero Ele Ainda Não Se Casou, quando ela se lembrou de que avistara dois homens no vagão. Duas possibilidades. Então, se não era o cara casado... seria o outro?

Lá.

Ele cruzou o vagão para pegar um assento do outro lado da divisória de vidro, e estava lendo o jornal.

É ele! Nadia pensou, os olhos fixos no topo da cabeça dele. *Eu posso sentir, é ele!*

Ele era mais novo que o outro cara e a barba dele não estava tão profissionalmente aparada quanto a do Homem Casado, era um pouco mais irregular e despenteada. Ela podia ver do que a mãe dele estava falando quando disse que se ele se arrumasse um pouco mais subiria uns pontos na Escala da Beleza. Ele ainda tinha um ar meio universitário, apesar de estar claramente mais próximo dos trinta que dos vinte e um.

Ele vestira calças sociais com tênis New Balance e a camisa estava aberta no pescoço, sem gravata. Ele não parecia corporativo, estava mais com cara de algo na área do design, parecia mais provável que ele trabalhasse com comunicação do que no mercado financeiro. Nadia não conseguia se lembrar quais eram as companhias de mídia na área da London Bridge — a maioria delas era em Leicester Square ou no Soho, não? Não que aquilo importasse. Ela descobriria tudo aquilo se aceitasse o desafio dele e desse oi em pessoa.

Nadia se esgueirou pelo meio do vagão e se aproximou de onde ele estava sentado, posicionando-se de modo a encarar a divisória de vidro. Ela poderia facilmente se inclinar e falar com ele sem assustá-lo.

Decidiu-se por dizer:

— A sua mãe está certa — ela falou se curvando para que a voz dela chegasse na orelha dele com precisão, de um jeito que acreditou ser adequadamente sexy e provocativo. — Você ficaria um gato depois de se barbear.

Ela achou que soaria sedutora e que seria divertido fazer uma referência à piada autodepreciativa que ele mesmo fizera. Ela imaginou que ele olharia para cima e concordaria que a mãe dele era esperta, e então Nadia poderia dizer alguma coisa sobre como era atraente o fato de ele respeitar sua família daquele jeito. Ou algo assim. Ela ainda não tinha decidido sobre os detalhes — tudo isso era novo, e um pouquinho assustador. Ela não quis pensar obsessivamente sobre a coisa. Então foi por isso que ela simplesmente disse o que disse. A primeira coisa que passou pela cabeça dela. *A sua mãe está certa.*

O cara olhou para cima:

— Como é que é? — ele perguntou, as sobrancelhas se unindo em confusão.

Ah, merda. Ela começou dizendo a coisa errada. Ela tentou consertar. Forçou uma risada:

— Não, eu não quis dizer isso — disse. — Eu queria dizer... A sua mãe com certeza é doida de pedra.

As sobrancelhas do homem dispararam para cima, saíram de pouco acima dos olhos para quase rentes ao cabelo.

— Ok, talvez ela não seja doida de pedra — Nadia ponderou, sentindo seu pescoço pegar fogo. — Não, não, ela, você sabe, provavelmente ela tinha boas intenções. Mães, você sabe! Ha!

Ai meu Deus, ai meu Deus, ai meu Deus, ela pensou consigo mesma. *Você está estragando tudo, mesmo!*

— Você é muito bonito — ela continuou. — Provavelmente você é ainda mais bonito com a barba! — As palavras dela iam se amontoando uma atrás da outra em uma pilha de nervosismo. — E muito romântico. Parabéns, você é bonito e romântico! Isso... É... O pacote completo! Romântico e bonito é o pacote completo!

— Senhora — perguntou alguém ao lado dela—, você está bem? — A voz se afastou dela em outra direção. — Será que ela está bem?

O homem estava olhando para ela agora e Nadia tinha uma sensação nauseante na boca do estômago que a dizia que algo estava errado, muito errado!

— Eu só estou nervosa, é só isso — ela disse, a voz subitamente esganiçada. — Eu não costumo, você sabe, ir até os homens no transporte público e...

O homem ficou de pé. O metrô estava parando na estação *London Bridge*, a parada dela.

— Puta que pariu, se afasta de mim — o cara disse, deixando-a de pé olhando o lugar onde ele estivera antes, queimando de vergonha. Ela conseguiu sair quando as portas estavam começando a se fechar, percebendo que era melhor ela descer também e torcendo para que não parecesse que estava seguindo o cara.

Um cara mais velho de cabelo grisalho, com manchas brancas de saliva seca nos cantos da boca, um homem que Nadia duvidava que tivesse escovado os dentes naquela manhã — ou em qualquer manhã, para falar a verdade —, deu um tapinha nos ombros dela quando ela se levantou para recuperar seu fôlego humilhado e, enquanto ela se virava, ele ficou lá, parado e esperançoso, e declarou:

— Eu saio com você.

O queixo de Nadia caiu:

— Eu... não, obrigada — ela disse, correndo em direção às escadas rolantes, desejando que nunca mais na história do mundo alguém falasse com ela novamente.

— Vagabunda! — o homem gritou atrás dela.

O celular de Nadia vibrou no momento em que ela cruzou a pista para chegar ao escritório.

E aí? Perguntou Emma.

Nadia enviou de volta um emoji triste. *Eu acabei de dar em cima do cara errado, ela digitou. Bom, pelo menos eu espero que tenha sido o cara errado. Se aquele era o cara certo, eu definitivamente estraguei minha chance.*

O que aconteceu??????!!!!

Ai meu Deus, não dou conta, te conto mais tarde.

Houve um momento em que Nadia viu uma mulher com um corte bob loiro e uma bolsa falsa da Louis Vuitton no seu vagão, e a linda narrativa que ela imaginara foi interrompida pela preocupação de que aquela fosse a loira devastadoramente fofa.

Não, pensou Nadia, *de jeito nenhum. Ela tem unhas de colar, falsas!*

Nadia odiava o fato de ter se reduzido a ver outra mulher como rival e a pensar coisas ruins sobre ela, ainda que a mulher estivesse usando uma quantidade absurda de delineador para aquela hora da manhã. Nadia queria que tudo aquilo fosse verdade — que fosse o seu momento romântico. Ela nunca tinha percebido o quanto estava faminta por aquilo até que a tentação sambasse na cara dela, e aparentemente aquilo a deixara territorial. Ela queria proteger o que acreditava ser dela.

Gaby estava esperando por ela no lobby do trabalho.

— E aí? — ela perguntou, entregando à Nadia um copo grande de café preto, o que era ótimo porque Nadia já tinha desistido do seu copo reutilizável. Ironicamente, era pedir demais que ela fizesse café antes mesmo de beber café.

— Você não vai acreditar na merda que eu fiz — Nadia disse envergonhada. — Eu dei em cima de dois caras e nenhum deles era o Cara do Trem. — Ela tomou um gole do café que Gaby lhe dera — Obrigada pelo café, por sinal. — Ela tomou outro gole.

— Eu disse que nenhum deles era o cara, porque eu espero que nenhum deles seja cara. Eu passei tanta vergonha que eu não tenho certeza de que poderei entrar no metrô de novo. Eu parecia uma louca desesperada, carente de homem e sem nenhuma vida própria. Foi horrível.

— Ai meu Deus — disse Gaby, rindo e, então, ao perceber que aquela provavelmente não era a melhor resposta, já que Nadia parecia genuinamente chateada, acrescentou: — Digo, eu estou rindo em solidariedade. O amor faz todos nós agirmos feito loucos!

— Eu estou triste! — disse Nadia, rindo também dessa vez.

— Eu esperei a semana passada inteira pra ver se ele ia escrever de novo, e aí ele finalmente escreve, e eu não consigo achá-lo!

— Era um recado fofo, eu vi.

Nadia olhou para Gaby, que encolheu os ombros.

— Talvez eu esteja um pouco envolvida nisso — disse Gaby.

— E eu estou feliz que você esteja também. Eu não tinha certeza de como as coisas seriam a princípio.

Nadia tomou outro gole de café:

— Ah, cale a boca! Você sabe tão bem quanto eu que eu amo o amor e morreria se um cara colocasse um anúncio no jornal por minha causa. Eu tinha decidido ter a esperança de que tudo isso podia ser algo gloriosamente romântico, uma história que eu contaria por anos a fio, até que eu comecei a me esfregar na perna de qualquer barbudo de trinta e poucos anos no transporte público. Que vergonha!

— Nadia, você é hilária.

— Eu sou patética! — Nadia riu. Elas entraram juntas no elevador e subiram até o andar de Gaby.

Gaby conferiu a hora no seu celular.

— Eu tenho uma reunião às 8h30 — ela comentou. — O que é muito inconveniente. Reuniões deveriam ser apenas na parte da tarde. Fode a minha manhã inteira quando eu preciso parar no meio. Que ódio!

— Eu só vou ficar o dia todo no laboratório — disse Nadia. — Onde é o meu lugar. Não tem como eu me degradar na frente de um código robótico.

O elevador abriu. As duas o notaram ao mesmo tempo. Um homem de terno azul marinho parado em frente à mesa da recepçao, as costas voltadas para elas conforme ele se inclinava para a recepcionista, parecendo absorto na conversa. Ainda que ela só pudesse vê-lo pelas costas — ou talvez porque ela só podia vê-lo pelas costas, as nádegas atrevidas e redondas nas calças do terno — Nadia abaixou a voz e suspirou:

— Eu bem que deixaria ele foder a minha manhã todinha.

Gaby deu um tapa no braço dela.

— Nadia! — ela riu. — Eu não vou conseguir me concentrar agora! Eu acho que ele é a minha reunião!

— Eu espero que seja... — disse Nadia, enquanto Gaby saía. — Puta merda!

Gaby se virou, lançou um olhar safado para ela antes que as portas se fechassem e Nadia riu. A risada fez com o que cara na mesa da recepção se virasse na direção dela, seu perfil se tornando proeminente por sobre o ombro de Gaby.

Ué! Nadia pensou, fazendo um esforço mental. *Eu te conheço!*

As portas se fecharam antes que Nadia conseguisse lembrar de onde o conhecia, e o elevador subiu.

Daniel

Daniel esperou no lobby do vigésimo primeiro andar pela sua reunião das 8h30 — um favor para um amigo que ele conhecia através de um grupo de networking para "Profissionais da Cidade", criado para colocar em contato trabalhadores de nível médio e alto de diferentes campos; afinal, a gente nunca sabe o que vem a calhar, principalmente agora que todos trabalham com contratos curtos, freelas e portfólios. Agora, que ninguém tem segurança de verdade com o emprego — nem quer permanecer muito tempo na mesma empresa —, ajudava muito manter todo mundo em contato.

Daniel ficou enrolado com o comitê social e foi enviado a um escritório parceiro, a fim de discutir os números para o próximo evento de *networking*. O evento ocorreria no salão de convenções do hotel Marriott de Grosvenor Square e, de algum modo, cada ingresso acabou custando cento e vinte e cinco libras. Daniel achou a coisa absurda ("Quem é que tem cem libras sobrando para *NETWORKING?!*", ele reclamou para Lorenzo uma noite. "Para ser honesto, bro, se eu não ficasse chapado todo fim de semana, eu teria", Lorenzo respondeu, sem ajudar em nada).

— Daniel? — disse a mulher que andava em sua direção pelo corredor. Ele redirecionou seu olhar para a esquerda, deixando de olhar para o elevador. Ele achou que tinha escutado alguém rindo e era uma risada tão alegre, tão semelhante a de uma criança feliz, que ele se sentira compelido a descobrir quem estava rindo.

A mulher que chamara seu nome continuou:

— Eu sou a Gaby.

— Gaby — disse Daniel estendendo a mão para um cumprimento. — Michael disse coisas maravilhosas sobre você — ele mentiu sorrindo.

Gaby riu e fez sinal para que ele a seguisse:

— Nós dois sabemos que isso não é verdade. — ela disse.

Daniel não respondeu nada, contindo o perigo enquanto era conduzido a uma sala de reuniões de canto. Até que o labirinto de divisórias de vidro terminasse no escritório de Gaby, o único barulho foi o farfalhar dos sapatos deles sobre o carpete. O escritório tomava uma boa parte de um dos cantos do edifício e, ao noroeste, podia-se ver o rio Tâmisa e o Parlamento.

— Então, entendi que nós temos um probleminha — Gaby continuou, sem mal fazer uma pausa após as boas-vindas, indo direto ao assunto. O corpo de Daniel sequer tinha encostado na cadeira na hora que ela disparou aquilo. Ela parecia uma âncora do jornal, com a cidade toda a seus pés atrás da janela.

Daniel riu:

— Eu não trabalho muito com problemas, Gaby, eu sou um cara de soluções. — Ele deu um sorriso largo. — Eu vim em paz.

Gaby ficou visivelmente mais relaxada.

— Ótimo — ela disse. — Desculpa. Sim. Meu Deus, Michael me avisou que você era carismático. — Ela sorriu discretamente. Foi tímido e controlado. Daniel se perguntou por um instante se ela estava flertando com ele.

— Eu só acho — ele disse — que podíamos mudar o local para o pub Flying Pig e fazer o ingresso custar até vinte e cinco libras, deixando o foco no *networking* em si, e não no glamour. — Ele viu uma nuvem escura passar pelo rosto de Gaby. — Com todo o respeito, é claro — ele acrescentou.

Agora ele entendia a sensação de perigo que havia tido antes: aquela era uma mulher que estava acostumada a dizer aos outros o que fazer, e não o contrário.

— O Flying Pig?

— Isso, perto do Barbican. É legal e a posição é central, também tem forros de mesa brancos... Eu já estudei com o gerente de lá. Se for numa segunda, ele consegue dar um jeito pra gente.

— Dar um jeito — Gaby repetiu, divertindo-se um pouco.

Daniel sorriu de novo, sentindo que ela estava entrando na onda:

— Eu sou só um cara que conhece um cara. — ele disse com um dar de ombros. — E esse cara consegue deixar o preço realmente acessível para aqueles que, como nós, estão economizando para dar entrada em um apartamento.

Gaby riu e disse que entendia qual era o ponto dele.

Eles se sentaram na sala de reuniões por vinte e cinco minutos, conversando sobre a logística do evento e dividindo as tarefas. Gaby era ótima em delegar e disparou e-mails de seu celular enquanto eles conversavam, dando tiques na sua lista de afazeres na mesma velocidade em que anotava tarefas. Juntos, eles mudaram o plano, deixando-o com melhor custo-benefício e sem perder o mágico contratado. As entradas custariam vinte e cinco libras e parte seria revertida em doações para uma instituição de caridade que escolheriam mais tarde.

— Bom — disse Daniel, olhando para o relógio —, nós trabalhamos rápido. São 9h, então eu vou atravessar a rua e ir para o meu escritório, mas vou encaminhar para você o e-mail que eu vou escrever para o Gary, em cópia oculta, assim que eu tiver o telefone do buffet, e aí deixo o resto com você.

— Perfeito. Obrigada — disse Gaby. E acrescentou: — E Michael estava certo: você colocou a coisa toda na perspectiva certa. Eu não sei o que eu estava pensando com o valor do ingresso. Acho que eu só queria deixar uma marca na minha primeira oportunidade com a equipe.

— Sem problemas — disse Daniel —, eu simplesmente gosto de uma barganha, é isso, sabe?

— Sei. — Gaby sorriu.

— Ah, e como é que você conhece o Michael? — Daniel não conseguiu deixar de perguntar, especialmente porque o tique nervoso que ela tivera na sobrancelha mais cedo indicava que eles deviam ter namorado. Com todos aqueles episódios de "The Lust Villa" que ele vinha assistindo, ele já se considerava um psicólogo romântico amador.

— Nós somos pessoas muito diferentes — disse Gaby sem realmente responder à pergunta. Daniel não disse nada. Ele aprendera, também com "The Last Villa", que se você quer que alguém conte os próprios segredos o truque é permanecer em silêncio para que eles acabem falando só para preencher o vazio. Funcionou. Gaby acrescentou:

— Com isso eu quero dizer que nós somos exatamente iguais. Dois teimosos e cabeças-duras que estão sempre com a razão, então, juntar nós dois era pedir por problemas. — Gaby deu de ombros. — A gente saiu por um tempinho e depois paramos de sair.

— Mas ele é um idiota esperto, tenho que admitir. Eu realmente acho que o que ele está montando aqui pode beneficiar um monte de gente. E, no mínimo, vamos nos divertir um pouco quatro vezes ao ano.

— Sim, com certeza. É uma ótima desculpa para encher a cara — Daniel respondeu gentilmente. E depois disse: — E eu entendo isso. Isso sobre você e o Michael. Minha ex e eu éramos muito parecidos também. Dois indecisos. Nunca conseguíamos ir ao cinema sem uma discussão de quatro horas antes de sair. De certo modo, faz sentido namorar alguém que é o seu oposto.

Gaby sorriu:

— Eu nunca tive esse problema. Todas as mulheres que eu conheci tinham cultivado uma atitude decidida como parte de sua marca pessoal.

Daniel riu de novo — ele gostou dessa mulher com seu jeito ousado e fala direta.

— Deus abençoe a quarta onda!

— Ahhh! — disse Gaby, ficando de pé para encerrar a reunião e empurrando-o porta afora. — Um homem que está em dia com o feminismo!

Eles andaram de volta pelo caminho que vieram, indo em direção ao elevador.

— Olha, não sei se é bem isso. Quando eu tava crescendo, meu pai nos dizia que isso se chamava respeito.

— Isso é música para os meus ouvidos. Não era uma mãe forte criando um rapaz forte, mas um pai forte dando um bom exemplo.

— Sim, meu pai era um cara incrível.

— Era?

Daniel assentiu:

— Alguns meses atrás. Aneurisma cerebral.

— Ai, sinto muito. Parece que ele era um homem feminista maravilhoso.

— Obrigado. Ele era sim. Digo, eu não tenho certeza de que ele se identificaria como feminista, mas ele era definitivamente alguém que você iria querer do seu lado.

Gaby estreitou os olhos. Ela gostava desse homem que estava diante dela, fazendo um favor para um amigo e sendo tão aberto e cheio de consideração sobre o preço dos ingressos. Nadia dissera que tinha achado ele fofo antes — tá bem, ela tinha dito algo muito mais grosseiro, mas o sentimento era mais ou menos o mesmo.

— Essa pergunta vai ser estranha — disse Gaby. — E eu definitivamente não estou dando em cima de você, eu estou saindo com alguém, na verdade, mas... Você está saindo com alguém?

Daniel franziu o cenho em resposta, metade constrangido, metade intrigado. Ele meio que tinha gostado da própria Gaby, de certa forma — doía um pouco no ego que ela estivesse fazendo um elogio e ao mesmo tempo dizendo que tinha um namorado.

— Então, não — ele disse se questionando por que raios ela perguntara aquilo. — Mas... — Como ele explicaria que tinha visto uma mulher no trem e que estava sonhando em conhecê-la? Não tinha como.

— Vai ter uma festa da equipe esta semana, que é para os clientes também, lá no Sky Garden. Eu não sinto que é falta de profissionalismo te chamar porque você parece legal e seria bom para você conhecer alguns dos caras daqui, se você quiser, mas... Tem uma pessoa para quem eu adoraria te apresentar. Uma mulher. Você gostaria de vir?

— Tem uma mulher que você quer que eu conheça?

Gaby riu:

— Eu sei que *a gente* acabou de se conhecer, mas a minha amiga trabalha alguns andares acima de nós e ela viu você quando ela me acompanhou para fora do elevador mais cedo. Ela disse que você era fofo. E eu posso dizer que você é esperto e que não parece um babaca, né? — Gaby fechou os olhos e balançou a cabeça levemente. — Eu tô parecendo desequilibrada, não tô? Eu só tô tentando fazer um favor para ela, é só isso. Vocês se dariam bem. E eu posso apresentar você para uma equipe maior também, engenheiros precisam de *networking*, certo?

Daniel pareceu incerto.

— Vai ter *open bar* — Gaby acrescentou brincalhona.

— Tá bom — ele disse, sentindo-se, de algum modo, posto contra a parede. Como se ele não pudesse dizer não.

Ele queria dizer não? Ele não podia dizer que não estava curioso. Ele não achava que era certo, mas também não podia jurar lealdade emocional à Nadia. Eles sequer tinham se falado! Mas mesmo assim, dizer sim parecia desleal. Ele não sabia *o que* dizer.

— Ok. Claro — ele acabou dizendo. — Você me manda os detalhes por mensagem?

Ele levou a mão ao bolso interno para pegar um cartão de negócios. Se ela mandasse uma mensagem, ele sempre poderia responder desistindo, assim que conseguisse encontrar uma desculpa.

— Eu não sei se eu realmente posso dizer que confio em você, mas...

— Ah, você pode confiar em mim — disse Gaby. — Você é exatamente o tipo de cara que minha amiga vai amar, e estou sentindo que você é exatamente o tipo de cara que vai saber como lidar com ela.

Daniel sorriu. Se não fosse por Nadia, ele com certeza teria aproveitado a aventura de ter uma reunião de negócios com uma bela mulher apenas para ganhar um encontro arranjado com outra mulher, presumivelmente tão esperta e bonita quanto a primeira. Mas ele também não podia se prender por causa dela, não é mesmo? Aquilo era... ridículo.

— Ela fica de boa com você bancando a casamenteira pra cima dela? — Daniel perguntou.

— Ai, Deus, não. Ela me mataria — Gaby disse rindo e aí, de repente, Daniel passou a confiar nela. Em um passe de mágica. Por causa da forma como ela fora gentil e honesta ao admitir a verdade. — Mas eu sei que ela vai me perdoar quando vocês se conhecerem. Eu tenho uma sensação de que vocês são perfeitos um pro outro.

Nadia

— E ele é super fofo — disse Gaby enquanto comia um burrito no meio de um almoço rápido no Borough Market. — Ele tem essa vibe meio trabalhador inglês, estilo Ben Whishaw, sabe? Aquele ator que faz o cara que constrói os carros do James Bond. Enfim, ele é... legal. Ele é muito legal.

Nadia revirou os olhos enquanto enfiava seu abacate extra na segunda metade de sua refeição.

— Só porque eu namorei um escroto da última vez não quer dizer que agora eu queira alguém "legal" — Nadia reclamou.

— Eu sei o que "legal" significa.

Gaby chacoalhou a cabeça como se dissesse *o quê?*

— Legal significa... escorregadio.

— Nãããããooo! — disse Gaby. — Escorregadio era a definição de legal em 2012. Agora a definição de legal é tipo consciente. E bondoso.

— Em oposição a consciente e...?

— Consciente e que se utiliza disso para te levar para a cama. Eu aprecio o fato de que não existe nenhum homem em quem se possa confiar menos do que aquele que diz que é feminista na bio do Twitter.

— Isso é verdade — Nadia disse rindo. — O homem com feminista na bio é aquele que te fala sobre o quanto ele gosta de mulheres ao mesmo tempo em que diz que não tem estômago para sexo oral.

Gaby estava berrando de rir:

— Ha! Sim! O homem com feminista na bio não é macho palestrinha, é defensor apaixonado.

Nadia assentiu.

— O homem que tem feminista na bio lê um livro da bell hooks e TE conta todas as formas pelas quais VOCÊ é oprimida.

— Ele afasta os homens da vida dele porque são repugnantes e deixa mulheres na vida dele para que façam o processamento emocional no lugar dele!

— Ele pede *permissão* antes de enviar um nude!

— Esse jogo é divertido! — Gaby disse.

— Exato — disse Nadia. — Hashtag nem-todo-homem. — Isso foi o suficiente para fazer as duas voltarem a gargalhar. Elas esperavam que qualquer homem fosse feminista da mesma maneira que esperavam que qualquer homem gostasse de oxigênio e de respirar. É claro que eles gostavam. Eles simplesmente não precisavam se gabar sobre isso. Feminismo era uma ação contínua, não uma fala para puxar papo.

— Mas falando sério, tô te dizendo que o gatinho que tava na recepção hoje de manhã vai pra a festa de verão e eu adoraria te apresentar. É que eu.... Eu tenho uma intuição.

— Uma intuição.

— Será que existe algum campo de possibilidades em que você consiga confiar em mim?

Nadia estreitou os olhos.

— Tá bem. Ok. Eu vou, e vou conhecê-lo. — Ela colocou o último pedaço do seu almoço na boca e refletiu: — Sabe que eu realmente tenho a impressão de que eu já o vi antes em algum lugar. Será que foi no Bumble? Ou no Tinder ou Hinge?

Nadia tentou conjurar uma imagem dele em sua mente, mas ela só o vira de perfil, logo antes das portas do elevador se fecharem. Foi um milissegundo de reconhecimento.

Mas, por outro lado, Nadia definitivamente tinha um tipo e, várias vezes por dia, ela se pegava virando a cabeça para mais um moreno alto vestido de terno e com barba por fazer. Ela era pouco imaginativa nesse aspecto. Ela gostava de clássicos.

— Ei! — disse Nadia, pensando no quanto sua melhor amiga gostaria da oportunidade de conhecer os caras da empresa também. — Que tal chamarmos a Emma?

Gaby ficou subitamente corada e disse:

— Ah, então, na verdade eu já chamei.

— Ah — fez Nadia. — Então... que legal. — Seu tom dava a entender que, na verdade, era tudo, menos legal.

Nadia ficava incomodada com o fato de Gaby ter passado por cima dela para convidar a amiga. Emma nunca tinha ido a um evento de trabalho da RAINFOREST antes, então não era garantia de que Nadia iria convidá-la. Ela só pensou naquilo porque precisaria muito de uma escudeira e Emma era uma pessoa excelente para se ter ao lado na hora de conversar com o sexo oposto. Ela sabia exatamente quando ficar por perto e quando arranjar uma desculpa para ir ao banheiro e nunca mais voltar.

— É que eu achei que você iria convidá-la de qualquer jeito, e nós estávamos batendo papo no Instagram hoje de manhã então...

— Claro, isso aí — disse Nadia. — Quando esse cara acabar se mostrando um traste, pelo menos eu terei minhas parceiras de dança.

— Ele não é um traste — disse Gaby enfaticamente. — E eu estou disposta a apostar meu cinto da Gucci que eu comprei fora da promoção nisso.

— Meu Deus, eu amo aquele cinto — disse Nadia, que desejava um igual há muito tempo. — Bom, enquanto isso... Eu vou responder para o Cara do Trem outra vez. Assim eu não coloco todas as minhas fichas na mesma aposta. Eu vou conhecer o seu cara e isso deve ajudar a tirar a pressão com o Cara do Trem. Afinal, sejamos sinceras, ele ainda pode ser um Quasímodo. Ou, pior ainda, um Tory. Acho que é sensato.

— Gata, não tem nenhuma pressão em lugar nenhum, mesmo. É pra ser divertido! Só se divirta! E, de qualquer forma, você nem vai querer mandar anúncios para o Cara do Trem depois de conhecer o *meu* cara. Eu tenho um sexto sentido pra essas coisas. Ele é com certeza o cara perfeito pra você.

Gaby visualizou as horas em seu celular.

— Tá bem, bora, tenho que ir, tenho outra reunião em cinco minutos. — Ela deu um beijinho nas duas bochechas de Nadia. — Você pode batizar seu primeiro filho em minha homenagem, ok? Você e o Daniel?

Nadia revirou os olhos. Ela realmente amava a consideração — e o entusiasmo — da amiga, mas sentia uma pequena pontada de culpa por causa do Cara do Trem, em quem ela passara tanto tempo pensando. Mas era a coisa certa a fazer. É o que dizem, não é? Para não colocar cedo demais muita expectativa na ideia que temos de um homem? E, de qualquer forma, era aquilo que Emma sempre dizia na coluna dela sobre namoros.

Não que ela quisesse dizer aquilo para Gaby, mas Gaby realmente tinha essa habilidade estranha de sacar o caráter das pessoas. Se ela tinha dito que o Sr. Bumbum Gostoso também era o Sr. Personalidade, Nadia deveria pelo menos passar um batonzinho e ir conhecê-lo. E, para aumentar as suas chances, ela também responderia ao anúncio do Cara do Trem. Ela lera na cópia de Emma de Agarre o seu gato! que era sábio espalhar suas expectativas, assim você sentia menos pressão e conseguia aproveitar cada interação pelo que ela era e não pelo que ela era na sua cabeça.

De volta à sua mesa, no escritório, ela abriu a página de submissões da *Conexões Perdidas* e digitou:

Obrigada por me deixar de mãos abanando, Cara do Trem: eu basicamente pedi em casamento e me ofereci para dividir a hipoteca com um homem que seria bonito caso se barbeasse, e não era você! Eu queria que fosse você. Não conte para ninguém, mas você tinha razão: eu adoro um grande gesto romântico. Agora é com você, amigo. Faça-se conhecido. Com amor, Garota do Café Derramado.

Daniel

— Cara, fala sério, você vai precisar de ajuda. Eu sou um ótimo escudeiro! Você sabe que eu sou ótimo nisso!

Lorenzo sacudia para todos os lados sua torrada cheia de manteiga vestindo nada mais nada menos que uma cueca boxer. Ele era desinibido sobre ficar seminu. Para falar a verdade, ele era desinibido sobre ficar totalmente nu. Logo que Daniel se mudou para o apartamento, ele encontrou Lorenzo sentado completamente pelado diante da TV em uma tarde de sábado, e não demonstrou qualquer sinal de constrangimento quando Daniel passou por ele para ir até a cozinha. Quando Daniel bateu o pé para proibir o contato de pele nua com qualquer um dos móveis, Lorenzo protestou veementemente, mas, no fim, aceitou. Se um dia Daniel encontrasse um pentelho errante na mesa do café da manhã, ele estrangularia alegremente seu colega de apartamento, com a certeza de que a lei estaria ao seu lado. Como é que não estaria? Espaços divididos não eram para bundas peladas.

— Mas eu não vou porque quero que me arranjem alguém. — Daniel explicou pela sétima vez enquanto procurava pelas chaves. — Eu vou porque essa mulher, a Gaby, foi muito convincente e eu não quero ser rude e deixar uma má impressão que atrapalhe o Michael. Inclusive, o próprio Michael pode chegar a tempo e aí eu já tenho um escudeiro.

Ele andou em direção à porta da frente, conferindo no caminho seu reflexo no espelho. Lorenzo o seguiu. Daniel tentou não pensar no farelo que ele estava deixando cair.

— Não é mais grosseiro você ir e dar um perdido nessa menina do que nem ir? — Lorenzo perguntou de boca cheia.

— Não diga menina. Ela é adulta. É uma mulher.

— Cala a boca. Meninas são... meninas. E eu vou sim. Eu te pego no trabalho tipo seis horas? Ok?

— Eu te mando uma mensagem — gritou Daniel enquanto fechava a porta atrás de si. — Deixa eu pensar no assunto.

Ele não tinha a menor intenção de pensar no assunto.

Era o dia da festa e Daniel estava se sentindo estranhamente ansioso. Ele estava decidido a conquistar seu crush da hora do rush, e não essa mulher da festa. Sempre que ele ficava triste por causa do pai, ele tentava se imaginar contando ao pai sobre ela, sobre Nadia, sobre aquela mulher no trem e os bilhetes que deixavam um para o outro — e ele meio que tinha uma conversa com o pai na cabeça dele, uma conversa que era legal e positiva, ao invés de apenas se sentir miserável por ele não estar mais ali.

E ele mal podia esperar para dar à sua mãe uma boa notícia, algo que fosse empolgante e trouxesse esperanças, em vez das conversas costumeiras sobre coisas que nenhum dos dois podia controlar. Daniel frequentemente desejara ter um irmão, um cara com quem pudesse contar para entender essas questões de família. Mas não tinha. A coisa mais próxima de um irmão era seu primo Darren, que ficara de saco cheio do que ele chamava de Inglaterra "chuvosa e miserável pra caralho" e se mudou para a Austrália com um visto para menores de trinta anos, onde conheceu um rapaz com quem se casou. Eles moravam em Sidney e postavam fotos no Facebook de refeições ao ar livre onde ambos estavam musculosos e bronzeados, usando óculos iguais que só ficavam bons em um deles (o marido de Darren), mas não no outro (a cabeça de Darren era meio estreita para óculos de sol daquele tipo).

Era um dia esquisito. No caminho para a estação de metrô e enquanto o trem acelerava por Angel, Daniel se pegou pensando que a única forma de escapar da festa seria se ela estivesse lá, no trem. Ele decidiu que aquilo seria o sinal de que deveria juntar sua coragem e fazer ao menos contato visual, e aí, se conseguisse fazer isso, ele poderia simplesmente não ir à festa. Mas no fim das contas ele não a viu na plataforma e ela com certeza não entrou no vagão dele e então, quando ele desceu do trem, pronto para trabalhar e certo de que não havia recebido nenhuma dica do universo ou de alguma força maior, ele mandou uma mensagem para Lorenzo dizendo: *Tá bom, me encontra às 18h.*

Lorenzo respondeu imediatamente com o emoji de duas cervejas brindando e um *smiley* sorridente.

Romeo não estava na porta naquela manhã, então Daniel não teve desculpas para desacelerar e pensar sobre sua vida amorosa com o homem que parecia cada vez mais ser a única pessoa que colocava juízo em sua cabeça sobre... bom, sobre tudo, na verdade. A pontada de decepção que sentiu relembrou-o de que ele não havia visto seus amigos da universidade — aqueles com os quais costumava tomar uma cerveja no fim de semana ou sair para jantar — em um bom tempo. Ele tinha trinta anos, quase trinta e um, e todo mundo que ele conhecia, tirando Lorenzo, havia saído dos arredores de Londres para começar uma família — ou, pelo menos, havia começado a pensar sobre talvez pensar em ter uma família.

Ele já não ia mais a casamentos todo fim de semana — isso acontecera mais ou menos dois anos atrás, quando ele tivera seu último relacionamento sério, com Sarah, que o trocou por um cara que usava pochete sem ser de modo irônico — e agora frequentava muitos batizados e aniversários de um ano na região das colinas Costwolds ou no condado de Kent ou, só pelos seus amigos Jeremy e Sabrina, na cidade de Milton Keynes. Mas nunca estava simplesmente no pub depois do trabalho.

Seu grupo tinha, de diversas maneiras, seguido em frente sem ele.

Por dez anos eles tinham se chamado de irmãos e feito o juramento de "irmãos antes de corrimãos". Daniel refletiu que provavelmente tinha sido de muito mau gosto chamar as mulheres que namoravam de corrimãos, mas nada rimava com "jovens mulheres com sonhos, esperanças, ambições e um bom senso de humor". Lá pelos vinte, os amigos de seu grupo juraram uns aos outros que eles eram família, mas no espaço de poucos anos, talvez até menos, todo mundo, exceto por Daniel, havia debandado e constituído famílias de verdade, reconhecidas pelo Estado. A esposa de Sam até pegara o sobrenome dele, o que causou uma cisão entre ela e as outras esposas e namoradas do grupo. Todas disseram que ela não era feminista, mas então Rashida gritou com elas que feminismo é sobre escolhas e que elas precisavam se olhar no espelho se fossem continuar dizendo a ela o que ela podia ou não fazer. Daniel não sabia bem o que pensar. Ele não tinha uma esposa para se preocupar.

Enquanto subia para o escritório, ele pegou o celular e mandou uma mensagem no grupo dos amigos dizendo: *Tá certo, gente, temos que nos ver, cara. Um sábado à tarde em Londres? Ou talvez um Airbnb em algum lugar?*

Ao longo da manhã, ele recebeu um fluxo de mensagens que resultou em seis dos amigos que participaram da conversa estando animados para o encontro. Daniel perguntou se seria loucura marcar logo nesse fim de semana. Era raro que pudessem fazer algo espontaneamente agora que todos tinham responsabilidades, mas Terrence disse que sua esposa estaria fora no fim de semana para a despedida de solteira da irmã mais nova dela, então todo mundo podia ficar na casa dele, e tudo ficou mais fácil. Alguns só podiam na sexta e outros só podiam no sábado, mas no fim das contas, seis deles já era bom pra caramba.

O humor de Daniel melhorou o suficiente para que começasse a ficar animado para a festa daquela noite. Pode dar certo, ele pensou, se ele deixasse. Ele saiu para almoçar e deu uma ajeitada no cabelo e passou um pouco do perfume Hwyl na loja Aesop: ele lera recentemente em uma reportagem que aquela era a fragrância que todo hipster deveria usar. Ele refletiu sobre como ele se sentia melhor ao ser proativo em busca da própria felicidade. Ele não conhecia muitas pessoas que iam atrás do que as fazia se sentirem bem — ele conhecia muitas pessoas que esperavam sentadas que a vida acontecesse para elas. Romeo parecia proativo: era por isso que gostava dele. Foi providencial que ele estivesse no lobby quando Daniel voltou do almoço. Foi ótimo vê-lo.

— Tá bonitão, amigo — disse Romeo, praticamente repetindo palavra por palavra do que ele dizia todos os dias, e então acrescentou: — E está cheirando bem, é aquele perfume novo da Aesop?

— Você conhece — disse Daniel, dando um soquinho no punho do amigo enquanto andava.

— Você está parecendo alegre hoje, hein?

Daniel parou e se virou:

— Romeo, eu decidi que hoje é um ótimo dia.

— Esse é o espírito, Daniel. Cara, você está certo. Você me inspira, cara!

Daniel piscou para ele. Ele mesmo estava se sentindo inspirado.

— E ela escreveu para você outra vez, eu vi. Será que isso tem algo a ver com essa disposição maravilhosa?

Daniel girou nos calcanhares para encarar Romeo:

— O quê? Eu não vi o jornal hoje. Eu tava tão ocupado procurando por ela no metrô que nem pensei em procurá-la no jornal!

Romeo pegou uma cópia do jornal daquela manhã na mesa da recepção e a atirou para Daniel, que a abriu imediatamente na página certa, leu o bilhete e ficou parado, sorrindo para Romeo.

— Daniel? — Romeo perguntou.

— Sim? — Daniel respondeu, sonhador. Ela o procurara! No trem!

— Não fique aí parado! Escreva de volta!

O sorriso de Daniel ficou ainda maior, se é que aquilo era possível.

"Xá comigo", ele falou, apontando o indicador para Romeo e erguendo o dedão, que ele dobrou levemente para baixo, como se apertasse um gatilho. — XÁ. CO-MI-GO.

Ele voltou para o escritório e escreveu uma resposta para Nadia, acertando de primeira:

Você é engraçada. Devem te dizer o tempo todo, né? Engraçada e fofa. Eu sou muito sortudo!! Olha, se você conseguir chegar no trem na hora, eu vou ficar muito feliz em fazer a minha parte. Estou bem ansioso para te conhecer direito. Com amor, Cara do Trem.

Ele leu e releu várias vezes, e com um aceno de satisfação apertou o botão "Enviar".

O bom humor de Daniel só durou até pouco depois das 19h, quando ele ficou de pé no meio do Sky Garden, o jardim público mais alto de Londres, que ficava em uma torre enorme com formato de walkie-talkie e vista para a cidade.

Ele estava rodeado de estranhos, vagamente consciente de que Lorenzo estava contando sua versão romantizada da história sobre quando ele trabalhou como stripper para pagar o mestrado, e sobre como uma vez ele ficou com o pênis preso na tromba do elefante costurada em seu fio-dental. As garotas — mulheres, embora todas parecessem bem jovens, talvez com vinte e dois ou vinte e três anos — estavam adorando, gargalhavam alto, encostavam no braço dele, provocando-o para recontar algumas partes, fazendo-as rir ainda mais. Enquanto Daniel tentava adivinhar quais delas Lorenzo queria levar para a cama, sabendo que Lorenzo não se limitaria a apenas uma, Gaby o chamou puxando pela manga.

— Você veio! Estou tão feliz! — ela disse dando um beijinho em cada bochecha dele.

— Eu vim — Daniel disse, mandando beijinhos de volta pelo ar. — Mas receio que meu convidado seja mais popular do que eu.

Os dois olharam na direção de Lorenzo: agora ele estava contando sua piada sobre o caranguejo no bar. Quando ele chegou ao ápice, a audiência colapsou mais uma vez em risadas paqueradoras. Uma das mulheres, segurando sua garganta enquanto jogava a cabeça para trás, fez contato visual com Daniel quando se recompôs. Ela manteve o contato intensamente por um momento e, então, de modo rápido, desviou o olhar.

— Só que você vai ser popular com a única pessoa que importa — disse Gaby. — A mulher do momento deve chegar a qualquer minuto. Ela ficou de vir andando do escritório para conseguir o número certo de passos.

— Muito sensata — disse Daniel, sem saber o que mais dizer. Os dois ficaram suspensos naquela sensação constrangedora de não conhecer um ao outro de verdade e de não estarem realmente com vontade de fingir que se conheciam. Bebidas. Ele decidiu por buscar uma bebida:

— Eu tô indo ali no bar, posso pegar algo pra você?

— Não, não — disse Gaby. — Eu só preciso cumprimentar uma pessoa que está lá do outro lado. Já venho te encontrar, eu tô tão feliz que você veio.

Daniel levantou a mão para que Lorenzo pudesse ver, como se estivesse levantando uma cerveja imaginária, o sinal universal para "você quer outro copo?". Lorenzo ergueu seu copo vazio em resposta, o sinal universal para "sim, eu quero!".

Quatro ou cinco cervejas depois, Daniel percebeu que, de alguma forma, em algum momento, ele tinha passado o braço por sobre o ombro nu de uma mulher e que já tinha anoitecido. Gaby nunca voltara para apresentá-lo para alguém — na verdade, fazia eras que ele não a via. Mas não importava. Ele tinha tomado seu primeiro copo para acalmar os nervos, e o seu terceiro porque o segundo estava muito gostoso. Quando caiu a ficha de que não haveria nenhuma grande apresentação para o estranho no ninho se acomodar, ele aceitou a cerveja que Lorenzo ofereceu para ele um pouquinho mais tarde. Ele já estava acidentalmente bêbado a essa hora e não disse muita coisa enquanto continuava a assistir a performance de Lorenzo para sua audiência de admiradoras — mas ele nem precisava dizer algo. Ele sabia qual era o seu papel quando os dois saíam juntos: nas poucas vezes, de contar nos dedos da mão, que foram juntos a um bar, Daniel frequentemente se tornava o silencioso, que, conforme as mulheres lhe disseram mais de uma vez, fazia com que parecesse misterioso e pensativo.

A ideia era hilariante para ele — elas não faziam a menor ideia de que ele estava tonto e não pensativo —, e a mãe dele logo corrigiria a ideia de qualquer um que pensasse aquilo de seu filho. Mas vez ou outra, a confusão funcionava a seu favor. A mulher com quem ele fizera contato visual mais cedo continuou cruzando olhares com ele e eventualmente se aproximou, quando do Daniel se dirigia ao bar de novo, para dizer "Pede pra mim um copo grande do vermelho, pode ser?". Ele olhou para ela e assentiu. Ela era bonita. Ele estava pensando sobre o que aquele manual de namoros tinha dito sobre ter opções, sobre não colocar uma pessoa só no centro das suas afeições, sobre diversificar um pouco e diminuir a pressão. Foi mais ou menos nesse momento que ele colocou o braço ao redor dela.

— Vamos sair daqui — ela disse para ele, pouco depois, um sussurro quente em seu ouvido.

Daniel olhou para ela. De alguma forma, eles tinham se afastado da roda e estavam imprensados juntos em um canto. De repente a mão dela estava no peito dele, a palma fria contra o algodão da camisa. Ele sabia que se olhasse para baixo, ela estaria olhando para cima, para ele, e aquilo seria um convite para um beijo. Ela estava se oferecendo para ir para casa e transar com ele.

Em outra vida, dez anos atrás — cinco anos atrás! Ou, para ser honesto, até no ano passado — ele teria dito sim. Ele a teria levado para casa e feito amor com ela e teriam saído juntos em alguns encontros, ambos tentando fazer as peças do quebra-cabeças que era cada um deles se encaixarem, mesmo que não se encaixassem. Mas depois do seu pai, ele sabia que a vida era muito curta para desperdiçá-la com pessoas pelas quais ele não estivesse louco.

— Desculpa, eu... — ele começou tirando o braço dos ombros dela.

A garota pareceu desapontada, mas determinada:

— Você tem namorada?

— Não — respondeu Daniel.

— Porque eu não saio falando por aí quando fico com alguém... — Ela continuou a fala, aproximando-se dele de novo. Daniel colocou suas mãos sobre as dela, retirando-as de seu estômago, onde estavam repousadas com leveza de um jeito que, mesmo bêbado Daniel não deixou de notar, era bem gostoso.

— Desculpa — ele disse com firmeza e ela ganhou pontos por simplesmente dar de ombros e se afastar.

Em casa, sozinho em sua cama e com um copão de água na mesa de cabeceira, Daniel ouviu, contra sua vontade, sete minutos de gemidos e metidas vindos do quarto de Lorenzo, até que alguém fizesse uma pausa para fazer xixi, saindo do quarto e deixando a porta do banheiro entreaberta. Ele conseguiu ouvir o eco na privada. Foi difícil dormir naquela noite e, quando finalmente apagou, teve um sonho estranhíssimo sobre ser um polvo. Ele tentava desesperadamente pegar um livro, mas estava segurando algo em cada uma das mãos e não podia pegar o livro sem soltar outra coisa. E ele não queria soltar nada. No seu sonho, como um polvo, ele ficou tão angustiado com a ideia de que teria de abrir mão de alguma coisa para conseguir ver o que ele queria ver, de modo tão desesperador, que, quando acordou, se viu banhado em suor, arfando e sem fôlego. Além de se sentir muito, muito triste.

Ele queria que mais alguém estivesse ao lado dele na cama.

Ele queria estar na cama ao lado de sua melhor amiga, em uma casa que pertencesse aos dois, talvez até mesmo com alianças nos dedos.

Daniel queria o que sua mãe e seu pai tiveram. Ele queria tão intensamente. E não queria com qualquer pessoa.

Ele queria aquilo com o amor de sua vida.

NADIA

Nadia passou o dia com a sensação de que algo estava errado. Uma espécie de peso sinistro em seu ventre e uma ansiedade que a fizera perder a calma no laboratório mais de uma vez.

— Me desculpe! — ela pediu à assistente quando se viu perdendo a calma por causa da reconfiguração de um pedacinho teimoso do código, que não funcionava exatamente no projeto em que trabalhavam. — Na verdade, sabe de uma coisa? Sei que estamos com o prazo apertado, mas vamos fazer uma pausa. Vinte minutos. Vou voltar com bolo.

Nadia pegou o celular e saiu do escritório, indo em direção ao mercado para a sua segunda padaria favorita na cidade. A primeira padaria no seu ranking era a loja de cupcakes na Church Street em Stoke Newington, na descida da rua onde ela morava. Se você fosse lá na hora certa do dia, era possível conseguir um quarto inteiro de bolo *red velvet* com tanta cobertura que você precisaria de duas xícaras de chá para ajudar a descer. Em dias em que a cobertura era menos fundamental, Nadia gostava dos cookies da sua segunda padaria favorita, que eram inspirados na padaria Levain de Nova York — aqueles cookies tinham sido inventados por um nadador olímpico que precisava de uma forma de consumir o maior número de calorias possíveis no menor tempo possível. Eles eram densos e leves, cheios de pedacinhos de chocolate, mas tão deliciosos que nunca pareciam suficientes. Cada cookie custava quase seis libras, então não era a quantidade de gordura e sim o preço que impedia Nadia de comê-los com frequência.

Normalmente, ela fazia esse agrado para si mesma logo antes da menstruação que — ah! Nadia abriu o calendário menstrual em seu celular, sabendo antes mesmo que o app carregasse que ela estava definitivamente na TPM. Isso mesmo. O pontinho piscante dizia a ela que poderia esperar um sangramento amanhã e, de repente, sua disposição soturna, o pavio curto, o desejo de queimar o mundo inteiro até virar pó e de comer incontáveis calorias fizeram todo o sentido.

Foi mais tarde, bem na hora que ela tinha acabado de trocar a blusa, passar desodorante extra e estava procurando pelos seus TicTacs, que ela sentiu uma contração em seu ventre que significava que sua menstruação viera um dia antes. Ela detestava aquela sensação — de que a menstruação tinha chegado antes de ela estar pronta — e soube instantaneamente que teria uma noite terrível, desejando estar em casa. Ela odiava se sentir obrigada a ir por causa do encontro arranjado. Ela não estava no humor para flertar e ser encantadoramente tímida e diminuir suas conquistas até que ela conseguisse mapear até que ponto o cara em questão se sentia ameaçado. O encontro parecia todo fofo e adorável na teoria, mas ela estava péssima, e, para ser sincera, estava muito mais determinada a descobrir quem era o homem no trem do que em sair hoje à noite. Quem saberia que tipo de cara estava esperando por ela no Sky Garden? Embora, se ela fosse justa, também não sabia que tipo de cara estava esperando para conhecê-la no trem. Urgh. Ela olhou para si mesma no espelho.

Vamo lá, gata, ela se encorajou. *Marca presença na sua própria vida.*

Te vejo lá, ela mandou por mensagem para Gaby. *Vou caminhar para espairecer um dia ruim. Minha menstruação chegou mais cedo.*

Gaby respondeu: *Rápido! O pobrezinho está mega nervoso. É até fofo, mas venha logo para cá e dê um descanso pra ele!*

Nadia enviou de volta o emoji de uma garota correndo, demonstrando um ritmo no qual ela não estava. Sua amiga só estava tentando ajudá-la, ela sabia.

Ela já tinha caminhado mais ou menos treze minutos dos vinte minutos até o Sky Garden quando seu humor melhorou. O ar fresco levou embora suas nuvens cinzentas e a ajudou a ter mais perspectiva sobre sua vida. Nada *ruim* estava prestes a acontecer: a sensação que ela tivera o dia inteiro não era nada além da simples biologia do seu ciclo menstrual. Ela estava prestes a entrar em um lugar bonito com vista para o horizonte de Londres no verão, suas duas amigas mais próximas em todo o mundo estariam lá, um open bar e um cara potencialmente bonito. Mesmo que a noite não desse em nada, ela tinha lido em Agarre o seu gato! que se recusar a praticar a paquera com homens que você *não* gosta era como dizer que você decoraria suas falas quando estivesse no palco. Aquele livro defendia o flerte com qualquer pessoa, a qualquer hora, em qualquer lugar, apenas para ser polido, amigável e se acostumar a ficar um pouquinho nervoso, de modo que quando o verdadeiro homem da sua vida finalmente estivesse na sua frente, você não estragaria tudo.

Sim, Nadia disse para si mesma, *eu vou lá praticar minhas habilidades de flerte*. Ela fez uma lista de algumas coisas espertas para dizer, imaginando a si mesma sendo sorridente e carismática enquanto bebia e ria. Ela se divertiria tanto quanto decidisse se divertir, e assim, na metade da caminhada de oitocentos metros à luz do sol, ela decidiu que teria uma experiência maravilhosa.

E então ela o viu.

Ben Lixo.

Na noite em que ela terminou com ele — um ato que exigiu mais coragem que qualquer outra coisa que ela jamais fizera e três semanas inteiras de preparação — ela se sentou e absorveu enquanto ele dizia coisas horríveis para machucá-la.

Ele disse que ela não tinha nenhum valor, que ninguém iria querê-la, que ela era defeituosa e não sabia como amar.

Ela chamou um Uber para ele e soube que nunca mais ouviria falar dele outra vez: que o sangue brasileiro orgulhoso dele iria fazê-lo agir como se ela estivesse morta para ele, o que era perfeito. Ela precisava não vê-lo. Ele trabalhava fora de Londres, o que significava que as chances de encontrá-lo por acaso em um dia qualquer eram mínimas; mas, é claro que, embora Londres fosse grande, os circuitos cotidianos que a maioria das pessoas fazem são pequenos. Assim como os grã-finos conheciam Notting Hill como a palma de suas mãos, os executivos do marketing conheciam cada volta e virada do Soho; e os profissionais de trinta e poucos anos que eram hipsters e solteiros conheciam de cor e salteado as ruas de Spitalfields e da Commercial Road. *É óbvio que se Ben Lixo fosse vir à cidade para um encontro seria naquela parte da cidade. E parecia que ele estava em um encontro mesmo — ou quem sabe até mesmo tivesse uma namorada.

Enquanto devaneava sobre a festa de verão, Nadia tirou os olhos dos pés apenas para experienciar a constatação horripilante de que seu ex-namorado emocionalmente manipulador e com sérios distúrbios de personalidade estava diante dela — ela tinha literalmente esbarrado nele.

Ela não o tinha visto desde que rastreara a corrida de Uber dele para casa, só para garantir que ele realmente tinha voltado para onde morava antes de tirar a foto dos dois do porta-retratos e cortá-la em pedacinhos.

Ela podia ver que ele estava dizendo alguma coisa, mas não conseguia ouvir as palavras. O corpo dela estava frio feito gelo e parecia que não havia ar suficiente em seus pulmões. Ben Lixo continuava mexendo a boca. Era como se o tempo tivesse parado e acelerado, tudo de uma vez. Ela piscou repetidamente em uma sucessão rápida e, de súbito, ficou enjoada e com dor na barriga.

— Você está no seu próprio mundo — ele disse.

Foi estranha a forma como ele falou. Era uma acusação, mas ao mesmo tempo era totalmente neutro. Pareceu agressivo para Nadia, mas a mulher que estava de braço dado com ele — uma mulher linda e radiante com bochechas cheias e olhos bondosos — sorriu, como se aquilo fosse uma piada interna dos dois. O que ele tinha dito para ela sobre Nadia? Será que aquela mulher nos braços dele já sabia do que ele era capaz?

— Eu... Eu não quero falar com você, com licença.

Nadia forçou passagem por eles entrando na pista e quase acertando um ciclista que gritou para ela um "Puta que pariu! Prestenção!".

Ela ouviu Ben Lixo dizer algo como a *ex de quem te falei, coitadinha* e ela se lembrou, naquele momento, do que ele tinha dito para Nadia sobre a ex que viera antes dela logo que eles começaram a sair. *Ela nunca estava bem.*

Nadia continuou andando, sua cabeça girava, mas estava fortemente decidida a não se virar para olhar para trás. Ela sabia que ele a estava assistindo. Sabia que estava furioso porque ela tinha feito algo remotamente parecido com uma cena.

Louca, foi a palavra que ele usara há muito tempo. Ele disse que a ex era louca. E agora Nadia se sentia louca também.

Era péssimo, horrível — ela apostaria sua vida que, um dia, a mulher, que estava escutando-o falar sobre a ex louca agora, estaria ela mesma chorando em uma rua perto de uma festa do trabalho, e sendo chamada de louca por ele também. Só que a única coisa louca era como Ben Lixo conseguia singularizar as mulheres que dizia amar e torturá-las até pensarem que havia algo de errado com elas.

Mas o problema era *ele*.

Aquilo fez Nadia querer gritar. Ela queria gritar e queria correr de volta pela rua avisando que a mulher precisava se salvar e dar um fora nele agora. Mas se ela fizesse aquilo, ela realmente pareceria louca. E ela mesma não teria escutado ninguém, muito menos uma ex, caso alguém a avisasse. Ela teria pensado que quem quer que estivesse tentando falar que ela não deveria ter um relacionamento com ele estava com inveja. *É isso o que nos ensinam*, Nadia pensou, sentindo-se miserável. *Eles nos ensinam que as outras mulheres são rivais para que não conversemos umas com as outras com honestidade e continuemos sem descobrir que todos eles são escrotos pra caralho.*

Ela chegou ao Sky Garden e olhou para cima. De jeito nenhum ela entraria lá. Ela estava chorando, percebeu enquanto tirava o telefone do bolso, e tremia um pouco também. Ela ligou para Emma.

— Onde é que você tá, amiga? — disse Emma ao atender. — Eu vi o cara que Gaby quer te apresentar. Ele é fofo. Ele é o seu tipo. Muito o seu tipo, vai dar certo, gata!

A voz de Nadia vacilou enquanto ela falava:

— Eu estou aqui fora. Eu acabei de ver o Ben. — E então ela desatou a chorar histericamente.

— Caralho. Calma. Tô descendo. Fica bem aí, tô indo.

— A mesa no canto, por favor — Emma disse para a anfitriã do hotel chique. Emma tinha a teoria de que, na dúvida, vá para o bar de um hotel: eles sempre estão mais vazios que os pubs e que os restaurantes. Ela estava certa. Nadia se sentia segura ali.

Só metade do local estava ocupado e elas conseguiram se sentar no fundo, fora do caminho, em um pequeno mundinho dentro do mundo.

Gaby estava com elas. As três se sentaram em uma mesa de canto tipo cabine e Emma pediu para elas brownie de caramelo salgado com duas bolas de sorvete, pipoca doce e salgada e um grande bule com chá de hortelã pimenta com uma porção à parte de mel. Tudo para dividir.

— Eu achei que iria dizer tanta coisa para ele se encontrasse com ele de novo — Nadia disse, brincando com o rótulo da garrafa de água que estava na mesa. — E eu simplesmente congelei. Merda. — Uma lágrima rolou bochecha abaixo. — Ele parecia tão convencido, como se soubesse que tinha me encontrado em um momento de fraqueza ou algo assim.

— Como ela parecia? — Emma perguntou curiosa.

— Pergunta vetada — disse Gaby fulminando-a com o olhar. — Isso realmente não importa. Ele vai fazer a mesma coisa com ela. — Gaby soubera que havia algo errado com Ben Lixo quase imediatamente após Nadia começar a sair com ele; a única briga que Gaby e Nadia tiveram foi por causa disso e, depois de fazerem as pazes, Gaby sabia que tinha que deixar sua amiga cometer os próprios erros. — Acontece com um monte de mulheres em algum momento.

O chá chegou e as mulheres fizeram silêncio enquanto a garçonete descarregava a bandeja e dizia a elas que logo a sobremesa chegaria.

— Você não precisa reagir bem, você sabe, né? — Gaby falou assim que a garçonete estava longe — Eu também iria querer gritar e chorar.

Nadia assentiu:

— Eu odeio o fato de que a gente não supera alguém de uma vez só. A gente tem que superar de novo e de novo toda vez que lembramos da pessoa.

— Você tá indo muito bem — Emma tentou animá-la. — Você está mais leve, mais feliz. Mais positiva. Você está fazendo A Nova Rotina Para Mudar Sua Vida!

— E agora estou dando um passo enorme pra trás — Nadia disse, soando infeliz. — Eu estou com tanta raiva de que ele ainda consiga me controlar! — O choro voltou copiosamente.

— Não é um passo para trás, de forma alguma! — Emma a consolou. — Amiga, a cura não é linear. E olha como você já fez progresso! Você conseguiu processar toda aquela loucura que aconteceu, e então conseguiu nos contar e processou de novo e agora que viu ele, você está processando de outro jeito. Porque foi real. O que ele fez com você, o modo como ele foi horrível, tudo isso foi real. Eu te prometo: nenhuma de nós está tão na merda quanto a gente pensa que está.

Nadia se sentiu melhor outra vez e concordou com a cabeça. Era tudo o que ela podia fazer, concordar com a cabeça, como se fosse uma manifestação exterior da compreensão interior de que é, ele realmente não tinha estragado apenas os seis meses que namoraram como os seis meses seguintes também. Meses que foram necessários para ela compreender como tinha deixado aquilo acontecer. Como ela havia se tornado a vítima dele. Ela era uma mulher forte, positiva, proativa e ela morria de vergonha de ter deixado um homem tirar seu gosto pela vida.

— Pare com isso! — disse Emma. — Eu consigo ver que você está se chicoteando outra vez. Nada disso foi culpa sua. Foi tudo culpa dele. Você é uma sobrevivente e ele não pode te machucar de novo, tudo bem? Você está no comando desse barco.

A sobremesa chegou, com três garfos, e as mulheres foram comendo as beiradas do brownie.

— Vou pedir uma cheesecake também — disse Nadia, miseravelmente.

Emma piscou para ela:

— Boa ideia. — E então acrescentou: — Meu bem, sabe de uma coisa? E se nós duas saíssemos numa aventura neste fim de semana? A gente pode ir pra pousada Soho Farmhouse. Dormir em uma cama enorme. Ver algumas celebridades. Remar em um barquinho naquele lago pequetito. Vamos sair de Londres, que tal?

Nadia considerou o convite enquanto mexia o mel que colocara em seu chá. Era bom imaginar que estaria em qualquer lugar que não fosse aquele. Imaginar que seria qualquer outra pessoa, em qualquer outro lugar.

— Eu teria que falar com algum ser humano além de você?

— Não.

— Eu teria que agir como uma amiga divertida ou eu poderia me lamentar e ficar triste e magoada?

— Você pode ficar triste e magoada.

— Tá bem, então sim. Eu quero ir.

Emma abraçou a amiga.

— Eu também quero ir. — Gaby ergueu as mãos. — Obrigada pelo convite, meninas!

Emma não perdeu tempo:

— Você vai estar na sua mãe neste fim de semana!

— Eu sei, mas você podia ter me perguntado mesmo assim.

Nadia disse:

— Você vai estar com a Marie-Jean no final de semana? Isso é ótimo. Diga a ela que mandei um oi.

Gaby disse:

— Sim, eu vou estar lá. Mas agora vou ficar com inveja dos planos de vocês.

— As vantagens de sobreviver — disse Nadia. — Quando você chora, suas amigas te levam pra viajar.

— Só se você tiver boas amigas.

— Sim. Ai meu Deus, será que eu posso namorar com você?

Emma riu:

— Entra na fila.

— Não seria muito mais fácil? — Nadia se inclinou em direção à mesa para a última garfada do brownie. — Vocês não ficam chateadas com quem ganha mais dinheiro, nem sentem sua masculinidade ameaçada se alguém paga a conta. Vocês não têm que esperar demais para responder porque não seria masculino o suficiente parecer ansioso, e meu Deus, vocês conseguem se imaginar transando com uma mulher? Tipo, venerar uma vagina em vez de pensar que é algo meio nojento e que te deixa com vergonha? É disso que eu tenho inveja nas lésbicas: todas elas estão engajadas em como xoxotas são maravilhosas. Eu estive com muitos caras que só meio que toleravam isso, porque era a coisa em que eles iam meter. Mas eles não gostavam delas de verdade, nem as compreendiam. Imagine namorar com alguém que realmente sabe como as menstruações funcionam em vez de ter um conhecimento vago de que envolvem mudanças de humor e sangue? Eu acho que isso seria lindo.

— Eu concordo — disse Gaby voltando sua atenção para a garçonete. — Pode nos trazer uma cheesecake também, por favor? — Ela sorriu para ela.

A garçonete fez que sim com a cabeça.

Emma disse:

— Eu também. Tipo, também imagino como seria não precisar manter uma performance de mulher o tempo todo.

— Tipo gênero não-binário? — Nadia perguntou.

— Isso! — respondeu Emma. — Acho que sim. As definições de "masculino" e "feminino" são tão estreitas: se você for um cara, é melhor se comportar de um jeito X e, se você for uma moça, é melhor se comportar de um jeito Y. E se não tivesse essa história de homem e mulher?

— Acho que eu ainda ia adorar um pau — Nadia riu.

— Mas eu não sei se você ia mesmo — falou Gaby. — Eu não estou te dizendo como você iria se sentir, mas será que você adora um pau porque isso é algo que você presumiu sobre você mesma? E se fosse um homem com uma vagina ou uma mulher com um pênis?

— Ou uma lésbica com um ótimo dildo? — Emma acrescentou.

— Minha tia Linda não saberia como cumprimentar as pessoas nos cartões de Natal! — Nadia disse rindo.

— Ela poderia simplesmente usar os nomes!

— Sem Sr. e Sra. e coisa do tipo?

— Exatamente. Isso é só uma bobagem antiquada e patriarcal mesmo.

— Eu concordo — disse Nadia enquanto a garçonete entregava a cheesecake.

— Obrigada, querida. — Emma disse para ela.

Nadia gostava daquilo. De se sentar com suas amigas e conversar e se sentir segura em vez de julgada, e de todas estarem tentando se entender um pouco melhor. Aquele era o lugar feliz dela. Ela simplesmente desejava que não se lembrasse daquilo apenas quando precisasse recolher os cacos depois de uma crise. *Você não precisa de um romance paru ter uma vida romântica*, ela pensou, observando as duas amigas sorrirem e rirem juntas. Ela se sentiu imensamente sortuda por tê-las em sua vida.

NADIA

A Soho Farmhouse em Oxfordshire era uma pousada verde e cheia de folhas, um espaço povoado com restaurantes luxuosos e celeiros convertidos em spas. Emma mostrou seu cartão preto de sócia no portão — uma adesão que custava alguns milhares de libras ao ano, mas garantiam uma mesa próxima a uma porção de subcelebridades e de banqueiros-transformados-em-investidores-criativos que, de algum modo, se achavam boêmios porque injetavam dinheiro no site de uma atriz ou no evento de caridade de um musicista.

Nadia e Emma estavam no chalé trinta e quatro e, depois de descarregar o carro, elas pegaram as bicicletas "da casa" para passear pelas suaves pistas asfaltadas, aproveitando a quietude enquanto subiam e desciam. Nadia sabia que o quarto devia custar pelo menos quinhentas libras por noite (embora Emma insistisse que ela tinha conseguido alguma espécie de pechincha e que Nadia só devia a ela duzentas libras pelo fim de semana, o que parecia bem suspeito para Nadia, como se Emma estivesse sendo desencanada sobre a diferença porque ela ganhava mais), então era irônico que, no exterior, cada chalé fosse moldado para parecer uma pequena cabana à beira de uma pista na Sibéria. Ainda assim, os lençóis eram de algodão grosso, as lareiras eram de verdade e a sacada ficava sobre um pequeno rio, fazendo com que fosse fácil ficar devaneando direto por trinta minutos ou mais, apenas ao olhar para a água. E era tranquilo. Muito, muito tranquilo.

— Amiga, o que você acha de uma limpeza de pele? — Emma sugeriu quando estavam sentadas do lado de fora com xícaras fumegantes de chá sabor Earl Grey. — Você sabe como sua pele fica quando você chora.

Era verdade — Nadia ficava com ainda mais acne na mandíbula quando estava estressada ou triste e, desde que parara de tomar leite, ela estava indo tão bem. Sua pele já estava lisa há duas semanas e ela estava decidida a não deixar que Ben Lixo impedisse as coisas de continuarem como estavam. Para qualquer pessoa de fora, o comentário de Emma podia soar como uma alfinetada, como se fosse amigas-e-rivais, mas Nadia sabia que ela tinha boa intenção. Ela supunha que Emma não pudesse controlar o encontro acidental com Ben Lixo, mas sim sessenta minutos de pura indulgência graças a uma mulher que sabia como extrair cravos.

— Eu vou precisar falar com alguém?

— Não. Aliás. Só com a esteticista. Pra dizer a ela que você está triste e quer um empurrãozinho.

— Beleza. Talvez uma pedicure também. Eu sinto que tenho mais controle sobre a minha vida quando meus dedos do pé estão bonitos.

— Perfeito. Eu só preciso dar uma ligadinha no escritório e aí vou avisar a recepção.

Emma abriu as portas de correr de vidro e foi buscar o celular que estava carregando do lado de dentro. Nadia sentou-se com as pernas dobradas junto ao corpo. Vagando os olhos por sobre o rio, ela se indagava ociosamente sobre que tipo de homem faria um gesto como escrever para um jornal. Quando Emma a buscara naquela manhã, ela jogou o jornal no colo de Nadia e disse "Ele escreveu pra você de novo", praticamente cantarolando, e enquanto elas viajavam saindo da cidade e entrando no campo, Nadia repetiu em sua mente de novo e de novo as palavras do novo anúncio. *Você é engraçada. Devem te dizer o tempo todo, né? Engraçada e fofa. Eu sou muito sortudo!!*

Ela estava gostando que aquele fosse um fogo lento. As coisas tinham sido rápidas demais com o Ben Lixo — agora ela sabia que aquilo se chamava "Bombardeio de Amor". Homens do tipo de Ben conquistavam rápida e intensamente, com tanto amor que você ficava desorientada e acabava se perdendo nele. Uma vez, há muito tempo, Nadia achava que o amor deveria ser daquela forma, mas ela aprendeu do jeito difícil que era muito melhor dar passos lentos e deliberados. Em que as duas pessoas conferem como a outra está ao longo do caminho. Era aquilo que o Cara do Trem representava para ela: uma espécie de chance de construir algo bonito ao longo do tempo. Tinha algo de reconfortante ali. E a parte da sorte foi o que a fez sorrir. Eu sou muito sortudo!!, disse o Cara do Trem. Ela também se sentia sortuda. Sortuda por ainda acreditar que tinha chances no amor. Mesmo que o Cara do Trem não desse em nada, ficar trocando aqueles recados com ele era divertido. Ela decidiu não pensar mais no Ben Lixo. Ele estava no passado. Ela podia decidir seu próprio futuro.

Nadia acordou do seu devaneio com um pequeno susto ao ouvir uma voz baixa e sussurrante atrás do chalé.

— Emma? — ela chamou, esticando o pescoço para trás e vendo que Emma estava parada dentro do chalé de costas para ela. Emma se virou, uma expressão esquisita no rosto.

— Estou indo! — disse, sussurrando alguma coisa ao celular. Ela desapareceu da vista de Nadia, que logo ouviu a porta da frente abrir e depois viu a amiga aparecer diante da porta mosquiteira da sacada.

— Limpeza de pele em vinte minutos! — disse Emma abrindo a porta. — E eu estava pensando, que tal jantarmos naquele pub no fim da rua? O The Ox and Cart?

Ela parecia um pouco tensa para Nadia, mas Nadia não disse nada. Em vez disso, comentou:

— Sobre a limpeza de pele: excelente. Agora, o pub? Não tô muito a fim de ir sem poder usar maquiagem. Podemos pedir serviço de quarto em vez disso?

— Perfeito — disse Emma, com uma alegria um pouco forçada.

— Você está bem?

— Eu? Estou. É claro. E você?

Nadia encarou a amiga. Tinha algo de errado acontecendo:

— Sim, estou me sentindo melhor — respondeu.

Daniel

— Cara, e aquela vez que você roubou o colete do segurança e ele te seguiu por todo o caminho até Walkabout e aí quebrou seu nariz? — Jonny riu enquanto Dean trazia outra rodada de cervejas.

— Ai meu Deus, ele devia ter sido preso por causa disso!
— Daniel estava rindo histericamente com a lembrança. Já fazia uns dez minutos que estavam zoando Jeremy por causa de como ele tinha sido porra louca no terceiro ano. Daniel olhou ao redor da mesa deles, na sala da frente do The Ox and Cart, onde sua coleção descombinada de amigos tinha se sentado. Tinha o garanhão Jeremy, que agora estava sossegado com Sabrina e era pai de duas crianças — o segundo filho tinha acabado de nascer. Jonny morava com Tilly, sua esposa, perto de Terrence, cuja casa em Costwold estava abrigando a todos naquele final de semana em que sua esposa estava viajando. Aos dezoito anos, Terrence virara jogador profissional de pôquer e usou o dinheiro que ganhou para pagar pela graduação e depois por um MBA, transformando as dez mil libras iniciais em três milhões de libras aos vinte e oito anos. Poucos anos atrás, ele adotara um casal de gêmeos, praticamente para se manter ocupado, e agora seria o pai de um terceiro filho! Sam estava lá e Taz, Dean também; e, embora Daniel desejasse que todos os amigos da faculdade estivessem reunidos, estar junto deste grupo já era muito bom. Ele estava se divertindo muito.

— Sim, mas o Jimmy estava comendo a namorada dele e ela nos pediu pra não denunciar, lembra? Que ela estava morrendo de medo de ele descobrir? — Jeremy tinha tido muitas namoradas naquele ano, nem tanto porque ele era mulherengo, mas porque ele realmente tinha aquele tanto de amor para dar. Ele podia encantar um poste e acreditar em todas as juras de amor que faria ao poste.

Todos eles se amontoaram dentro da casa depois que o trem para Charlbury vindo de Paddington se atrasara. Estavam famintos e caíram matando na pizza que tinha permanecido no forno e que acabou ficando, ao mesmo tempo, empapada e cascuda depois de ser requentada. Isso porque Terrence ainda não sabia direito como o forno funcionava.

— Eu venho de um terraço de fim de rua em Manchester! — ele falou se desculpando. — Eu só aprendi o que esquenta o piso dois anos atrás!

Eles foram até o pub descendo a rua e memórias e histórias começaram a vir com facilidade, tudo revirado em tempo recorde e misturado com as novas vidas que cada um levava. Todos casados ou pais ou, no caso de Terrence, milionários além de todo o resto. Durante todo o tempo que conhecera o seu "grupo", Daniel sempre tinha se sentido em casa. Havia uma intimidade entre eles que só se aprofundara desde que encheram a cara como calouros e competiram sobre quem conhecia a banda mais desconhecida. Eles poderiam ter se afastado lá pelos vinte e muitos, quando a vida ficou mais cheia e complicada do que eles estavam acostumados. Mas isso não aconteceu. Eles continuaram juntos até o fim. Estavam tão próximos quanto sempre tinham sido, mesmo que agora todos morassem em lugares diferentes. Eles não se viam muito, mas quando eles conseguiam se encontrar, era como se estivessem nos corredores da universidade outra vez.

— Como é que você anda? Você sabe, depois do seu pai? — Dean perguntou no trem, pouco depois de embarcarem. Daniel tinha vagas lembranças deles no funeral, mas ele não estava em condições de formular nem uma única sentença.

Daniel contou a verdade a todos.

— Eu estava na merda — ele disse —, mas estou seguindo todas as recomendações para passar por isso e tô me sentindo bem ok agora. A médica me deu um remedinho e eu sempre vou conversar com uma pessoa sobre a minha cabeça e vejo minha mãe com mais frequência, para ela não se sentir sozinha.

— Caralho, sim — disse Jonny. — Eu só estou casado há dezoito meses, mas puta que pariu, se alguma coisa acontecesse com a Tilly, eu não sei como eu sairia da cama de manhã.

— Nós estamos aqui pra você, brother — Dean disse, erguendo a cerveja em direção a Daniel para que todos fizessem uma saudação à memória do Sr. Weissman, e agradecendo silenciosamente por não terem perdido o próprio pai. Era um estranho rito de passagem ser o primeiro do grupo: Terrence tinha sido o primeiro a se casar e Jeremy, o primeiro a ser pai, mas Daniel foi o primeiro a perder um dos pais.

Ele já se sentia melhor só por estar entre pessoas que o faziam se sentir seguro. Aqueles que o assistiram virar a noite porque tinha deixado redações para o último minuto, aqueles cujas irmãs ele beijara quando elas vieram visitar e aqueles com quem ele ficara tão bêbado na noite da formatura que todos foram parar no hospital. Enquanto Taz passava por uma lavagem estomacal, eles comeram no McDonald's e foram ficando sóbrios enquanto conversavam sobre o que queriam para suas vidas. A resposta tinha sido a mesma para todos: viver vidas melhores que as dos pais. Todos conseguiram.

Daniel se levantou para ir ao banheiro e Dean disse:

— É sua vez de pegar uma rodada na volta, parça! — Daniel mostrou o dedo do meio para ele com bom humor enquanto andava até o toilette.

Ele usou o mictório e depois, enquanto lavava as mãos, notou como seus olhos pareciam brilhantes. Ele ainda estava vibrando por causa do seu último anúncio ter sido publicado tão rapidamente. Ele conseguia aproveitar seu momento ali com seus amigos, estando bem presente, porque sabia que agora mesmo ela poderia estar lendo a resposta dele e que às sete e meia da segunda de manhã algo incrível poderia acontecer. Aconteceria — ele conseguia sentir. A vida era boa. Ele podia dizer, pela primeira vez em muito tempo, que ele se sentia positivo sobre o que estava por vir. Sobre o futuro.

Ele estava de pé ao lado de um casal no bar do pub enquanto esperava para pedir a próxima rodada. Era difícil não entreouvir a conversa, mesmo, e parecia que estavam nas primeiras miniférias deles. As primeiras miniférias eram, de acordo com o que Daniel e seus amigos tinham concluído, um rito de passagem dos relacionamentos, especialmente para jovens profissionais da cidade, onde dividir apartamento era praticamente uma regra. As primeiras miniférias eram, normalmente, a primeira vez que o casal conseguia passar tempo juntos sem serem interrompidos.

A primeira vez em que não precisavam fazer sexo com cuidado para que a pessoa do quarto ao lado não escutasse, em que não corriam o risco de alguém ver você se esgueirando pelado para o banheiro no meio da noite. Daniel pensou no seu primeiro fim de semana fora com sua ex, Sarah.

Ele planejara todo um roteiro com o que ele achava que seria romântico — um hotel no campo, tardes para andar de barco no lago, champagne esperando por eles no quarto. Mas acabou que eles tiveram uma briga horrível na viagem de trem e depois acharam que haveria uma companhia de táxi esperando na estação para levá-los até o hotel, mas não havia. Eles ficaram esperando na chuva, que cancelou os planos no lago, por quarenta e cinco minutos até que chegasse um carro pedido pelo número de telefone que eles encontraram no quadro de informações.

Eles fizeram o melhor que podiam, ambos tentando ser maduros. Mas os dois estavam um pouco desapontados porque as coisas não tinham ido tão perfeitamente como haviam imaginado. Era estranho imaginar uma viagem com Nadia? Eles até poderiam ir até ali, até aquele exato pub, depois de dividir uma garrafa de vinho tinto perto da lareira e ele podia contar a ela, já meio altinho, que ele estivera ali logo após escrever um dos recados para ela e que, enquanto estava lá, prometeu que retornaria aquele pub com ela.

Ele se virou para ver os amigos. Ele queria o que todos eles tinham — casamentos felizes, ou seja, alguém com quem dividir as alegrias e segurar a mão quando as coisas não fossem tão boas. Ele adorava as esposas de todos — até mesmo Rashida, que era um pouco mandona e meio estridente — e ele ficava muito animado ao se imaginar apresentando a pessoa dele para os amigos.

— E aí ela escreveu de volta — Daniel ouviu uma voz masculina dizer. — E era uma coisa meio metida e engraçada e um pouco provocativa também, e eles estão trocando mensagens e agora todo mundo está esperando para ver se vão sair. Eu não sei — ele fez uma pausa para tomar um gole de vinho. — Eu acho que é uma daquelas coisas que todo mundo fica tipo "Ela respondeu! Agora eles têm que se casar!" ou algo assim. Porque é tipo algo que a gente veria num filme, sabe?

Daniel posicionou a cabeça e tentou escutar o que a mulher diria em resposta. Ele tinha tanta certeza de que estavam falando sobre ele e sobre Nadia. Sobre o recado que ela mandara para ele. Será que era egocêntrico da parte dele? Com certeza não devia ter um monte de gente trocando cartas pelo jornal. Mas talvez ele estivesse imaginando coisas porque estava muito empolgado com o dia que tivera. Devia ser só isso.

— Como posso te ajudar, amigo? — perguntou o barman.

Daniel mostrou uma mão e mais dois dedos para indicar que queria sete canecas e disse:

— Sete da Abbot's por favor, bro.

Daniel esticou o pescoço para continuar ouvindo o casal.

— Sabe, se fosse eu — a mulher ia dizendo —, eu ia querer um grande gesto romântico como esse. Tipo, se você conhece alguém desse jeito...

E aí Daniel não conseguiu ouvir mais nada que ela disse depois disso. *Bom, ele pensou, mesmo que eles não estivessem falando sobre nós, ainda será bom lembrar disso. Um grande gesto romântico. É o mesmo que o Romeo falou. Entendido.* Um arrepio desceu pela espinha dele. Ele pensou nele e em Nadia como um *nós*.

Ele colocou as bebidas na mesa e viu que Jeremy estava no meio de uma história sobre seu novo filho, o segundo, e como o pênis dele parecia um pequeno sprinkler e que eles precisavam comprar uma tenda para o pênis.

— Eu estou falando sério — ele dizia. — É uma tendinha que você coloca em cima do pinto da criança e aí, quando ele se mija enquanto você troca a fralda, o xixi não vai todo pra cima de você! — Aquele era o tipo de Papo de Pais com o qual Daniel não podia contribuir, já que não era um pai, mas era legal fazer parte daquilo. Ele estava simplesmente feliz. Feliz por estar aqui e por estar vivo e por ter toda a promessa de um futuro diante dele. O rosto de Nadia flutuou em sua mente enquanto seus amigos continuavam a competir pela "superioridade paterna" com várias anedotas.

E então ele se chicoteou: *Porra, amigo, ao menos tente conseguir um primeiro encontro.*

Ele terminou sua bebida e voltou a prestar atenção no resto do grupo, dizendo a si mesmo que ele já tinha fantasiado o suficiente por hora. Alguém sugeriu que eles pegassem um táxi e fossem até a Soho Farmhouse para passar a noite porque Terrence e Dean eram sócios e conseguiriam colocar todo mundo para dentro, mas o resto do grupo abortou a ideia e decidiu voltar para casa.

— Tá bom então — disse Terrence —, mas eu juro por Deus que ela vai me matar se alguém fumar dentro de casa... então, ninguém fuma nessa porra, valeu?

Eles cambalearam para fora do pub em um completo caos e viram os últimos feixes de luz daquele sol de verão do interior. Jonny e Dean tiraram maços de cigarro dos bolsos do jeans e começaram a fumar imediatamente.

NADIA

— Eu só estou dizendo — comentou Nadia — que você está parecendo um pouco distante, é isso. Tipo, o que quer que seja, você pode me contar.

Elas estavam sentadas à mesa tomando café da manhã no pátio do clube, garçons bonitões andavam atribulados carregando pedidos de ovos poché e molho holandês.

— Eu. Não. Estou. Escondendo. Nada — ela respondeu enunciando cada sílaba. — Não fica me perturbando, ok? Se eu quiser falar, eu vou falar!

Ela respondeu de modo escorregadio — não estava brava ou nervosa —, parecia uma adolescente que ainda não conseguia nomear seus sentimentos. Mas os sentimentos com toda a certeza estavam lá.

Nadia não conseguia descobrir o que era. Ela esperou o final de semana inteiro para dizer algo. Todas as vezes em que ela percebia que o foco de Emma estava se dispersando no meio de uma conversa ou em que reparava em como ela conferia o telefone obsessivamente, Nadia pensou que aquela seria a última vez. Ela deu a Emma uma chance imaginária após outra chance imaginária, mas ela continuou fazendo a mesma coisa. Nadia foi de um pouquinho irritada para completamente ultrajada e agora para genuinamente preocupada com o comportamento de Emma. Era como se ela tivesse recebido uma notícia ruim que não queria contar, ou como se estivesse esperando que uma notícia ruim chegasse. O ânimo da própria Nadia já estava suficientemente melhor para que ela ficasse consciente da pessoa que a acompanhava, e a pessoa que a acompanhava estava, sem dúvida, sofrendo.

— É só porque eu estou preocupada — Nadia disse. — Eu achava que eu era a pessoa na fossa nesse fim de semana, mas eu acho que você também precisa de um pouco de amor e carinho.

Emma pareceu amolecer.

— Ai, desculpa — ela disse, agradecendo ao garçom com um sorriso e falando um obrigada baixinho enquanto ele entregava um suco de laranja. — Eu não queria ter estourado. Eu estou obcecada com o meu telefone por causa do trabalho e eu prometo que não vou fazer nada além de escutar você com cem por cento de atenção. Eu estou me divertindo! Eu juro!

Nadia estendeu a mão para tocar na mão da amiga.

— Eu também — ela disse, sem acreditar em uma palavra do que Emma tinha dito — Mas eu também estou aqui pra você, certo?

— Certo — Emma fez que sim com a cabeça, sorrindo.

Os ovos delas chegaram e elas comeram, se acotovelando quando avistaram um pop star australiano dos anos noventa passar pela mesa delas e sorriram largamente quando viram Brooklyn Beckham passeando com o filho da Madonna. Era uma manhã clara e brilhante e o lugar estava cheio da energia matinal de um domingo: um monte de calças esportivas de caxemira, cadernos de domingo do jornal e cappuccinos. Usar a câmera do celular era contra as regras, mas Emma tirou uma foto do café da manhã delas mesmo assim.

— Que horas é a aula? — Nadia perguntou eventualmente.

— Ai, merda, sim: a gente já devia ir pensando em ir pra lá, na verdade. Temos mais ou menos uns vinte minutos.

— Ótimo.

Enquanto comiam costela e batatas doces recheadas, as duas riram com uma alegria cheia de cumplicidade ao verem o folheto com as atividades sociais do dia, que na noite anterior havia sido entregue por debaixo da porta. Além de uma oficina de skincare *orgânico* e de uma aula de aeróbica, havia detalhes sobre uma sessão de liberação miofascial com uma especialista mundialmente reconhecida.

— Eu não acredito! — disse Emma. — Era sobre isso que eu tava te falando! Aquela coisa que a Denise lá do trabalho fez! Depois do divórcio dela!

Nadia olhou atentamente para o que ela estava mostrando. O folheto dizia:

A Liberação Miofascial é uma técnica prática que é segura e efetiva. A técnica envolve aplicar uma pressão suave, mas contínua nas restrições do tecido conectivo miofascial de modo a eliminar tanto a dor física quanto a emocional e restaurar o movimento. Ministrada por Ivanka Nilsson.

— Eu ainda não estou muito convencida sobre isso... — Nadia disse. — Mas ok. Tudo bem. Bora.

A dupla fez sinal mostrando o cartão de sócia de Emma e ela assinou a conta para que fosse cobrada diretamente no quarto. Munidas de calças de lycra e tênis da Nike — o uniforme para qualquer atividade física —, elas foram em direção à academia.

Durante os primeiros vinte e cinco minutos de aula, Nadia estava rindo quase histericamente. O que eles estavam fazendo para ela era ridículo. No fim das contas, Ivanka Nilsson era uma sueca loira de mais de um metro e oitenta, que tinha ares de arremessadora de peso olímpico, e havia apenas cinco pessoas na aula. O inglês dela era impecável, mas tinha algo de autoritário nele — Nadia frequentemente pensava isso quando ouvia os nativos de línguas nórdicas: eles eram tão diretos que isso transparecia na entonação do inglês. Ela estava com um pouquinho de medo de ser pega rindo, como se fosse levar uma bronca. O fato de que Emma estava completamente antenada e escutava a maior parte das instruções de olhos fechados (Ivanka chamava aquilo de "liberação intuitiva"), só piorava as coisas, e Nadia se sentia ainda mais deslocada e boba. Basicamente, o objetivo era encontrar focos de dor ao rolar o corpo sobre uma bola de tênis e, então, movimentá-lo gentilmente para um lado e para o outro até que, mesmo sendo doloroso, no final (de acordo com Ivanka) iria parar de doer.

Claro que vai, pensou Nadia, *porque eu vou estar toda dormente.*

— Existem duas formas de tratar a indisposição — disse Ivanka enquanto caminhava entre os cinco tapetes de pés descalços, calcanhar-ponta, calcanhar-ponta, calcanhar-ponta. — Nossos traumas emocionais ficam estocados nas fibras dos nossos corpos, entre os nossos músculos. Nossos corpos se agarram à tristeza e ao luto e isso causa dor física. Às vezes, enterramos nossas emoções tão fundo que os sintomas só aparecem muitos, muitos anos depois. Mas elas estão lá. E assim, ao massagear profundamente e alcançar o tecido miofascial com uma simples bola de tênis, conseguimos acessar essas emoções escondidas e liberá-las.

    Nadia olhou para Emma outra vez, com a esperança de que pudessem revirar os olhos unidas. Emma estava deitada de barriga para cima, a bola de tênis estava um pouquinho acima da nádega direita, ela fazia pequenos movimentos circulares de modo que o corpo dela rotacionava sobre a bola. Os olhos dela estavam fechados e, para Nadia, vendo daquele ângulo, parecia que... ela estava chorando?

    — Vou repetir — disse Ivanka, provavelmente em resposta à insistência de Nadia de ficar espiando todos os outros alunos.

    — É mais potente se você fechar os olhos, assim você consegue entrar em comunhão com o seu corpo. Escute o que ele está te dizendo. Escute as histórias que ele enterrou. Ele quer que você as conheça. Que as encontre. Buscar as partes escuras da sua história permite que você as ilumine e, ao iluminá-las, você deixa de ter medo.

    Calcanhar-ponta, calcanhar-ponta, calcanhar-ponta.

    Nadia tentou colocar a bola de tênis perto do bumbum, como Emma tinha feito. Nada aconteceu. Ela moveu para a esquerda e tentou desse lado. Nada lá também. Talvez, uma sensação estranha e perfurante onde a superfície da bola se enfiava, mas aquilo não se parecia com uma *liberação*.

    Ela moveu a bola um pouco de modo a ficar no meio das costas. Nadia reposicionou os pés com as solas no chão, dobrou os joelhos e usou isso como vantagem para mover seu corpo para cima e para baixo no tapete de yoga. A bola rolou mais para cima, para perto da omoplata e atrás de seu coração. Era lá. Nadia sentiu uma espécie de dor quente e pulsante que, se ela tivesse que explicar em voz alta, diria que era bem no meio de seu corpo. Ela manteve os olhos cerrados enquanto a bola se movia para frente e para trás, para frente e para trás, indo cada vez mais e mais e mais fundo. Ela mudou seu movimento para que, em vez de ir para frente e para trás, a bola fizesse pequenos círculos, o calor foi aumentando gradativamente e Nadia viu em sua mente uma amálgama de todos os homens que haviam deixado cicatrizes em seu coração.

Ela pensou no Ben Lixo e no namoradinho da escola, e no cara do dormitório universitário que dormiu com ela e depois a ignorou. Ela pensou em todas as noites — que pareciam intermináveis — em que ela ficara em casa sozinha, ao lado do telefone, esperando por uma mensagem do sexo oposto para validá-la, para validar sua existência. Ela pensou no caso que o avô tivera e em como ele deixara a avó pela vizinha deles, e pensou no quanto ela queria amar e ser amada de volta. E que sua fome daquilo talvez pudesse consumi-la por inteiro porque, por mais conversas encorajadoras que ela tivesse consigo mesma, parecia que havia algo enterrado bem lá no fundo que dizia que talvez ela não fosse digna de ser amada.

— Ótimo — disse Ivanka ajoelhando-se ao lado de Nadia. Ela sentiu a mão da mulher em seu ombro. A face de Nadia estava molhada de lágrimas. — Essa é a liberação miofascial.

Espiralando outra vez pelas faixas estreitas que eventualmente se tornariam uma rodovia e, por fim, uma autoestrada, as duas mulheres permaneceram em um silêncio cheio de cumplicidade. Nadia refletia sobre a leveza que sentia após a aula de liberação miofascial — como se os ombros dela não estivessem grudados nas orelhas de tanto estresse e a sua respiração não fosse mais tão rasa, como se ela não conseguisse se estabilizar direito. Seu corpo inteiro estava tenso desde quinta à noite — quem sabe desde muito antes. Nadia não tinha percebido que estava carregando ansiedade em sua mandíbula e tensão em seus braços. Como é que uma bola de tênis tinha liberado ela de tudo aquilo? Era um milagre. Ela saiu daquela aula sabendo que tinha que tomar as rédeas da própria vida, que tinha que tomar o controle de seu próprio destino romântico. Emma cantava distraidamente uma playlist do Spotify com todas as suas músicas de amor preferidas e Nadia notou que agora ela também parecia mais feliz.

Nadia digitou a URL da *Conexões Perdidas* em seu celular e encarou a caixa de envios. Ela fez uma respiração completa. *Tome as rédeas da sua vida*, ela repetiu em sua cabeça e digitou:

Cara do Trem: *Você e eu, café na plataforma às 7h30, quinta-feira? Com amor, Garota do Café Derramado (mas eu prometo não derramar em você).*

Ela leu e releu, se perguntando se estava sendo muito direta e se eles deveriam continuar se escrevendo por mais um tempo. Mas, com certeza, não. Com certeza o objetivo real da *Conexões Perdidas* era conseguir um encontro em vez de deixar passar algo que não aconteceria de outro jeito. Eles tinham estabelecido uma relação e ela gostava daquilo e talvez, antes desta manhã, ela teria continuado com aquele leva e traz por um pouco mais de tempo. Mas agora ela tinha decidido: ela queria desesperadamente conhecê-lo, porque agora ela se entendia como uma mulher que valia a pena conhecer.

Sim, Nadia resolveu. *Eu vou ser uma mulher moderna que vai atrás do que quer e vou tirar isso do papel e levar pra vida real. Eu estou pronta para o meu futuro.*

E assim ela apertou "enviar".

— Você também teve aquela sensação? — Emma perguntou um tempinho depois. — Que você estava passando por algum tipo de enorme liberação?

— Sim, e foi tão estranho. Tipo, ela estava certa! Tinha alguma coisa escondida lá no fundo e eu encontrei!

— Eu também — disse Emma.

— A minha estava no meu coração, se você acreditar nisso — comentou Nadia.

Emma sorriu:

— Eu acredito.

Nadia sorriu também. Ela também acreditava.

— Onde foi a sua?

— Um pouquinho em vários lugares, na verdade — respondeu Emma. — Mas principalmente ao redor da minha pelve.

— Uhhhh! Que sugestivo! — disse Nadia prestes a fazer uma piada sobre a vida sexual da amiga quando foi rudemente interrompida pelo toque de um celular. Não era o toque de Nadia, era de Emma. A mão de Emma soltou o volante e foi em direção ao espaço abaixo do rádio, onde estava o celular, ao mesmo tempo em que a mão de Nadia fazia o mesmo percurso.

— Eu atendo! — cantarolou, uma vez que Emma estava dirigindo.

Ela estava quase pegando o celular quando Emma disse:

— Não!

Emma agarrou a mão de Nadia de modo que cada uma acabou segurando uma ponta do telefone. Assustada, Nadia olhou para a amiga e Emma tirou os olhos da estrada para olhar para Nadia e Nadia não entendeu. Chocada, ela soltou o telefone, percebendo o pânico na expressão de Emma, que subitamente largou o celular também, bem na hora em que algo acontecia do lado de fora do carro, através do para-brisas.

Nadia seguiu o olhar de Emma e tudo aconteceu tão rápido e com tanta velocidade, mas tão devagar ao mesmo tempo. Nenhuma reação foi rápida o suficiente. Havia um grupo de pessoas na estrada — homens. Um grupo de homens na estrada. Os freios do carro gritavam e a velocidade diminuía aos solavancos.

Não, não, não, não, não, não, Nadia rezou silenciosamente. Ou teria sido em voz alta?

As duas mulheres berraram enquanto o grupo na estrada virava as cabeças e percebia o carro, se dividindo entre aqueles que correram para frente e os que pularam para trás. O carro freou de uma vez, parando a centímetros de onde a multidão estivera. Havia silêncio. Choque. Nadia virou-se para Emma, que continuava com as duas mãos no volante, os braços duros, arfando.

— Ai meu Deus — ela disse.

— Você está bem? — Nadia falou, soltando o cinto de segurança. — Emma, você está bem? Merda.

Nadia entrou no modo de organização. Abriu a janela e perguntou para o grupo à sua esquerda:

— Vocês estão bem? Nós sentimos muito!

— Vocês sentem muito? — disse um deles vestindo jaqueta e botas da Barbour. — Vocês quase nos mataram, porra! Jesus!

Nadia se virou para Emma. A face dela estava mortalmente pálida.

— Eles estão bem, amiga. Você está me ouvindo? Eles estão bem — Ela puxou o freio de mão e ligou o pisca-alerta. — Emma?

Emma olhou para ela:

— Isso foi... horrível! — ela disse explodindo em lágrimas.

— Ai, meu bem, deixa sair. Vem cá. Deixa que eu dirijo, nós precisamos tirar o carro da estrada. Vamos.

As mulheres saíram do veículo e viram que o grupo que elas quase haviam atingido estava se dirigindo para o gramado lateral. Eles estavam com raiva. Com muita, muita raiva — mas pelo menos estavam vivos. Um deles se virou e balançou a cabeça negativamente, mas Nadia estava aliviada por ver que todos continuaram andando. Ela sentou no banco do motorista e dirigiu até o estacionamento de um pub ali perto.

— Caralho, essa foi por pouco — ela disse, fechando os olhos quando finalmente conseguiu recuperar o fôlego.

— Nossa — disse Emma. — Isso foi... nossa.

Nadia desligou o carro e descansou a testa contra o volante. Não fazia nenhum bem pensar no que podia ter acontecido, mas era difícil evitar o pensamento.

— O que aconteceu? — Nadia perguntou eventualmente.

— Eu só tirei meus olhos da estrada por um segundo — disse Emma. — Só isso. Eu entrei em pânico.

Nadia sacudiu a cabeça e então se virou para conseguir ver a amiga:

— Mas por quê? Eu estava indo atender seu celular e você surtou. Por que isso iria te fazer surtar?

— Porque eu não sabia quem era — respondeu Emma, como se aquilo explicasse tudo.

— Eu realmente preciso que você fale comigo — Nadia implorou. — Eu preciso que você me conte o que está acontecendo, Emma!

Emma olhou inexpressivamente para frente e negou com a cabeça.

— Não — ela disse. — Só continue dirigindo.

Elas não falaram nenhuma outra palavra até chegarem a Londres.

— Eu te mando mensagem durante a semana — Emma disse como despedida.

— Tá bem — Nadia assentiu tristemente. — Eu estou aqui, sabe? Quando você estiver pronta — ela não sabia o que mais dizer, ela nunca vira a amiga daquele jeito antes.

Daniel

— Puta que pariu! — um dos rapazes disse. — Cuidado!

Daniel estava apenas semiconsciente do empurrão que levou bem no meio das costas e que o forçou a cambalear para o gramado ao lado da estrada. Antes que ele conseguisse se virar para ver quem era, ele ouviu um barulho alto e inconfundível — o som dos freios de um carro — e girou a cabeça para trás em um reflexo rápido, bem a tempo de ver Sam colocando um braço na frente de Terrence, que estivera prestes a atravessar a pista atrás dele.

Um Mini de cor creme patinou, desviou um pouco e parou exatamente no local onde Terrence estaria. Dean e Jonny, que já tinham subido a cerca para o campo que contornava o pub, gritaram:

— O que aconteceu?

Daniel gesticulou, sem se virar, para que eles viessem. Ele não conseguia tirar os olhos do que quase acabara de acontecer — ...quase nos matou! — ele ouviu Terrence dizer, espumando de raiva. Com sorte, ninguém estava ferido, mas ele podia ver que a motorista continuava com as mãos agarradas ao volante, os punhos sem sangue e a face mortalmente pálida. Parecia que ela ia vomitar.

— Vocês estão bem? — Daniel perguntou, dirigindo-se tanto a Terrence quanto à motorista.

Mas Terrence chamou toda a sua atenção ao berrar com a pessoa no banco do passageiro do carro.

— Sim, cara — ele respondeu. E então, direcionou sua fúria para o carro novamente — Mas não graças a essa DOIDA DO CA- RALHO! — ele bateu no capô com a palma da mão e passou pela frente do veículo, assustando a motorista, que, aparentemente, tinha começado a chorar.

Daniel voltou os olhos para a direção de onde o carro viera — para ser justo, eles tinham atravessado a pista logo após uma curva. Mas Daniel não achou sábio provocar Terrence, então não mencionou a questão. Eles tinham sorte por estarem todos bem. Ele tentou fazer contato visual com a motorista para oferecer um sorriso empático e dobrou os joelhos levemente para conseguir ver melhor. Ela precisa sair do meio da estrada, ele pensou, e observou quando o pisca-alerta foi ligado e ficou piscando na claridade de um começo de tarde. Parecia que quem quer que estivesse com ela sabia o que fazer. Elas vão ficar bem, ele concluiu. Virou de volta para atravessar a cerca e encontrar o resto dos amigos.

— Porra, eu tô tremendo! — Terrence estava falando e Daniel viu que Sam tinha se virado para o carro e mostrado o dedo do meio na hora em que o motor do carro foi religado. Ele dirigiu lentamente para longe. Por um segundo Daniel pensou que era Nadia quem estava dirigindo. Ele sacudiu a cabeça para afastar o pensamento. *Você está obcecado*, ele disse a si mesmo.

— Agora merecemos mesmo aquela cerveja — Daniel disse se esforçando para elevar o moral do grupo outra vez. Ele segurou o ombro de Sam e o conduziu na direção do pub. — Jesus.

— A primeira rodada é por sua conta, cara — disse Sam. — Aquele quase foi o nosso fim!

— Sabe de uma coisa? — Daniel respondeu — Eu estou me sentindo generoso. A primeira rodada é totalmente por minha conta!

NADIA

Na segunda, Nadia começou mais uma vez A Nova Rotina Para Mudar Minha Vida. Ela passou a noite de domingo fazendo o que ela considerava um "Banho de Luxo". Um banho simples era o que sua mãe chamaria despudoradamente de limpeza de marinheiro — uma aguinha morna nas zonas críticas de cima e de baixo e, ocasionalmente, lavar o cabelo. Um Banho de Luxo envolvia fazer uma escovação a seco do corpo e aplicar um branqueador dental, fazer uma limpeza profunda seguida de uma boa esfoliação, lavar duas vezes o cabelo e passar máscara de hidratação. Um Banho de Luxo envolvia raspar as pernas e as axilas, passar um óleo corporal na pele ainda molhada, usar máscaras faciais diferentes para a zona T e o queixo, e, também, uma máscara de colágeno para olheiras. E, para terminar, envolvia realmente usar o secador de cabelo para controlar o frizz na manhã seguinte. Quando Nadia já tinha enxaguado as máscaras, esfoliado os lábios, passado creme para olheiras com o terceiro dedo da mão direita — ela aprendera no YouTube que, aparentemente, aquele dedo tinha o maior número de terminações nervosas e a maior leveza para a aplicação —, e se besuntado de óleo noturno, creme com ácido hialurônico e hidratante, ela estava tão exausta que não foi um problema estar dormindo às 22h. Ela acordou antes do despertador, o sol de verão brilhando através do espaço onde as cortinas se encontravam, e às 6h45 ela já estava de pé, vestida e fora do apartamento.

Ela se sentou no ônibus 73 com destino à estação Angel, disparou uma mensagem para saber como Emma estava e, então, percebeu que estava mais adiantada que o seu trem usual das 7h30 e que era no trem das 7h30 que ela precisava estar se quisesse ver o Cara do Trem. Ela tinha vinte minutos para passar o tempo.

Café, ela decidiu. *Vou pegar um café.*

Ao lado da estação havia um carrinho — uma espécie de van que também era cafeteria assim que as portas traseiras eram abertas, revelando uma máquina de expresso e um espumador de leite. O dono, um homem baixinho com nenhum cabelo e um sorriso amigável, que chamava todo mundo de "amor", tinha alguns banquinhos e mesas do lado de fora. Então Nadia se sentou, colocou seus óculos escuros e aproveitou o momento, ainda que curto, sentindo como se estivesse em uma *piazza* em alguma capital da Europa Continental e não ao lado de uma estrada, com vista para o que era, tecnicamente, uma via expressa.

Ela sentiu uma súbita saudade da mãe naquele momento — a última vez em que a vira foi em uma viagem das meninas para Roma durante o feriado da Páscoa. Nadia conectou os fones de ouvido ao iPhone e ligou para a mãe.

— Olha só quem é! — sua mãe riu do outro lado da linha após apenas dois toques do telefone.

— Eu sei, eu sei — disse Nadia. — Eu sou uma decepção de filha que não liga o suficiente.

— Você é sim, querida. Mas enquanto você estiver se divertindo em vez de me telefonar, a sua velha mãe não se importa.

Nadia sorriu. Ela amava ver como sua mãe era bondosa e perdoava fácil, e como ela aceitava as outras pessoas exatamente como elas eram.

— Eu estou me divertindo sim, mãe. Acabei de voltar de um final de semana na Soho Farmhouse com a Emma e estou com um ótimo pressentimento sobre esta semana. Como você está?

Nadia e a mãe conversaram sobre o cachorro, sobre o trabalho de Nadia e, estranhamente, considerando que ainda não era nem agosto, conversaram sobre os planos para o Natal. De repente, Nadia se lembrou da hora. Quando ela tocou na tela para ver a hora, eram exatamente 7h30. Ela tinha perdido o trem.

— Querida? — sua mãe perguntou. — Você ainda está aí?

— Tô, mãe — ela respondeu. — Ainda tô aqui. Eu... eu não vi o tempo passar.

Ela desligou o telefone pouco depois daquilo e foi caminhando lentamente até a estação.

Merda! Ela brigou com ela mesma. *Puta merda!*

Amanhã, Nadia se prometeu. *Com certeza eu vou estar naquela merda de trem amanhã. O Cara do Trem só precisa esperar.*

Ela acabou pegando um jornal que alguém tinha abandonado na plataforma e conferiu a seção para ver se seu anúncio já tinha sido publicado. Para a sua surpresa — ela submetera o recado há menos de vinte e quatro horas!!! —, ele estava bem ali. Aquilo acalmou seus nervos. Ela não precisaria chegar na hora no dia seguinte ou mesmo no dia depois de amanhã — desde que ela estivesse na plataforma para o trem das 7h30 na quinta-feira, tudo ficaria bem.

Se ele aparecesse, é claro.

Foi Gaby quem mostrou a ela uma foto da Conexões Perdidas no dia seguinte, onde o Cara do Trem havia respondido. Nadia não estava entendendo — seus anúncios costumavam levar pelo menos alguns dias para serem publicados. Ela se perguntava se havia alguém que trabalhava para o jornal dando uma mãozinha para que eles conseguissem se falar com mais rapidez. Agora, os bilhetes estavam se tornando diários. E o dele dizia:

Tomar um café de manhã? Que tal tomar uns drinks de noite? Uma vez eu entreouvi você falando sobre seu trabalho com um colega e você, Loira Devastadoramente Fofa, é muito inteligente. As mensagens que você me enviou te fizeram parecer ainda mais inteligente, e sedutora. Nós poderíamos nos divertir juntos, sem falar em ter uma boa conversa. O que acha? Se eu sugerir quinta às 19h no bar que fica de frente para onde você conseguiu seu fundo para a caridade, você diria sim? Acho que é nossa estação.

Sim! pensou Nadia. *Sim, Sim, Sim!* ela deu pulinhos no mesmo lugar, todo o seu corpo tremendo de empolgação. *Eu vou conhecê-lo!* ela pensou, *Caralho! Eu vou conhecê-lo mesmo!* Ela sabia. Ela sempre soube que seria daquele jeito, mesmo quando ela não queria admitir. Ela estava prestes a conhecer um cara engraçado, charmoso e romântico que já tinha feito todas as coisas certas e mais, no espaço que ela acabara de limpar em seu coração, ela conseguia sentir: seria incrível. Ela abriu a página de submissões da *Conexões Perdidas* assim que conseguiu conectar ao Wi-Fi e respondeu.

Cara do Trem: só vamos. Quinta às 19h. Acho que sei de onde você está falando. E, olha, eu estou empolgada. Te vejo lá, Garota do Trem.

Nadia

— A única coisa que consigo pensar — Nadia disse, entornando a garrafa de Albariño nas três taças, dividindo igualmente —, é que ele está falando do The Old Barn Cat. No dia em que eu convenci o Jared a acreditar na minha ideia beneficente, nós estávamos lá no pátio. Eu só... eu não entendo. Como esse cara sabe disso?

— A não ser que esse cara... seja o Jared! — disse Gaby, levantando a taça para indicar que elas deveriam brindar.

Nadia ficou horrorizada.

— Não diz isso! Não!

Gaby conhecia Jared porque ela frequentemente trabalhava bem próxima do quadro de diretores. Até brincar sobre um homem como ele era ir longe demais.

— Jared tinha ingressos para aquela fraude horrorosa que foi o Fyre Festival e ele realmente queria ir. Definitivamente não.

— Gente! Oi? Estamos celebrando? — Emma ergueu sua taça e deu uma batidinha na de Gaby. — Um brinde ao amor, à luxúria e ao romance — ela disse.

— Ao amor, à luxúria e ao romance — disse Gaby timidamente.

Nadia franziu o cenho.

— Vocês duas estão rindo de mim! Não riam na minha cara! — Ela tomou um grande gole do seu vinho, se recusando a participar do brinde. Será que era coisa da cabeça dela ou elas estavam mesmo dando uma zoadinha?

Gaby desviou o olhar e depois olhou diretamente para Nadia.

— Ai não, querida. Não, não, não. Não estamos...

Não. Elas não estavam zoando dela.

Nadia suspirou.

— Ah, para com isso — ela interrompeu Gaby. — Eu também estaria rindo. Isso tudo é tão ridículo.

Na verdade, ela estava com o humor bem esportivo naquela noite, ousando se animar pelo encontro que estava por vir. Ela não conseguia evitar pensar que tudo pelo que passara, tudo que suportara e todas as dúvidas com as quais já tinha se torturado, *tudo* tinha sido uma preparação para este momento. *É claro* que nunca tinha dado certo com nenhuma outra pessoa porque ela estava destinada a encontrar *esse cara*. Né? Era assim que as coisas funcionavam, não era?

Era isso que todos os casais que ela conhecia diziam — que, no fim das contas, o caminho sempre os estivera conduzindo para onde chegaram. Katherine dissera uma vez que "Você só tem que acertar uma vez, Nadia" e agora Nadia entendia aquilo. Não existe isso de relacionamento fracassado no passado quando você ainda pode ter sucesso em um relacionamento futuro. Quando o cara certo aparecesse, nada em seu passado seria um erro. Tudo teria levado àquele único grande sucesso que realmente importava.

Nadia não acreditava tanto em almas gêmeas quanto acreditava que, simplesmente, existiam pessoas pelas quais valia a pena se esforçar e, no fim das contas, o importante era encontrar aquela pessoa que estivesse disposta a trabalhar tão duro quanto ela para criarem algo especial. Aquele cara (o um em cinquenta, caso se leve em consideração a matemática de Emma) que queria verdadeiramente um igual — aquilo era o que deixava Nadia empolgada.

Por causa de tudo o que o Cara do Trem tinha dito — que ela era inteligente e engraçada e que eles teriam ótimas conversas juntos — Nadia conseguia *perceber* que ele tinha a cabeça no lugar. Que ele era inteligente e engraçado também. E, mais do que tudo, que ele era bom.

Emma tomou grandes goles do vinho, quase entornando tudo de uma vez só.

— É muito fofo — ela disse, colocando a taça na mesa enquanto olhava ao redor procurando pelo garçom para pedir mais.

— É tudo muito fofo.

— E um pouquinho assustador — ofereceu Gaby.

Aquela era a versão de Gaby que Nadia conhecia melhor: ligeiramente cínica, desconfiada de romances.

— Bom, se eu vou encontrá-lo às sete, posso esperar que você me ligue às... sete e quinze?

— Quando você vai ter uma emergência gravíssima.

— E você vai ter que sair imediatamente.

— Você vai ficar *muito* triste.

— Devastada.

— E escapar tão rápido que vai esquecer de deixar seu número.

As três começaram a rir enquanto falavam do plano para encontros às cegas que já usavam há anos. Na teoria, era até fácil perceber quando não ia dar certo com alguém, quase imediato, mas, na prática, das três só Emma era capaz de anunciar, depois de quinze minutos no encontro, que não daria certo então era melhor terminarem por ali. Como uma colunista de namoro, ela já tivera muita prática, Nadia imaginava, e uma vez que ela namorava como se fosse parte do seu trabalho — e por um tempo realmente *tinha sido* seu trabalho — era mais fácil ter uma cabeça fria em relação à coisa toda. Nadia, por outro lado, já tinha passado várias noites tentando não ferir os sentimentos do homem do outro lado da mesa, enquanto ela mesma tentava encontrar algo em que fossem compatíveis, ou em que concordassem. Aquela era uma desvantagem de ser romântica: como ela era muito comprometida em ver o melhor dos seus encontros, ela tivera vários que nunca deveriam ter acontecido.

Emma arregalou os olhos:

— Ai meu deus, você vai contar para ele o seu nome verdadeiro?

— Quê?... Por que eu não contaria?

— Sei lá! Por segurança? Você não quer que ele saiba quem você realmente é, quer?

Nadia pensou sobre o assunto.

— Esse não me parece o melhor jeito para começar um relacionamento — ela disse. — Eu não acho que haja algum perigo em dizer que me chamo Nadia. Né? — Ela olhou para Gaby em busca de validação.

— Não — disse Gaby. — Mas, escuta: eu continuo acreditando de verdade que você devia conhecer o Cara do Sky Garden. Juro pra você: ele é o seu homem. Eu sei que o Cara do Trem é espertinho e divertido e coisa e tal, mas o Cara do Sky Garden é todas essas coisas também.

— Bem, se o Cara do Trem for um embuste, com certeza eu aceito sua sugestão. Isso é, se ele ainda estiver a fim de me conhecer depois que eu dei um bolo nele.

— Eu tenho certeza de que ele ainda toparia — disse Gaby.

— O que você vai vestir? — Emma perguntou.

Nadia pensou na questão.

— Eu sei que isso vai soar estranho — ela disse —, mas acho que prefiro estar como costumo ir trabalhar. Tipo, é assim que ele me conhece. Se eu aparecer de plataforma, vestido de paetê e toda maquiada e ele não me reconhecer, eu vou ficar mortificada!

— Caramba — disse Emma —, eu não tinha reparado nisso: ele sabe como você é, mas você não faz ideia de como ele é...

Nadia concordou.

— Eu sei! Toda manhã eu entro no trem e penso "Será que é você? Será que é você? E você?" e, honestamente, ele poderia ser qualquer um deles. Mas isso é parte da diversão. E, você sabe... quão ruim ele pode ser afinal?

Gaby deu de ombros.

— Eu teria calafrios se soubesse que estou sendo observada.

Emma deu um tapa no ombro dela:

— Ela não está sendo *observada*! Não fale assim! Algum cara que estava com ela no transporte público reparou nela algumas vezes e achou ela fofa. Só isso.

— Devastadoramente fofa — corrigiu Nadia.

— Devastadoramente fofa, ok. Não é como se ele ficasse seguindo a Nadia pro trabalho ou indo pra casa, espiando ela de um arbusto.

Os olhos de Nadia se arregalaram.

— Ai meu Deus, a gente acha que isso poderia acontecer?

Gaby fez um silêncio mortuário.

— É claro que não! — disse Emma, fulminando Gaby com o olhar. — E escuta, você é tão esperta e tão consciente. Você consegue pegar a vibe da pessoa bem assim — ela estalou os dedos na hora em que disse "assim". — E vamos ligar para você, então você tem uma desculpa para ir embora se precisar, mas você não vai precisar, mas se precisar, então... é isso. Você pode ir embora, mudar de apartamento e de emprego, começar a usar uma peruca e nunca mais vai ter que vê-lo outra vez!

Gaby riu a contragosto e o garçom trouxe mais vinho. Ele perguntou se poderia servir mais alguma coisa.

— Sim — disse Nadia. — Queria novas melhores amigas, por favor.

O garçom sorriu e se afastou da mesa.

— Você vai ficar bem — disse Emma. — Não vai, Gaby?

Gaby sorriu, mas não muito entusiasmada.

— Claro que vai — concordou. — E se não der certo, eu estarei no Ministério da Defesa na sexta. Posso dar um jeito de matarem ele.

Emma serviu mais vinho em todas as taças, mesmo que ela fosse a única a ter esvaziado uma delas. As três brindaram dessa vez.

Em casa, Nadia se sentou com uma folha de papel em branco, uma caneta e outra taça de vinho. No topo da folha ela escreveu "Pros e Contras". Na lateral esquerda, "Tudo Que Pode Dar Errado Se Eu Encontrar O Cara Da Conexões Perdidas". Embaixo, ela escreveu:

Pode ser tudo armação.

Pode ser que ele ache que está se correspondendo com alguém que Não Sou Eu e aí vai ficar super devastado e insultado quando eu aparecer, e não vai ser capaz de esconder a expressão de decepção em seu rosto. Vai ser igual a quando sai um prato da cozinha de um restaurante e você está morrendo de fome e pensa que o garçom está vindo para a sua mesa e você ajeita a postura e morde o lábio inferior de tanta expectativa, mas aí a comida vai para a mesa ao lado da sua e você parece uma idiota.

Eu vou achar que está dando tudo certo e, quando eu for ao banheiro, ele vai pegar o celular e começar a olhar o Tinder e eu vou ver isso por cima do ombro dele quando estiver voltando do banheiro e vou ser muito educada para dizer alguma coisa. (Daí vou desperdiçar mais duas horas e meia da minha vida em que eu poderia estar numa aula de fit boxe ou com a Emma — que diz que está bem melhor, mas continuo preocupada com ela).

Minha foto vai acabar parando no jornal porque eu desapareci no caminho para casa voltando do encontro, e ele vai ser o principal suspeito. A foto vai ser a do meu aniversário de vinte e oito anos quando eu tentei economizar dinheiro fora de hora e decidi depilar minhas próprias sobrancelhas e aí tive que redesenhá-las, e todo mundo pensaria que qualquer mulher com aquela aparência provavelmente foi a culpada de seu infortúnio.

Vou achá-lo incrivelmente atraente e a química será inegável e eu vou para casa com ele e não vou perceber que ele colocou um boa noite cinderela na minha bebida e vou acordar e descobrir que ele revestiu o quarto inteiro com plástico filme e tem uma faca muito afiada e eu quase não consigo escapar antes que ele comece a me retalhar em pedacinhos para fritar e comer no café da manhã.

Na verdade, eu não vou acordar depois do boa noite cinderela e serei totalmente retalhada e ninguém nunca vai me encontrar e minha mãe vai ficar desesperada e nem vai saber que estou morta — ela vai pensar que eu estou sendo muito egoísta e fugi do país por tédio.

No fim das contas ele não vai aparecer e eu vou ter que escrever para o jornal para brigar com ele. (Obs.: se eu fizer isso, vou fazer de forma calma e sensata, assim como aquela menina de dezenove anos em "The Lust Villa" que levou um fora e fez um discurso inspirador sobre lealdade, e não como quando a Sharon Osbourne saiu correndo do *The X Factor* daquela vez, arrancando seus cílios postiços e gritando com todo mundo descontroladamente).

Na outra coluna, ela escreveu: "Coisas Que Podem Dar Certo Se Eu Encontrar O Cara Da Conexões Perdidas". Embaixo, listou:

Posso conhecer o amor da minha vida.

Daniel

Daniel ficou andando em círculos do lado de fora do bar, conversando consigo mesmo sobre o que estava prestes a acontecer. *Calma*, ele se falou. *Não é nada demais. É só um encontro.*

Ele se forçou a inspirar e expirar pelo nariz, fazendo a "respiração vitoriosa" que sua mãe aprendera na única aula de yoga que tinha feito, vinte e cinco anos atrás. A respiração fazia um barulho alto e deliberado, como se você estivesse tentando embaçar um espelho, só que com a boca fechada. A única coisa que ela aprendera naquele dia foi que se você consegue controlar a sua respiração, você consegue controlar qualquer coisa. Aquela tinha sido a trilha sonora da adolescência dele, aquele ditado, ainda que um terrível incidente com gases tenha levado sua mãe a nunca fazer yoga novamente. ("Foi culpa daquela droga de repolho refogado do seu pai. Eu fiz o barulho de peido mais alto do mundo quando fui fazer um cachorro olhando para baixo! Eu consigo controlar minha respiração, Daniel, mas eu desafio qualquer um a manter o controle completo sobre o próprio esfíncter depois de comer aquele *bok choy* amanteigado!"). Para qualquer arranhão no joelho, coração partido e estresse antes de uma prova, sempre haveria um: *Se você consegue controlar sua respiração, você consegue controlar qualquer coisa. Respire, Daniel.*

Daniel riu de si mesmo ao imaginar que poderia controlar alguma coisa do que estava prestes a acontecer e fez com que dois homens que andavam por ali olhassem para ele alarmados e corressem para longe, com sobrancelhas arqueadas como se nervosismo romântico extremo fosse contagioso.

Tipo, talvez este seja o último primeiro encontro da sua vida, ele pensou consigo mesmo, *e talvez seja o último primeiro beijo. Não que o primeiro beijo esteja garantido, mas, sabe, se as coisas forem bem. E elas irão bem. É só você não ser ansioso demais. Tipo agora, que você chegou quinze minutos mais cedo e está tendo uma conversa encorajadora consigo mesmo em vez de entrar e pegar um lugar no bar e pedir um drink para que ela te encontre realmente fazendo alguma coisa quando chegar em vez de esperando para dar o bote que nem o protagonista de O tigre e o dragão.*

Daniel se lembrou da respiração. Seu pai lhe diria para arranjar uma bebida e acalmar os nervos. Ele tentou argumentar consigo mesmo.

Entre. Vai ficar tudo bem. Coma um Tic Tac e respire fundo. Se você pode controlar sua respiração — com menta refrescante — você pode controlar qualquer coisa. Vai lá.

Daniel deu duas grandes inaladas no ar de verão, julho dando lugar a agosto, Londres quente e densa como um xarope, e atravessou a porta do bar. O bar já estava meio cheio de trabalhadores de escritório e seus colegas, já que quinta era a nova sexta. Ele reparou em seu reflexo no espelho enquanto se sentava e teve o primeiro pensamento bondoso sobre si mesmo durante todo o dia. *Você tá legal,* disse a si mesmo, com sua camisa desarrumada, as mangas enroladas para cima, o jeito como o tecido caía pelos ombros. Ele perdera peso desde que o pai se fora — provavelmente não andava comendo o suficiente. Era difícil se preocupar com a comida quando o mundo estava acabando. Mas a mandíbula de Daniel parecia delineada no seu reflexo e ele pensou, por um minuto, que estava com um aspecto rock'n'roll. Luto e esperança caíam bem nele. Foi um consolo pequeno e bobo.

O barman fez contato visual para avisá-lo de que ele seria o próximo e Daniel surtou sobre o que pedir. Será que uma cerveja o faria parecer muito previsível e heterotop? Será que uma taça de vinho tinto seria Stanley Tucci demais? Se pedisse uma garrafa, talvez desse na mesma de dizer "tô tentando te embebedar pra poder te comer", o que não era, de forma alguma, o objetivo.

Ai meu Deus — eles não iam transar, iam? Ele esperava que não.

Bom. Ele queria, é claro, eventualmente, não só porque fazia um tempo que ele não mergulhava seu pincel no pote de tinta de alguém, digamos assim, mas também porque Nadia era a personificação da beleza e da graça, então quem é que não gostaria de transar com ela — ou, de fazer amor, talvez. Será que aquilo era muito Sr. Darcy, muito inibido? Ai meu Deus, por que paquera e sexo e amor e romance eram uma merda de campo minado? As mulheres tinham muito mais protagonismo quando o assunto era neuras com sexo, mas Daniel sabia que não era o único que ficava meio perdido ao pensar em fazer aquilo com alguém de quem gostava. A insegurança não era exclusiva das mulheres. Era exclusiva dos seres humanos, ponto final.

A bebida, Daniel, só escolhe uma bebida.

Ele sabia que várias das esposas dos seus amigos escolhiam um rosé ou algo gasoso quando estava quente, e tinha lido em algum caderno de domingo que cava era o novo prosecco, porque era mais seco, naturalmente gaseificado e parecia bem mais com champagne. Mas se ela não soubesse disso e ele estivesse bebendo cava, ele pareceria barato porque, historicamente, cava era barato. O barman terminou de servir o cara do outro lado e estava vindo e Daniel podia vê-lo vindo e ai Deus — o que deveria pedir? Merda. Ele pediria...

— Uma taça pequena de vinho branco, por favor. Qualquer um. Você escolhe — Ele levou a mão ao bolso, pegou a carteira e localizou o cartão de crédito. Ao entregá-lo, havia um minúsculo e quase imperceptível tremor em sua mão. Ele acrescentou — E um shot de tequila também. Vou abrir uma comanda.

Nadia

Ela flutuou pelo corredor e na descida do elevador. Era isso. O Encontro. Nadia nunca estivera tão convencida de que sua vida estava prestes a mudar desde, bem... desde a manhã em que iniciara A Nova Rotina Para Mudar Minha Vida, que também fora a manhã em que tinha visto o primeiro anúncio na *Conexões Perdidas*. Se ela realmente tentasse, Nadia quase poderia acreditar que havia atraído esse homem para a sua vida com pura força de vontade.

Ela sentia como se tudo fosse possível. Depois de todas aquelas histórias que ela providenciara para a coluna de Emma, depois de todos os cafezinhos com Gaby na manhã seguinte à noite anterior, se questionando se o problema era com ela e não com os homens com quem saía, Nadia apreciava a batida mais rápida de seu coração e as cambalhotas em sua barriga. A vida era sobre *isso*: empolgar-se e fazer escolhas deliberadas sobre seu destino, aproveitando as oportunidades quando elas viessem. *Coloque a si mesma no caminho do belo,* ela lera uma vez em um livro de Cheryl Strayed. E era exatamente aquilo que estava fazendo. Ousar ter esperanças sobre seu futuro romântico fazia dela a Mulher Maravilha, pensou. Ir para um encontro com empolgação verdadeira depois de tudo — depois do Ben Lixo — fazia dela uma heroína da boa-fé. A heroína de sua própria vida.

— Olha só pra você! — Gaby gritou do outro lado do lobby. Nadia sorriu, dando uma voltinha quando se aproximou.

— O que você acha? — perguntou.

Ela estava usando um vestido azul-marinho folgado da Cos com rasteirinhas e uma bolsa de couro da mesma cor. Com seu cabelo loiro e um toque de batom vermelho, além do leve bronzeado do verão, ela parecia a versão mais radiante de si mesma.

— Você está linda, Nadia. Linda mesmo.

Nadia respirou fundo.

— Obrigada — ela disse. — Isso era exatamente o que eu precisava ouvir. — Ela pegou o celular e deu uma olhada na hora.

— Certo, não posso ficar e bater papo. O destino me aguarda! Mas... você me liga depois de quinze minutos, né?

— Sim, senhora. Eu te dou cobertura.

— Ok. E, aí, será que você pode, tipo, me desejar boa sorte?

Gaby sorriu com ternura.

— Nadia: agarra ele. — Ela piscou.

Nadia foi para o bar com a confiança da Blue Ivy. Ela tinha a sensação de que não precisaria do telefonema de Gaby.

Daniel

Daniel tinha acabado de desbloquear a tela do seu telefone quando o rosto de sua mãe apareceu, alertando-o para o fato de que ela estava ligando. Ele colocara no contato a foto que tinha tirado no aniversário dela de sessenta anos, com um copo de gin em uma mão e um Marlboro Light fumado pela metade na outra. Daniel nem sabia que a mãe fumava até aquela noite. Ela lhe disse que sessenta era a idade em que deixaria de "se importar com besteira, como disse a Helen Mirren", e aquilo incluía esconder de seu filho adulto seu hábito de quatro cigarros diários. "A vida é curta demais!", ela pregara, antes que ambos sentissem na pele quão curta ela era. Daniel achou a coisa hilariante. "Se empodere, mãe!", ele disse rindo enquanto o pai dava de ombro como se dissesse "Fazer o quê, né?".

Daniel encarou a tela. Normalmente não desligaria uma ligação dela, mas aquele momento estava prestes a ser o primeiro do resto de sua vida. Ele não podia falar com ela naquele momento. Não queria estar ao telefone enquanto seu futuro começava. Deliberou por meio segundo antes de arrastar o X vermelho e ver o rosto dela desaparecer. Estava esperando pelas bebidas e, olhando ansiosamente para a porta aberta, esperava pelo seu encontro também. Ela estaria ali a qualquer minuto. Qualquer minuto.

NADIA

Nadia pegou o caminho de trás para o pátio, para não ter que lutar com o exército de usuários do transporte público voltando para casa, ou passar pelo enorme pub da esquina que indubitavelmente estaria lotado àquela hora com um clima daqueles — Londres ganhava vida de um jeito especial no verão, ao menor sinal de sol, eram drinks após o expediente e caminhadas ao longo do South Bank — e, se ela atravessasse a estrada antes da esquina e virasse à primeira direita, seria capaz de dar uma volta pela passagem pavimentada que a levaria bem para a frente do The Old Barn Cat, sem precisar usar os cotovelos para lutar com hordas de semibêbados. Não que ela se importasse. Tudo parecia lindo. O sol estava baixo e morno e ela assobiava suavemente enquanto desviava das multidões e fazia seu caminho tranquilo pelo beco. Parou logo antes da esquina para pegar o espelhinho do pó compacto e conferir o batom. *Está perfeito o suficiente*, pensou alegremente, *mas vou colocar só mais um pouquinho*.

Daniel

— Oi, mãe, que foi? Eu tô meio enrolado agora — Ela tinha ligado de novo para Daniel segundos após ele rejeitar a primeira ligação. Ele não poderia fugir dela duas vezes. Não era do feitio dela não pegar a dica. Seu instinto lhe disse para atender.

— Danny, meu menino, querido, sou eu, sua mãe.

Daniel crispou as sobrancelhas. Ele obviamente sabia que era a mãe dele.

— Sim, mãe, eu sei. É claro que eu sei que é você — Ela não parecia bem. — Você está chorando, mãe? Mãe, o que aconteceu? — Ele imaginou que ela tinha ficado presa tentando colocar o carro na ré outra vez ou que não sabia como ligar a Apple TV. Ela precisava aprender muitas coisas sobre morar sozinha e a maioria era frustrante.

O barman colocou uma taça à frente dele — não era uma daquelas tacinhas que os franceses usavam, nem, pior, um daqueles copões de plástico que usavam em lugares moderninhos em Hackney. Era uma taça de vinho branco alta e elegante, com grandes gotículas de condensação na base. Ao lado dela, um pequeno shot de tequila âmbar. Daniel a alcançou e virou goela sem pensar, deixando o líquido queimar no fundo da garganta, aquecer seu peito e descer. Assim era melhor. Sua preocupação se foi quase imediatamente.

— Daniel — disse sua mãe —, eu... eu não sei o que tem de errado. Eu não consigo parar.

Daniel pegou a taça de vinho branco entre os dedos e a segurou.

— Não consegue parar o que, mãe? — Ele ainda não compreendia o quanto ela precisava dele. Ele ainda achava que a ligação dela era só uma inconveniência. Seu tom era seco, frustrado. Ele realmente não queria estar no celular quando Nadia chegasse. *Eu nem deveria ter atendido*, ele pensou. *Com certeza ela está bem. Ela sempre está bem.*

— De ch-ch... — A linha ficou silenciosa por um minuto. Com uma voz muito controlada, que soava como se a mãe estivesse usando cada grama de força de vontade, ela continuou: — De chorar. Daniel, eu não consigo parar... de chorar. Eu acho que não tô bem.

Ela disse aquilo de um jeito tão pé-no-chão, e tão repentinamente estoico, que a ironia entre o conteúdo de sua fala e a forma como ela tinha dito partiu o coração de Daniel em duas metades perfeitas. Ele entendeu, implicitamente, que a fachada de força tinha finalmente ruído. Sua terapeuta disse que aquilo aconteceria. De certa forma, ele estava aliviado.

— Está tudo bem, mãe. Você pode chorar. Eu estou aqui para você. Eu te amo — Do outro lado da linha, sua mãe começou a chorar copiosamente, um choro profundo e gutural, e por um minuto horrível tudo que Daniel pôde fazer foi escutar. Ele estava impotente. Ela chorou e chorou e chorou, quase sem conseguir formar palavras, compondo frases coerentes. Ele encarou a taça gelada de vinho em sua mão. Ele olhou para a porta. Ele escutou o choro de sua mãe. Lentamente, massageou a fronte, seu cérebro trabalhando duro, seus ombros ficando tensos. Ele não queria ir embora. Ele queria pelo menos esperar Nadia chegar e dizer a ela que teria de ir embora.

— Eu não consigo... — sua mãe disse ao telefone. — Qual é o sentido sem ele, querido? Eu sinto a falta dele. Eu sinto tanta, tanta saudade.

De repente Daniel percebeu que não tinha sido fácil para ela pedir ajuda. Ela chorou nos dias após a morte e no dia do enterro e depois... ela só parou de chorar. Deu um jeito em si mesma. E Daniel esperou por meses que ela fosse se desmanchar — Deus sabe que ele esperou. Era por isso que ele estava na terapia. Mas sua mãe manteve a fachada. Ela tinha sido quase teimosa com sua determinação de seguir adiante com a vida, e Daniel sabia que se sua queda do cavalo fosse de alguma forma parecida com a dele, não dava mesmo para ela ficar sozinha naquela noite. Ela tinha sido forte por ele, quando ele precisara. Ele sabia que agora era vez dele de ser forte por ela.

Daniel se viu dizendo:

— Tô indo, tá bem, mãe? Vou estar aí em meia hora. Eu tô indo. Você não está sozinha, me ouviu?

— Tá bem. Sim. — E explodindo em lágrimas outra vez disse: — Obrigada. — As palavras mal eram audíveis.

Daniel desceu do banco alto de bar e olhou ao redor desejando — esperançoso — que Nadia aparecesse na porta antes que ele tivesse de ir. Sua alma ficava em frangalhos ao pensar que precisaria ir antes que ela chegasse, mas partia seu coração ainda mais deixar a mãe sozinha um segundo a mais do que o necessário. Ela nunca dissera que precisava dele, mas estava dizendo agora. E se ele tivesse que escolher entre Nadia e sua mãe. Cara. Ele só podia confiar que Nadia seria compreensiva. Que ela não aceitaria que fosse de outro jeito.

— Está tudo bem, amigo? — o barman perguntou.

Daniel se virou e olhou para ele.

— Não. Não, realmente não estou bem. — Ele tinha de pensar rápido. — Olha. Será que você me fazer um favor? Eu estou prestes a conhecer uma garota. Uma mulher.

Daniel não sabia de onde vinha aquela súbita expressão de paixão verbal, mas continuou:

— A mais incrível, linda, devastadoramente charmosa e bondosa e... em forma. Nossa, ela está muito em forma. E esperta. Mas eu preciso ir. Ela tem o cabelo loiro, nessa altura — Daniel levou a mão ao ombro, suas palavras se empilhando uma sobre a outra no colo desse homem, esse estranho, que estava recebendo a erupção da paixão de Daniel de modo admirável. — E ela meio que faz um biquinho, como se tivesse acabado de ter uma ideia nova. E, e... ela vai vir aqui, e vai estar sozinha, e você pode perguntar se o nome dela é Nadia e se ela disser que sim, você pode dizer que eu estou devastado em não encontrar com ela hoje à noite, mas eu vou encontrá-la. Vou encontrá-la amanhã no trem e explicar tudo. Você pode dizer isso a ela?

O barman assentiu.

— Claro — ele disse de um jeito simpático. — Nadia. Entendi.

— Obrigado. Obrigado!

E com isso, Daniel saiu, sem saber que se tivesse esperado apenas mais noventa segundos, ele mesmo poderia ter dito tudo a ela.

NADIA

Nadia sentou-se em frente ao balcão, empurrou para o lado uma taça cheia de vinho branco — que, estranhamente, parecia não ter dono — e colocou a bolsa ali. Viu seu reflexo no espelho atrás das garrafas. Ela usara o secador na hora do almoço, então o bob loiro e meio arrepiado estava mais suave, mais ondulado e o batom Ruby da MAC que escolhera tinha animado seu rosto. Ela parecia a melhor versão de si mesma. Ela não queria se gabar, mas a possibilidade de um romance fazia, de alguma forma, seu rosto parecer mais brilhante. Ela pegou o telefone dentro da bolsa, pendurou a bolsa no gancho embaixo do balcão — para que ficasse fora do caminho, mas pressionasse seus joelhos constantemente de modo que não pudesse ser roubada — e escaneou o lugar. Havia pessoas espalhadas na calçada, tomando drinks com colegas após o expediente, um ou dois casais espalhados pelo interior, obviamente em encontros.

Nadia não viu nenhum homem sozinho, nem esperando do lado de fora, nem sentado em um canto. Ela não sabia qual era a aparência de Daniel, então ela não tinha nenhuma escolha além de sentar e esperar por ele. Ninguém estava atrás do bar, então ela pegou o celular — que só deveria estar na mão dela em caso de emergência — e o desbloqueou enquanto esperava. Era bizarro como ela conseguia ter a certeza de que era isso, aquele era o momento em que o amor a envolveria, ao mesmo tempo em que precisava saber que havia um Plano B. Era um puxa e empurra entre acreditar e se autopreservar. Ela tinha lido uma citação no Pinterest que dizia: VOCÊ NÃO PODE SER UM COVARDE E ESTAR APAIXONADO; VOCÊ PRECISA ESCOLHER UM DELES. A pessoa que escreveu aquilo claramente nunca tinha estado em um encontro às cegas, Nadia pensou, sabendo que a melhor parte de ter um Plano B era se assegurar de que você não precisaria dele.

Ela abriu o Twitter, meio que pensando em ver as notícias para ter algo para falar sobre a Síria ou "The Lust Villa" caso a conversa emperrasse, e esperou o garçom chegar para fazer seu pedido. Todas as vezes em que ela percebia alguém entrando pela porta ela se virava para ver. Não era ele. Nem agora. Aff.

Ela recebeu uma mensagem de Emma que dizia: *Você viu isso?!* Era um link para o Twitter. Nadia olhou para cima mais uma vez, caso ele tivesse entrado, e clicou na URL. Ela redirecionou para uma hashtag, #NossaEstação

eu tô tão envolvida com o casal #NossaEstação. que jeito mais romântico de conhecer alguém! disse @EmmaEmma

e

mais alguém está achando bizarro esse cara ficar de olho nela e ela não faz ideia de quem ele é? #NossaEstação da @ girlstolevintage

e

Eu nem consigo fazer um homem me responder no whatsapp e aqui está o casal #NossaEstação deixando bilhetes de amor um para o outro no jornal como se fosse um livro da Jane Austen, se ela tivesse Twitter disse @notyourgirl.

Nadia foi rolando para baixo, maravilhada com o que estava vendo. As pessoas estavam acompanhando a história dela. A história deles! E tinham opiniões! E uma hashtag! #NossaEstação!

Aquilo era tão bizarro para ela — ainda que, se ela não estivesse diretamente envolvida na troca de mensagens, ela com certeza estaria conversando com Emma sobre isso. Aquilo era o melhor de Londres: a Londres em que todos estavam conectados a uma mesma coisa, rindo da mesma piada, engajados no mesmo movimento ou ideia. Ela imaginou que era por isso que a *Conexões Perdidas* funcionava: não era só sobre duas pessoas buscando uma à outra. Era sobre como todos nós estamos em busca de amor, quer queiramos admitir isso ou não, e somos todos *voyeurs* das vidas amorosas de outras pessoas. Ela mal podia esperar para mostrar ao Cara do Trem. Eles estavam nos *trending topics!* Era o mais auspicioso dos começos. Parecia boa sorte. Ai, tudo estava tão perfeito!

— Nadia?

Nadia desviou os olhos do celular e viu que o barman estava olhando para ela.

— Sim? — ela perguntou.

Nadia estava confusa. O cara dela trabalhava ali? Ela veio para um encontro... enquanto ele trabalhava? O homem era alto e pareciam ter uma idade próxima, ele tinha uma barba por fazer preta e dentes bonitos e...

— Eu tenho uma mensagem para você, do seu... Tinha um homem aqui que pediu pra eu falar com a Nadia.

Nadia não entendia o que o barman estava dizendo. Ela olhou ao redor, como se esperasse que alguém saltasse de algum esconderijo e dissesse "Te peguei!".

— Ele disse que tinha que ir e realmente sentia muito, e .... ai meu Deus, eu estou falando tudo errado. Você é inteligente? Basicamente ele gosta de você. Ele precisava ir e ele gosta de você.

Nadia piscou, o sangue subindo para suas bochechas. Seu corpo compreendeu as notícias antes que sua mente conseguisse processá-las.

— O quê?

— O cara com quem você iria se encontrar? Em um encontro, acho? Ele recebeu um telefonema e aí ele disse que tinha que ir e ele queria que eu te contasse.

Nadia olhou de um lado do bar para o outro, como se aquilo realmente fosse uma piada, talvez o Cara do Trem quisesse testar se ela estava realmente interessada. Não tinha ninguém mais perto deles.

— Ele foi embora?

Nadia podia sentir lágrimas brotando em seus olhos. *Não chora*, ela ordenou a si mesma. *Não inventa de chorar, porra.* Ela estava mortificada.

— Ele foi embora — O barman pareceu perceber subitamente como ela estava afetada pela situação. — Mas ele disse um monte de coisas legais sobre você antes. Ele... ele chegou e estava se olhando no espelho, como se estivesse tímido e ansioso — O barman avaliou a reação de Nadia para ver se estava ajudando.

— Pediu uma taça de vinho e aí o telefone dele tocou, então, olha, não é como se eu estivesse prestando atenção nem nada, mas para ser honesto, acho que era a mãe dele. Ele estava tentando acalmar ela. E aí ele ficou parado um minuto, daí me disse pra te dizer... — O barman parou de polir um copo e colocou-o no balcão. — Peraí, deixa eu lembrar direito. Basicamente, ele meio que te fez um monte de elogios. Ele me disse pra procurar por uma loira bonita sozinha, chamada Nadia, que ele achava que era bondosa e inteligente e muito gostosa e, acho que ele também disse, charmosa?

Nadia não sabia o que pensar.

— Ah — foi tudo que ela conseguiu dizer, seu cérebro já estava em uma espiral de motivos pelos quais ele *realmente* foi embora.

Você é feia, ela disse a si mesma.

Nenhum homem realmente ia querer conquistar você, disse uma voz em sua cabeça.

Ele devia ter algo melhor pra fazer.

Ninguém gosta de você.

Você não pode ser amada.

Repulsiva.

Triste.

Patética.

— Deixa eu te servir uma bebida — disse o barman, tentando soar animador. — Por conta da casa. — Ele conseguia sentir como ela se abatera e parecia estar desesperadamente pesaroso por ela.

— Obrigada — disse Nadia, sem emoção, sentindo-se enraizada naquele lugar. As palavras presas em sua garganta. Como é que ela tinha sido tão idiota? Era óbvio que não tinha nenhum cara, nenhum encontro. Era óbvio que ela estava sentada ali sozinha. Óbvio! Ela realmente pensava que era tão irresistível que um cara bonito iria adorá-la à distância e escrever cartas e ser tudo que ela sempre ousara sonhar? A quem ela estava enganando? A vida não era um conto de fadas. A vida mal era uma história coerente. Merdas aconteciam e as pessoas às vezes se apaixonavam, mas a maioria das pessoas não, e obviamente ela era uma das que não se apaixonaria. Aquilo não aconteceria com ela e ela tinha deixado o cabelo solto e colocado um vestido novo e se exibido para Emma e Gaby à toa. Uma lágrima rebelde escapou de seu olho esquerdo e ela piscou apressadamente depois de secá-la, determinada a não se expor.

Passou pela mente de Nadia que ele ainda poderia estar observando-a, que talvez aquilo fosse um teste, e ela queria agir com decoro e classe. Estava meio tentada a ligar para a mãe, mas não achou que teria forças para explicar tudo o que acontecera. O celular vibrou em sua mão — ela nem percebera que ainda o estava segurando. Era Gaby — a ligação de emergência pré-marcada.

Se Nadia respondesse, podia fazer Gaby ir até o bar, para abraçá-la e beber com ela e dizer que tudo ficaria bem. Mas enquanto Nadia deixava a lista de possibilidades passar pela sua cabeça, a ligação caiu, e tudo que apareceu em sua tela foi Chamada Perdida (1) GABY TRABALHO.

Ela beberia sua taça de vinho grátis e decidiria o que fazer. Pronto. Ela não sabia como falar sobre aquilo ou com quem falar, mas ela não precisava decidir nada agora. Ela podia só ficar sentada e deixar a maciez fria de um vinho branco gelado descer pela sua garganta, podia respirar fundo e só depois ir para casa.

— O que posso te servir? — o barman perguntou.

— Qualquer coisa que você goste — Nadia olhou para ele, seus olhos eram bondosos. Ele era um homem bom testemunhando sua humilhação. — Você tem algo mineral? Tipo um...

— Albariño? Foi isso que seu amigo pediu.

Nadia assentiu. Seu "amigo". Uau.

— Seria ótimo, obrigada.

O barman puxou uma taça e pegou a garrafa na geladeira. Enquanto ele servia a bebida, disse:

— Você pode terminar essa garrafa — E ai deslizou a taça cheia até a metade e a garrafa com o resto do vinho, e então se afastou para servir outra pessoa e a deixou ali para cuidar de si mesma.

Nadia não sabia o que pensar. De repente ela reparou que o Cara do Trem sabia o nome dela, porque ele pediu ao garçom para chamar por Nadia. Como? Ela imaginava se ele realmente teve a intenção de encontrá-la — ele planejara continuar enganando-a? Mas aquilo não fazia nenhum sentido. A não ser que não fosse um desconhecido — e se fosse alguém que a conhecia e era por isso que sabia o nome dela e o trem e sobre a caridade? Ela se perguntou se seria o Ben Lixo. *Meu Deus*, ela pensou, com certeza não. *Com certeza não é o Ben Lixo*. Isso seria cruel demais, até mesmo para ele — além do mais, agora ele tinha uma namorada nova. Nadia fixou os olhos nos próprios olhos de seu reflexo no espelho e assistiu a si mesma bebendo. Terminou a taça de vinho em dois grandes goles. Seu ego ferido e seu coração machucado. Sentiu-se tão idiota por ficar esperançosa. Ela realmente achou que daria certo.

Enquanto o álcool corria por suas veias, Nadia se permitiu sentir. Ela estava devastada.

Virou o resto da garrafa na taça.

Será que um dia serei amada? ela se perguntou. *Eu nunca achei que seria tão difícil.*

DANIEL

— Henry se foi — ela disse quando abriu a porta, lágrimas escorrendo pela face e deixando trilhas escuras de rímel que iam desbotando conforme se aproximavam do queixo.

— Mãe — disse Daniel —, quem é Henry? O que aconteceu? Vamos. Eu tô aqui agora.

Daniel limpou os sapatos no tapete e depois ficou descalço. Com a mão um pouco abaixo da cintura da mãe, ele a conduziu pelo corredor, com seu papel de parede florido e decorada com bolinhas e coraçõezinhos. Ele nunca tinha entendido como o pai dele conseguia aguentar. Parecia que a seção de decorações da Dunelm tinha vomitado e tido diarreia na casa geminada de seus pais. Ele se sentou no sofá ao lado da mãe, o lado dela já estava um pouco afundado no formato de seu corpo, com o passar de várias noites na frente da TV, perto da poltrona que, até pouco tempo atrás, tinha sido de seu pai. *Talvez ela sempre seja do papai*, pensou, percebendo como não queria sentar-se nela porque ela "pertencia" a outra pessoa.

Ele colocou a mão sobre o braço da mãe:

— Quem é Henry?

— Henry! O aspirador de pó! — a mãe respondeu, balançando a cabeça como se ele fosse estúpido por não entender imediatamente. Como é que ele ousava não ter entendido imediatamente que sua mãe estava chorando por causa do aspirador de pó? Tinha sido por isso que ele saíra do seu encontro, a coisa que mais queria no mundo? Por causa de um aspirador de pó perdido? — Ele se foi!

Daniel buscou nos olhos dela por algo que o permitisse compreender o que estava acontecendo. Ela estava indo muito bem: não tinha se desfeito em lágrimas. Tinha sido um pilar de força, o que era bom, porque ainda que Daniel soubesse que as emoções da mãe não eram sua responsabilidade (sua terapeuta lhe dizia isso em todas as sessões), era muito mais fácil conseguir segurar as pontas sabendo que ela estava bem. Mas, talvez, agora fosse o momento de ele ser forte para ela.

A mãe dele suspirou, frustrada.

— Henry. O aspirador. Nós o temos desde que você nasceu. E ele tem sido bom, você sabe, ele durou tanto tempo. As coisas costumavam durar muito naquela época. Não é que nem agora, que constroem as coisas pra quebrarem automaticamente em dois anos só pra você ter que trocar. Você sabe. Como eles chamam isso? Quando eles fazem as coisas pra quebrar depois de dois anos?

— Obsolescência programada.

— Isso. Adolescência programada.

— *Obsolescência* programada. Ou obsolescência planejada, a política de planejar ou projetar um produto com um limite de uso artificial...

— Ah, cala a boca! — ela ralhou brincalhona em meio as lágrimas. — Você fala exatamente como o seu pai. Seu sabe-tudo. — Ela soou como se não estivesse de modo algum triste pela semelhança. Daniel percebeu que o rímel dela escorrera para a lateral dos olhos, então cada olho tinha um pequeno ponto preto no cantinho.

— Bom. Tem isso. Seu pai não me deixava trocar o Henry. Mesmo que já tivesse começado a ficar com um cheiro forte e não aspirasse tão bem quanto antes, ele ainda estava em boa forma. E você sabe, pode custar centenas de libras comprar um novo! É o preço de uma viagem!

Daniel realmente não estava entendendo o sentido daquilo.

— E você está chateada por quê...? — ele perguntou, enquanto pensava consigo mesmo: *aposto que ela está lá agora. Aposto que ela esperou e eu nunca apareci e ela acha que eu não me importo. Que eu sou um babaca.*

— Ele se foi! — ela falava bem calmamente agora. — Coloquei ele lá fora, na frente da garagem, pensando que eu precisava limpar o carro. Estava uma sujeira e dei uma carona pra Tracey outro dia e fiquei muito constrangida por causa do estado do carro. Aposto que ela pensou que eu era uma porca, tinham embalagens e estava empoeirado e eu acho que depois que o seu pai...

bem. Eu também dei uma faxina na casa hoje, porque percebi que não estou cuidando dela direito.

Talvez ela não se importe mesmo. Talvez ela esteja lá e o barman ou um dos caras da mesa do canto, com seus amigos chiques e ricos, estejam dando em cima dela.

Daniel olhou ao redor e assentiu:

— Está ótima, mãe. — E estava mesmo. Sua mãe sempre tivera orgulho de sua casa impecável. Sua casa impecável, altamente florida e meio brega.

Eu não devia ter saído.

— Não! Ela não está! — Ela insistiu. — Porque o Henry se foi! Eu deixei o Henry lá fora perto da lixeira e pensei que ajeitaria o carro no dia seguinte que virou o dia seguinte ao seguinte e assim por diante e a verdade é, eu não me importei o suficiente, então ele ficou lá fora por uma semana ou mais e, hoje, eu precisava aspirar a casa e ele tinha desaparecido. Ele se foi.

Daniel se levantou e foi em direção à porta da frente. Sentia que a frustração por ter saído de seu encontro estava contaminando a forma como ele falava com sua mãe. Ele odiava aquela versão de si mesmo: até quando era um adolescente, sempre havia tratado os pais com respeito. Foi assim que ele foi criado.

— Tenho certeza de que não, mãe. Pra onde ele teria ido?

— Foi roubado! Aposto que foi roubado.

Daniel recolocou os sapatos e foi para o lado de fora dar uma olhada perto do lixo, e quando ele não encontrou o aspirador, ele olhou dentro da lixeira.

— Você não está procurando em nenhum lugar que eu já não tenha procurado! — Sua mãe escorregou até se sentar no degrau de entrada.

— Ai, Danny — ela disse, seu lábio inferior tremendo de novo. — Bem antes de sair de casa pra te encontrar no pub, no dia em que ele... naquele dia, nós tivemos uma briga horrível. Ele disse que de jeito nenhum eu iria comprar um aspirador novo, e eu achei que ele estava sendo um idiota pão duro e fiquei com raiva. E ele vai pensar... bom, aposto que ele vai pensar que eu fiz isso de propósito!

Daniel caminhou de volta para perto da mãe.

— Ele não acha isso, mãe. Ele não acha nada. Ele está...

— Ah, eu sei que ele morreu. Mas ele está aqui. Cuidando da gente. E vai estar de braços cruzados e com uma carranca bem-feita pensando que eu "perdi" — sua mãe fez o sinal de aspas com a mão — o Henry porque agora que ele não está mais aqui eu iria me safar.

— Mãe, seu marido morreu e o seu aspirador tinha mau cheiro. Acho que você pode comprar um novo.

— Então você também não acredita em mim!

— Também?

— Primeiro o seu pai e agora você! — Ela retirou um lenço de um bolso do vestido, assoou o nariz e voltou a falar histericamente, as palavras se embaralhando. — Olha, eu estou te dizendo, o Henry estava aqui fora perto do lixo e agora não está mais. Ele foi roubado e não foi culpa minha.

Daniel deixou o corpo cair ao lado de sua mãe no degrau. Ele não disse nada, mas encostou o joelho no dela em um gesto de solidariedade. Ela estava oficialmente louca, mas ele não se importava. Ele mesmo estava meio apaixonado por uma mulher que nunca conhecera e trocava cartas com ela pelo jornal, porque achava que seu pai gostaria daquilo. Ele também conseguia entender os fortes sentimentos de sua mãe pelo aspirador de pó por respeito ao seu pai morto.

Ele esperava que não tivesse magoado Nadia. Esperava também que ela nem tivesse aparecido e que nem fizesse ideia de que ele tinha dado um bolo nela. Mas seria uma merda se ele tivesse ficado lá e levado um bolo. Ainda assim, ele preferiria isso a deixá-la lá, esperando sozinha, pensando que ele não ligava. Depois de um tempo, sua mãe disse:

— Eu sinto falta daquele desgraçado imprestável.

Daniel sorriu.

— Eu sei, mãe. Eu também sinto.

— Eu acordo no meio da noite e penso que ele saiu para fazer xixi e fico esperando ele voltar para a cama. E aí eu lembro.

— Eu sei.

— E eu fico... com raiva. Eu fico com tanta raiva dele por ter morrido.

— Eu sei — Daniel disse com tristeza.

— Eu quero gritar com alguém, mas com quem? Com aquele merdinha de catador de sucata que provavelmente surrupiou o aspirador?

— Ahhhh — disse Daniel. — O catador de sucata. Sim. Se Henry ficou fora da casa por uma semana isso faria sentido.

— Sim — concordou sua mãe.

Daniel encostou em seu braço e deu uma apertadinha.

— Eu sei que é horrível. Você não merece isso. Você não merece ter que ficar sem ele.

Ele não percebera até sua voz embargar que também estava chorando. Grandes lágrimas rolavam pelas bochechas, combinando com as da mãe. Ela tinha parado de chorar até que olhou para o filho e, agora, os dois estavam sentados sob aquele sol noturno, meio rindo daquela demonstração efusiva de emoções, meio continuando a chorar, mãe e filho unidos no luto de ter perdido o homem de suas vidas, se perguntando como poderiam continuar sem ele.

Daniel ficou feliz de ter vindo no fim das contas. Agora eram só eles dois. Eles eram um time. Eles precisavam um do outro.

NADIA

— Esse lugar está ocupado?

Nadia levantou os olhos e viu um homem alto e ruivo com um sorriso torto. Ele estava apontando para o lugar ao lado dela. A segunda taça de vinho de Nadia estava vazia e o balcão tinha ficado cheio. Aquele era o único lugar livre. Há quanto tempo ela estava sentada ali? Tempo o suficiente para beber duas grandes taças de vinho branco, ela percebeu.

— Sim, sim, é claro — disse Nadia, lembrando-se das boas maneiras.

— Sim, ele está ocupado?

— Não. O lugar está vazio. Sim, sim, *você* pode se sentar nele.

O homem estava insistindo no contato visual e sustentava o olhar de Nadia. Ela engoliu em seco. Ela estava um pouco bêbada — estivera tão empolgada com o encontro que não comera direito desde o café da manhã, a bebida subiu direto para a cabeça. Algo no ar estava diferente. O homem ficou parado na frente dela, fitando-a por um tempo longo demais. Isso fez Nadia despertar de seu devaneio e voltar ao presente.

— Você está esperando alguém? — ele perguntou enquanto se ajeitava ao lado dela.

— Eu estava — ela disse. Limpou a garganta, percebendo que soava um pouco rouca. — Mas não puderam vir — ela acrescentou mais alto.

— E agora a dama está bebendo sozinha?

— E agora a dama está bebendo sozinha — Nadia repetiu. Uau. Ela tinha dado uma arrastada naquela frase, sua fala estava definitivamente afetada. Ela deveria ir para casa. Ou pelo menos comer alguma coisa.

— Isso é uma pena — ele disse e Nadia deu um sorriso amarelo.

Ela podia sentir os olhos dele sobre si, mas não estava no clima. Não queria brincar de fazer nenhum jogo de sedução com um estranho em um bar — ela queria chorar e sentir pena de si mesma e lamentar sobre como os homens eram horríveis porque eles te davam esperanças e depois te jogavam no lixo.

— Isso vai parecer muito apressado da minha parte, mas... você quer mais um drink? Eu tenho uma meia hora livre até meu amigo chegar.

Nadia olhou para ele — para o homem sentado ao lado dela, onde deveria estar o homem com quem ela teria um encontro.

— Você está me convidando para um drink? — ela perguntou. — Assim do nada?

— Assim do nada?

— Você vai se sentar ao lado de uma mulher que você não conhece e se oferecer pra pagar um drink para ela igual num filme da Nora Ephron? — Nadia não estava flertando, mas com certeza havia uma impulsividade nela.

Duas taças e uma conexão perdida eram o suficiente para fazê-la sentir que não precisava ser educada, ou polida, ou legal. Ela não precisava se contorcer para se deixar gostável. Ela estava furiosa. Depois de duas taças, ela tinha passado de devastada para perturbada para raivosa e agora, ela percebeu, ela não dava a mínima para mais nada. Todos os homens eram iguais, ela pensou: destinados a foder com ela. Por que ela precisava perder ao entrar na luta com aquele ali?

— Eu não sei quem é essa, mas sim. Pode chamar de um experimento social extremo em que um homem solitário tentar descobrir se é possível conhecer uma mulher sem utilizar um aplicativo de namoro. Aparentemente nos tempos antigos era assim que costumava acontecer, sabe. Homens e mulheres simplesmente começavam a conversar em um ambiente público e, se eles gostassem do papo, continuavam se falando até decidirem que um dia gostariam de ter outra conversa e, talvez, outra depois daquela. Tempos experimentais.

— Como você não sabe quem é Nora Ephron? — Nadia replicou. — Ela definiu uma era. Toda a nossa geração cresceu com ela.

— Eu vou ter que me inteirar do assunto — ele disse.

— Comece com *Mensagem pra você* e, quando você entender como ela é genial, leia *A difícil arte de amar*.

— *Mensagem pra você!* Eu já ouvi falar desse.

— Eu te mandaria um buquê de lápis recém-apontados se eu soubesse seu nome e endereço...

— Lápis? Você fala como se fosse romântico.

— Ué, mas é — disse Nadia. Será que estava sendo charmosa? Ela achava que estava parecendo acéfala, mas os olhos dele brilhavam para ela.

— Eu sou o Eddie — ele disse, estendendo a mão para apertar a dela.

— Olá — ela disse.

Eddie sorriu:

— Esse é o momento em que normalmente você diria o seu nome — ele comentou.

— Nadia.

— E o que você faz, Nadia?

— Eu trabalho com inteligência artificial.

— Linda e inteligente, entendi.

Nadia arqueou uma sobrancelha:

— Meus robôs têm cantadas mais originais que essa.

— Eu disse que hoje vai ser uma pegada *old school*.

— Ah, os tempos dourados?

— Os tempos dourados — ele repetiu, o que não fazia tanto sentido, mas o jeito como ele disse deixou Nadia nervosa. — Então, mais uma do mesmo? — ele persistiu, indicando a taça vazia com a cabeça.

Nadia deu de ombros.

— Claro — ela disse, surpreendendo-se com a resposta.

Quando o barman trouxe mais duas taças de vinho, ele disse:

— Seu amigo abriu uma comanda no cartão dele. Você quer que eu coloque essas lá? Ou você vai levar o cartão dele pra ele e me dar um novo, ou...?

Nadia podia sentir os olhos de Eddie nela.

— Não, não — ela respondeu, por mais que fosse tentador pedir uma garrafa da bebida mais cara da casa e colocá-la na conta do homem que havia dado um bolo nela. Ela sequer sabia o nome dele! — Ah — ela acrescentou —, na verdade, acho que posso levar para ele?

O barman deu de ombros.

— Claro — respondeu.

Ele tateou sob o balcão e pegou o cartão. Nadia imaginava que poderia pelo menos ver o nome gravado. Ela tomou o cartão do barman. Estava escrito D. E. WEISSMAN — um nome que não significava nada para ela.

Eddie entregou o próprio cartão ao barman enquanto Nadia pegava a bolsa embaixo do balcão.

— Permita-me — ele disse. — Vamos abrir uma comanda nova nesse aí — ele disse para o barman.

Nadia escorregou o cartão de D. E. Weissman para dentro da bolsa.

— Obrigada — disse Nadia, sabendo perfeitamente bem que ela não deveria tomar outra bebida sem comer alguma coisa, mas ainda assim indo em frente.

Ela estava lá, ela estava arrumada e um homem engraçado estava interessado nada. É claro que não custaria nada esperar com ele até o amigo chegar, não é mesmo? Aquela paquerinha estava fazendo Nadia se sentir melhor, como se ela não fosse repugnante para toda a humanidade. Sim. Ela ficaria mais meia hora, só para mais uma taça, ao menos para lembrá-la de que estava bem.

Tudo bem, ela estava se enganando ao pensar que estava bem, mas o verdadeiro bem-estar viria em seguida, não é mesmo?

— Saúde — disse Eddie levando sua taça em direção à dela e Nadia ergueu sua no ar para o brinde.

— Aqui está, para fazer como antigamente — ela disse, soando muito mais confiante do que se sentia.

Ela realmente não ficaria ali muito tempo.

NADIA

O despertador de Nadia tocou às 6h. Ela tinha programado para tocar todos os dias, já que ela vivia ficando bêbada na noite anterior e se esquecendo, mas ela não se lembrara de desligá-lo quando foi para a cama na noite anterior, distraída como estava enquanto Eddie dava beijos atrás de sua orelha, descendo pelo seu pescoço e abrindo caminho para a parte da frente do corpo dela, para os seios, a barriga, a...

— Merda.

Ela desligou o alarme. Sua cabeça doía. Eddie não se moveu. Ele dormira de barriga para baixo com a cabeça virada para o outro lado, e estava roncando suavemente a cada respiração. Nadia se sentou e piscou lentamente, esfregando os olhos. Estava claro do lado de fora, mas não tão claro quanto antes. *Os dias estão ficando mais curtos,* ela pensou, sua ressaca deixando-a claramente ranzinza e inclinada aos dizeres deprimentes que sua avó costumava proclamar. Não era, de jeito nenhum, um dia desolador no meio do inverno. Só parecia que era isso na cabeça dela. Ela olhou para o homem ao seu lado. Como diabos aquilo tinha acontecido?

E, então, ela lembrou-se de tudo.

Um desafio. Uma aposta. Um desafio que ela perdera e por isso tomou um shot. De tequila, pensou, bile subindo à garganta diante da memória. Ela não conseguia se lembrar de quanto tempo ficara lá, tampouco porque o amigo de Eddie nunca tinha chegado. Ela viu no celular uma mensagem de Gaby dizendo: *Feliz que você esteja se divertindo!* A única mensagem que Nadia enviara antes daquilo foi *TÔ FICANDO MTO BÊBADA MTO GATO.* Gaby não tinha como saber que ela não falava do Cara do Trem. Ela falava... ai meu Deus. Desse cara.

Ela andou silenciosamente até o banheiro e ligou o chuveiro. As memórias continuavam a vir em fragmentos: a mão dela no braço de Eddie enquanto ela ria, a mão de Eddie no alto da coxa dela enquanto ele sussurrava alguma coisa, outra rodada, e mais outra. Ela não queria ter dormido com ele. Não queria ter deixado as coisas irem tão longe.

Ai meu Deus, ela pensou, totalmente arrependida. *Ai meu Deus, ai meu Deus, ai meu Deus.*

Ela fez xixi — um xixi radioativo, tão escuro quanto ela se sentia por dentro — e entrou no banho. Conseguia sentir o cheiro do álcool evaporando conforme ficava embaixo do chuveiro, a água tão quente que estava quase escaldante, e foi acordando lentamente.

— Bom dia, linda.

Eddie abriu a cortina do chuveiro, deixando que o ar frio entrasse. Nadia instintivamente cobriu os seios e cruzou as pernas, o que era estranho levando em consideração algumas das coisas que Eddie tinha visto na noite anterior.

— Vou dar uma mijada e venho — ele disse, se inclinando em direção a ela fazendo beicinho. Nadia não sabia o que fazer. Ela se inclinou na direção dele e as bocas se encostaram. Ele sorriu em resposta e desapareceu de novo.

Nadia podia escutá-lo fazendo xixi e — pera aí. Ela podia sentir o cheiro também? Ela podia cheirar a urina dele? Eddie estava assobiando para si mesmo, quase alegremente, e Nadia se perguntava como ele estava funcionando. Talvez a dor de cabeça dela fosse emocional também e não apenas ressaca — ela se lembrou, naquele momento, de como o Cara do Trem a deixara plantada e seu estômago afundou de novo. Aquele canalha.

A água ficou fria quando Eddie deu descarga. Nadia virou-se para lavar o rosto pensando que talvez a água fria fosse fechar seus poros (aquilo era uma coisa boa, né? Que ajudava a limpar a pele?) e, então, sentiu outra corrente de ar atrás de si e Eddie a abraçou pelas costas. Ela estava sentindo o cheiro do hálito matinal dele.

— A noite passada foi incrível — ele disse.

Nadia não sabia o que dizer. Ela queria falar: *Dá licença?*

Será que eu posso tomar um banho sozinha? Você está sendo desagradável e presunçoso.

Mas em vez disso ela deu um sorrisinho e disse:

— Vou pegar uma escova de dentes para você.

Ela mal se enxaguou — e passaria o dia inteiro se perguntando por que sua cabeça estava coçando tanto só para se lembrar que foi porque ela não retirou o condicionador corretamente — e passou raspando no corpo úmido de Eddie.

— Ei — ele disse, envolvendo-a em um abraço molhado, — vem cá.

Ele estava agindo como se fosse o namorado dela. Como se eles estivessem juntos há semanas ou meses e não como se tivessem se conhecido na noite anterior — há menos de doze horas, literalmente. Nadia não sabia a forma educada de dizer a ele para não ser tão grudento; não quando, para o benefício dele, ele tinha feito um trabalho soberbo na noite anterior sendo um cavalheiro que fez questão de que ela tivesse um orgasmo após o outro, o prazer dela sendo tão essencial quanto o dele. Aquele era um padrão baixo para um amante, mas verdadeiro mesmo assim. Nadia tinha dormido com vários homens que não davam a mínima para ela gozar ou não — e que costumavam transar com a ideia de que o sexo acabava assim que o cara gozasse. Ao menos Eddie tinha sido generoso e atencioso. Ao refletir sobre aquilo, de modo algum ele poderia estar tão bêbado quanto ela.

— Hummmm — ela disse, mal encostando os lábios na bochecha dele e se esquivando.

Enquanto ela se vestia em seu quarto, ele apareceu na porta, pelado e pingando.

— Eu acho que você pegou a única toalha — ele falou.

O queixo de Nadia caiu. Ele estava duro e aquilo era, claramente, um convite. Ele se abaixou para pegar a tolha encharcada que ela largara na cama.

— Vou usar essa aqui mesmo — ele disse, inclinando o corpo em uma provocação.

Ele sustentou o olhar dela e Nadia baixou os olhos para a virilha dele e ele adorou o fato de que ela estava olhando, mas ela odiou. Ela desviou os olhos para a longe e foi oo ocupar na frente do espelho. Nadia pegou e devolveu no lugar diversos produtos: hidratante, hidratante para a área dos olhos e primer, tudo projetado para que ela parecesse mais humana do que se sentia. Eddie havia se secado atrás dela e, então, executou sua manobra mais chocante e pervertida daquela manhã: ele começou a, educadamente, arrumar a cama.

Ai merda, pensou Nadia, *eu consegui fazer sexo casual com o cara mais bonzinho do mundo.* Era adorável que Eddie estivesse sendo tão atencioso e bondoso, mas ela não queria de forma alguma ter alguma coisa a ver com ele. O Cara do Trem tinha sido a gota d'água. Nananinanão. É isso. Ela ia tirar férias dos homens e focar toda a energia que teria dedicado aos relacionamentos em seu trabalho. Ela voltaria a ter esperanças românticas depois do Natal ou, quem sabe, depois de seu próximo aniversário. Ela não tinha fôlego para aquilo naquele momento. Ela estava exausta. Era o fim. Sem mais tempo romântico-sexy para Nadia.

Ela só precisava se livrar, educadamente, do cara descamisado em seu quarto primeiro.

— Pra onde você tá indo?

— Hein? — ela perguntou. — Eu?

Eddie sorriu.

— Não, a outra mulher que eu fiz gritar o meu nome na noite passada. Claro que é você.

— Ah, então — Nadia estava tentando ganhar tempo.

Ela não conseguia imaginar os dois indo para o trabalho juntos. As coisas não eram daquele jeito. Ela cometera um erro. Imperdoável, realmente. Se fosse de outro jeito e ela tivesse dormido com um homem que estivesse sendo super frio, ela daria um chilique e culparia o patriarcado. Aquela era uma dupla medida constrangedora. Não era como se ela tivesse deliberadamente usado Eddie como um afago no ego na noite anterior, as coisas simplesmente tinham fugido ao controle. Ambos eram adultos. Sexo casual podia acontecer. E estava tudo bem, né?

— Linha Northern para London Bridge — ela disse, sem forças.

— Ótimo — Eddie respondeu. — É pra lá que eu vou também.

Nadia estremeceu e forçou um sorriso em resposta.

— Maravilha — ela disse, querendo dizer o exato oposto.

Daniel

Daniel não sabia o que mais fazer além de garantir que estaria no trem das 7h30 passando pela Angel. Ele precisava que ela estivesse naquele trem. Se ela estivesse, ele prometera a si mesmo que andaria diretamente até ela e diria "Me desculpa. Meu pai morreu há poucos meses e minha mãe estava muito nervosa e eu não queria sair, mas eu tive de ir. Eu sou tudo que ela tem. Meu nome é Daniel e eu sou a pessoa que vem escrevendo pra você. Você não precisa me perdoar por ter te dado um bolo, mas, por favor: tudo que eu peço é que você me dê uma segunda chance para uma primeira impressão". Era isso que ele diria.

De fato, ele tinha planejado todo o discurso na sua cabeça e estava nervoso e animado e determinado a proclamá-lo. Ele voltara tarde da casa da mãe na noite anterior. Abraçá-la enquanto ela chorava tinha sido difícil — abraçá-la enquanto ela o abraçava, porque os dois estavam chorando, tinha sido difícil — e a falta de sono e a preocupação estavam visíveis em seu rosto. Mas ele tinha tomado um banho e colocado uma camisa bonita e limpa, feito a barba e passado enxaguante bucal e hidratante e quando o trem passou pela estação King's Cross ele respirou fundo, pois sabia que o próximo ponto seria o dela.

Por favor, por favor, por favor, por favor, por favor, ele desejou silenciosamente. *Por favor, esteja aqui.*

Enquanto o trem desacelerava, ele olhou ansiosamente pela janela e lá estava ela, em seu lugar costumeiro. Radiante e perfeita e o estômago de Daniel deu um salto e ele cerrou os punhos vitorioso. Ela estava lá! O trem parou alinhado e ele estava ao lado da porta que abriria para ela.

Certo, cara, ele se encorajou. *É isso. É o seu momento. Se dê motivos para ficar orgulhoso.*

As portas se abriram, uma ou duas pessoas desceram do trem e abriram espaço para ela entrar. Daniel ajeitou a postura e ajeitou seu rosto em um sorriso animador, pronto para dizer o nome dela.

— Nadia?

Um homem alto e ruivo que estava parado pouco atrás dela foi mais rápido que ele. O cara, que usava uma jaqueta de couro e tinha barba por fazer, apontou para a própria esquerda com a cabeça e disse:

— Por aqui, gata.

O trem estava anormalmente silencioso e o casal se sentou junto bem na ponta do vagão, o ruivo passou o braço possessivamente pelo ombro dela e puxou-a em sua direção. Daniel se posicionou para ver melhor. Nadia tinha as pernas cruzadas e o homem, uma mão no joelho dela. Daniel esgueirou-se para mais perto de onde estavam, se esticando para ouvir o que o homem estava falando. Alguma coisa sobre planos para o fim de semana — será que ela queria visitar o mercado de flores na Columbia Road? Eles podiam começar por uma das pontas indo para um café, tomando café e comendo doces e depois caminhar e passear pelas lojas e acabar no pub da outra ponta, talvez para o almoço. Ele tinha todo um roteiro de fim de semana para os dois fluindo da ponta da língua e Daniel soube, bem no lugar entre seu umbigo e suas entranhas, só por aquele pedacinho de conversa que ele ouvira, que os dois tinham uma vida juntos.

Ele não sabia como tinha deixado de perceber os sinais — embora aquela realmente fosse a primeira vez que ele os via juntos. Talvez em todos aqueles outros dias, em que ela não estava no trem das 7h30, ela estava indo para o trabalho da casa dele, saindo de algum outro lugar de Londres. Ele parecia o tipo de cara que vivia ao sul do rio. Talvez em Peckham, um daqueles novos lugares que todo mundo tinha dito que não ia vender e agora um quarto custava meio milhão. Aquilo faria sentido: era por isso que ele não a via todos os dias.

Ele continuou aquele raciocínio. Se Nadia tinha um namorado, ocorreu a ele, então com certeza não tinha sido ela quem respondera seus bilhetes. Ele presumira sem se questionar se era ela, mas agora ele se sentia idiota: poderia ter sido qualquer pessoa que queria um pouco de diversão. Talvez fosse como o horóscopo: todos os detalhes se encaixariam se você se esforçasse o suficiente.

Obviamente, outra pessoa tinha entendido tudo errado e ele estava acidentalmente impressionado pelo que outra pessoa escrevera. Devia haver alguma mulher lá fora, em algum lugar, convencida de que Daniel a estava cortejando e talvez aquela fosse a mulher que ele conheceria na noite anterior, porque não seria Nadia. Ele se sentia idiota pra caralho.

Ele olhou ao redor do vagão para ver se havia alguma mulher loira segurando um café nas proximidades — uma mulher que estava certa de que Daniel estava falando com ela. Não muito longe, havia uma mulher de sessenta e poucos anos com um cabelo loiro strawberry blonde e uma maleta, olhando para o celular através dos óculos. E uma outra de vinte e poucos com o cabelo em uma trança de raiz que batia na cintura, que estava sentada vestindo calça de ginástica e tênis e tinha uma bolsa de academia aos seus pés, ouvindo música e, aparentemente, conferindo a mulher que estava diante dela. Seria alguma das duas?

Daniel olhou para Nadia e o namorado dela outra vez. Se perguntou rapidamente se eram poliamorosos (e torceu para que fossem). Aquilo era cada vez mais comum em Londres, segundo ouvira dizer. Ele já tinha visto em alguns aplicativos também. "Eticamente não-monogâmica(o)" estava em algumas das bios. Mas pela forma como o namorado se sentava perto dela, respirando o ar dela, sussurrando na orelha dela — de jeito nenhum. Daniel não conseguia conceber. Ele não julgava ninguém que tivesse amor o suficiente para mais de uma pessoa, mas não. O namorado de Nadia não era uma dessas pessoas. O cara não passava essa vibe.

Ela não parecia nem um pouco magoada ou irritada. Nada na expressão de Nadia indicava que ela tinha esperado por um estranho na noite passada e levado um bolo. De modo algum.

Daniel ficou corado das bochechas ao pescoço. Sentiu-se subitamente enjoado e tonto e ridículo. Ele passara tanto tempo planejando e imaginando e, no fim das contas, ele estava em um relacionamento imaginário com uma mulher que não fazia a menor ideia de que ele existia. Ele considerou seriamente a possibilidade de estar ficando louco. Aquilo era mortificante. Como ele explicaria isso para Romeo ou Lorenzo? Ou mesmo para ele próprio? Ele queria que o chão se abrisse em um buraco com formato de Daniel, no qual pudesse entrar para que nunca mais tivesse que entrar naquele trem e ser lembrado de suas desilusões amorosas outra vez. Que tolo triste e patético ele havia sido.

Era óbvio que ele não estava escrevendo para Nadia! Era óbvio que ela não estava interessada nele! Nada daquilo era real!

Ele tinha sido um grande idiota, enganado por si próprio. Enquanto o trem parava na estação ele ficou para trás vendo Nadia e o namorado andarem à frente e irem embora.

Você precisa de ajuda, ele disse a ele mesmo. Seu puta doido de pedra. Você imaginou tudo isso!

Daniel andou lentamente para o trabalho, seu cérebro fazendo a aritmética mental de quão maluco ele estava. Parecia que ele estava com vontade de pegar todas as cópias antigas do jornal, aquelas onde ele achou que estava lendo as respostas de Nadia. Será que estava tão iludido que inventara tudo na cabeça dele? De repente, pareceu totalmente possível. O colarinho da camisa pareceu apertar assim que o pensamento cruzou sua mente, seu pescoço estava empapado. Ele odiava o namorado dela. Odiava. Não havia nenhuma especificidade para o ódio, ele simplesmente estava lá. Daniel não conseguia tirar de sua mente o que considerava um comportamento presunçoso e egoísta. Quem ele achava que era para fazer planos românticos e conferir com ela para ter certeza de que ela estava de acordo? Quem diabos ele era para deixá-la andar na frente dele e beijar a bochecha dela carinhosamente e existir, de modo geral, como um cavalheiro?

Vai se foder, pensou Daniel.

— Meu brother, meu amigo! Como foi?! — Romeo falou vendo Daniel se aproximar pelo lobby. — Você está bem? — ele perguntou percebendo o humor dele imediatamente. — Você não parece nada bem.

Daniel sentia que estava lutando para se manter focado.

— Eu sou um idiota de merda — ele disse, sua voz pouco mais que um sussurro. — Eu inventei tudo. Tudo. — Ele riu, histericamente. — Eu nem sei se você é real! — ele disse esticando as mãos para tatear os braços e o rosto de Romeo. — Você é real?

Romeo pegou as mãos do amigo e as devolveu a lateral do corpo.

— Ou a noite passada deu muito certo ou deu muito errado — ele disse de olhos arregalados. — E eu suspeito qual foi.

— Eu fui tão idiota — Daniel estava dizendo. — Tão idiota!

— Ah — disse Romeo. — Aí está a resposta. Deu muito errado?

— Você não vai acreditar nisso — respondeu Daniel, seus olhos incapazes de se fixar em um ponto. — Eu tive que ir embora. Minha mãe me ligou, era uma emergência e agora, hoje de manhã, eu acabei de ver ela com o namorado! Ela tem um namorado! E se ela tem um namorado, ela com certeza não estava lá ontem, porque mulheres com namorados não vão para bares conhecer pessoas que não são o namorado delas, mas que elas conheceram por meio de uma coluna anônima no jornal, então! — As palavras de Daniel trombavam umas nas outras, como se ele não conseguisse tirá-las da boca tão rápido quanto entravam em sua cabeça. — E ENTÃO. Ou eu estava escrevendo para uma mulher totalmente diferente ou, e essa é a parte que me assusta, que me assusta pra caralho, talvez eu tenha imaginado a coisa toda. Talvez eu seja LOUCO DE VERDADE. Eu sou tão idiota!

Romeo balançou a cabeça.

— Não, cara. Eu não acredito nisso. Você só pode ter se confundido ou algo assim. Eu vi os anúncios. Ela é real de verdade.

— Eu não acho mesmo que ela tenha aparecido ontem à noite. Não tem como! Ela deve ter saído com o namorado dela! Porra. Eu teria ficado sentado lá a noite toda esperando por ela. E eu não sei o que é pior: o fato de que talvez uma mulher totalmente diferente tenha aparecido ou de que isso talvez fosse só uma piada pra ela, ou alguma outra pessoa, e eu teria esperado pra sempre por ninguém.

Romeo estava sendo o seu eu razoável de costume, ouvindo a reclamação de Daniel sem deixar de dizer "bom dia" para qualquer pessoa que passasse pelo lobby.

— Certo. Você. Eu. Pub depois do trabalho, beleza?

Os olhos de Daniel encontraram os dele.

— Pub depois do trabalho — ele repetiu, como se estivesse em um transe.

— Beleza? Me encontra aqui às 18h?

— Beleza — assentiu Daniel.

Romeo estava falando devagarinho, querendo garantir que Daniel ficasse mais calmo em sua frente.

— Suba, tome um café e leia seus e-mails e... Bom, pra ser honesto, eu não tenho certeza de qual é realmente o seu trabalho, mas vá lá pra cima e faça seu trabalho. Na hora do almoço, saia pra uma caminhadinha e coma um sanduíche e... fique de boa hoje, ok? Se eu não te conhecesse direito, diria que você andou usando drogas.

— Não estou usando drogas — disse Daniel.

— Eu sei, cara. Mas fica na sua de qualquer jeito, beleza?

— Beleza.

— E Daniel? Nem tudo está perdido, juro pra você.

Daniel não acreditou nele.

— Não dá para discutir com um pub Wetherspoons, sabe? — Romeo ia dizendo enquanto ele e Daniel se esgueiravam pelas manadas de sexta-feira-à-noite-depois-do-expediente nas calçadas, todos andando apressadamente para o começo de seus fins de semana. — Aqueles preços, cara. Não dá pra desprezar.

Eles se sentaram em uma mesa de canto. Romeo insistia em oferecer a primeira rodada e Daniel discordava fortemente, mas Romeo se manteve resoluto. Ele gingou até o bar e Daniel ficou sentado esperando. Ele já estava consideravelmente mais calmo desde a manhã. Ele trabalhara um total que tendia a zero e pedira a Percy para não repassar nenhuma ligação. Percy fez exatamente como ele requisitou, sequer cedeu às tentativas de Lorenzo de descobrir o que acontecera no encontro. Percy conseguiu reparar que havia algum problema, mas não foi enxerido. Ele apenas seguiu as instruções de Daniel e, também, trouxe um cookie para ele na volta do almoço, que deixou silenciosamente sobre a mesa dele, com um sorriso, antes de voltar ao trabalho.

Daniel recebeu uma série de mensagens de Lorenzo ao longo do dia, mas nenhuma delas precisava de resposta:

Bom, não pode ter sido tão bom assim, porque eu te ouvi chegar sozinho ontem à noite, dizia a primeira.

A segunda dizia: *Se bem que já era tipo meia-noite, então com certeza vocês tinham *alguma coisa* para conversar um com o outro.*

Pouco depois, ele enviou uma terceira: *Você tá me ignorando por que você tá frustrado por que ela não ficou interessada?*

A quarta: *Olha, foda-se ela, cara, sabe? Pra começar, eu nunca achei que ela era tudo isso.*

Mais tarde enviou: *Que horas você chega hoje, parça?*

Daniel pegou o celular com alguma intenção, ainda vaga, de finalmente responder a Lorenzo, mas ele não sabia por onde começar. Ele torcia para que Lorenzo estivesse fora de casa quando ele chegasse e, quem sabe, depois de uma conversa com Romeo e uma boa noite de sono, ele conseguiria pensar no que dizer a ele. Ele tinha certeza quase absoluta de que Lorenzo iria achar a coisa toda hilária, patética e que daria pouquíssimo apoio. Daniel não sabia se conseguiria aguentar alguém rindo dele. Não por causa disso.

Quando Romeo retornou com as bebidas, duas cidras, Daniel disse:

— Eu me sinto tão otário.

Romeo tomou um gole.

— Olha, deixa eu te contar logo de cara que, na real, você não é otário. Pode estar se sentindo assim, é claro. Mas saiba que você não é estúpido.

— Não sou? — perguntou Daniel.

— Não.

O par se concentrou nas bebidas.

— Olha, eu preciso que você me escute nesse assunto — Romeo disse eventualmente —, mas eu estou bem convencido de que você deve falar com ela. Com a Nadia. Diretamente. Eu não acredito por um segundo sequer que você quer se afastar desse lance sem saber exatamente qual é a verdade sobre ele.

— Eu estou morrendo de medo da verdade — respondeu Daniel. — Eu me sinto louco. Sinto que eu devia esquecer essa história toda. Que preciso começar a pegar um trem que vá mais cedo e a namorar de um jeito mais tradicional, usando um app.

— É isso mesmo que você quer?

— Não. É. Não.

Romeo digeriu a resposta. Ele era um ouvinte interessante, pensou Daniel. Escutava de verdade o que Daniel dizia, em vez de simplesmente ficar calado esperando a sua vez de falar. Lorenzo frequentemente falava por cima de Daniel, dominando a conversa. Romeo era bem mais parecido com seus amigos da universidade.

— Escuta — ele perguntou —, essa foi mesmo a primeira vez que você viu esse outro cara?

— Sim.

— Então, na real, quem sabe quem esse cara é?! Eu já disse antes e vou repetir: se não tem nenhum anel no dedo dela e ela realmente é a pessoa pra quem você andou escrevendo, ou ela está com ele e não está feliz ou ela nem está com ele e você entendeu errado.

— Mas pode ser que nem fosse ela falando comigo, e agora estou nessa. Tô achando que não era ela.

— Bom, da próxima vez você tem que falar com ela cara a cara. Escolha o momento. Faça um pouco de contato visual e veja se consegue um sorriso, mas é sério, você tem que falar com ela, parça.

— Mas falar o quê?

— Eu acho que "oi" é um ótimo iniciador de conversas.

Daniel ergueu uma sobrancelha para ele.

— O "oi" não precisa necessariamente de resposta, pode ser que você só esteja sendo educado, mas se ela for com a sua cara, você vai saber. Ela vai responder. Vai haver sinais, homem. Confia em mim.

— Você acha que eu devia mandar outra carta para ela no jornal?

— Acho que já passou dessa fase, você não acha? Esse negócio de linha cruzada é coisa de alguma merda de tragédia grega, cara. Mensagens passadas através de outras pessoas é uma cilada, ilusão. Fale com a mulher face a face, feito um homem crescido. Não perca a sua chance como eu perdi, com a Juliet. Você vai dar conta! É só um papo! Mas é um papo que vai te deixar no eixo ou te trazer de volta, sabe? Talvez ela tenha mau hálito, ou seja grossa com estranhos: se isso acontecer, sua paixão vai ser curada. Eu sei que não te conheço tão bem, brother, mas o que sei mesmo é que você precisa sentir que fez o seu melhor. Você não quer continuar imaginando o que aconteceu.

Daniel rolou o restinho da sua cidra pelo fundo do copo.

— E se eu escrevesse e dissesse: desculpa, eu fui, mas eu tive que sair?

— É uma opção.

— Sim — disse Daniel.

— Me dá seu telefone.

Daniel entregou o celular. Romeo digitou por um momento antes de devolver o aparelho para Daniel, que olhou para a tela. No app de notas estava escrito:

Eu vacilei, Garota do Café Derramado, eu fui embora e não devia ter ido e agora estou com medo de ter estragado tudo. Eu sei que não temos segundas chances para a primeira impressão, mas que tal uma segunda tentativa para um primeiro encontro?

— Está ótimo — disse Daniel com tristeza. Ele ficou encarando o telefone. Ele realmente queria pedir desculpas para ela. — É possível que eu mande isso mesmo, sabe. Se ela estivesse sozinha hoje, eu teria dito praticamente a mesma coisa.

— Então vai nessa se parece a coisa certa. Mas eu tenho a sensação de que você pode encontrar com ela mais cedo do que pensa.

— Talvez — assentiu Daniel. — Mas acho que vou mandar isso por via das dúvidas. Vai fazer eu me sentir melhor.

A dupla conversou sobre os planos para o final de semana por um tempinho, ambos concordaram que outro copo inteiro seria demais, mas que topariam tomar mais meio antes de se despedirem. Daniel estava exausto, seus ombros, tensos e seus olhos doíam. Ele podia sentir sua respiração ficar mais profunda depois da bebida e disse a si mesmo que faria uma corrida longa de manhã, para realmente se livrar daquela semana. Baixou o Soulmates do The Guardian pensando que talvez fosse velho demais para apps e precisasse de algo com mensalidade, assim saberia que as mulheres queriam coisa séria. Ele precisava ir para o mundo e se conectar com uma mulher que fosse real e que genuinamente quisesse conhecê-lo, antes que ele ficasse com medo demais, acreditando que nunca daria certo para ele. Jesus. Ele tinha chegado àquele ponto? Considerar seriamente o Soulmates do *The Guardian*?

— Ei, sabe o que você devia fazer? — Romeo disse quando Daniel voltou para a mesa. — Você devia mandar uma mensagem praquela mulher que estava marcando aquele encontro arranjado pra você. De quando você foi no Sky Garden?

Daniel grunhiu.

— Tá me zoando? Tecnicamente eu levei um bolo naquela noite! Fiquei esperando pra conhecer uma mulher que nunca chegou. E a mulher que teoricamente ia nos apresentar também desapareceu!

Romeo riu.

— Tá bem, tá bem, *mea culpa*, ideia ruim. Deixa pra lá.

— E aí, como é que está a sua vida amorosa? Você está saindo com alguém?

Romeo sorriu.

— Sim, chefe, eu estou. O quarto encontro será no domingo.

— O quarto encontro — Daniel respondeu erguendo a taça para um brinde. — Imagine só.

Romeo olhou nos olhos dele.

— Tem muito peixe no mar — ele disse. — Você vai conseguir um quarto encontro com alguém também.

Daniel suspirou profundamente.

— Eu acredito em você — ele disse.

— Quer que eu veja se a Erika tem uma amiga? Poderíamos fazer um encontro duplo.

Daniel pensou na proposta.

— Olha, talvez, talvez mesmo, cara. Eu te aviso.

NADIA

Nadia chegou em casa exausta, lutando contra uma ressaca, e encontrou um feixe de lápis HB no capacho de sua casa. *Mas que diabos...* ela pensou, agachando-se para pegá-lo e, então, refletindo sobre como seu coração quebrado deixava até aquilo difícil de fazer. Ela tinha passado o dia inteiro fantasiando sobre chegar em casa, tirar o sutiã, abrir todas as janelas (e fechar todas as cortinas) e pedir um prato de macarrão com queijo trufado e a cheesecake nova-iorquina de seu restaurante preferido em Newington Green. Ela estava quase lá. A liberdade era quase sua.

Os lápis realmente estavam arrumados feito um buquê, e em um dia mais cheio de energia ela teria agarrado o celular para postar uma foto deles no Instagram imediatamente. Mas, do jeito que estava, assim que viu o bilhete qualquer ideia de fotografar foi esquecida em um piscar de olhos.

Tem "Mensagem Pra Você" e é um buquê de lápis recém-apontados, dizia a nota. (Estou ansioso para descobrir o que isso significa). A noite passada foi incrível. Te vejo em breve (espero), Eddie.

Nadia esfregou as têmporas. Aquilo era coisa demais para processar. Eddie. Tipo o Eddie da noite passada. Tipo o Eddie que deu um beijo de tchau na frente do trabalho dela com a boca aberta. Tipo o Eddie que... deve ter voltado ao lugar em que ela morava durante o dia ou, no mínimo, anotado onde ela morava para que alguém pudesse entregar aquele presente.

Ela mencionara aquela cena de Mensagem pra você casualmente, ainda antes dele perguntar o nome dela. E ele lembrou daquilo? Intelectualmente, Nadia sabia que aquilo fazia dele o que Emma e Gaby chamariam de Um Cara Bonzinho. Do tipo que arrumava a cama dela após fazê-la gozar e mandava alguma variação de flores no dia seguinte para começar bonito.

Então por que aquilo não a estava fazendo cair de amores instantaneamente?

Nadia lembrou de sua segunda parte favorita daquele filme, depois da fala dos lápis, quando o cara que acabou de terminar com a Meg Ryan pergunta para ela se ela tem outra pessoa. Os dois sabem que o relacionamento já estava acabado e que ele já tinha seguido adiante.

— Não, não... — Meg Ryan diz a ele, sonhadora — ...mas tenho o sonho de outra pessoa.

Nadia não tinha pensado sobre o Cara do Trem durante o dia todo, mesmo — tirando que estava furiosa com ele e o amaldiçoava com uma sentença perpétua de solteirice por ter ousado dar um bolo nela. Mas ao estar na porta de sua casa diante do gesto de bondade de um homem, foi outro que invadiu seus pensamentos.

— Definitivamente não! — disse Emma ao telefone cinco minutos depois — De jeito nenhum. O Cara do Trem fugiu! Acabou. Deu o que tinha que dar. Ele estragou tudo!

Nadia estava deitada em sua cama, de barriga para baixo, a bochecha direita pressionada contra os lençóis. Ela encontrara uma caixa velha de chocolate Milk Tray na gaveta onde ela guardava cartões e presentes que seriam redirecionados em caso de emergência: loções corporais da Sanctuary Spa e velas que não eram feitas de cera de soja. Ela ficou empolgadíssima ao descobrir uma caixa de chocolates selecionados que só estava vencida há um mês. Ela ainda nem pedira seu macarrão. O Milk Tray seria sua entrada.

— Amiga, me escuta com atenção — Emma insistiu. — A única coisa boa que veio do bolo que ele deu foi ter te colocado no caminho de um homem que você realmente precisava conhecer. Ele é ruivo e orgulhoso! Ele te fez gozar! Ele fez um gesto romântico que eu não entendo completamente, mas que prova que ele prestou atenção em você! Se você não se abrir pra esse homem, você é idiota.

— Eu tô de ressaca — reclamou Nadia. — Seja boazinha comigo. — Ela escorregou um Encanto de Caramelo Salgado para dentro da boca e mastigou ruidosamente.

— Ah, essa sou eu sendo boazinha. Acredite em mim.

— Quanta importância devemos dar para o fato de que, tô lembrando agora, o barman disse que foi a mãe dele quem ligou? — Nadia estava de olho em um Turbilhão de Avelã. — E de que foi por isso que ele saiu tão subitamente?

— Zero. Menos de zero — respondeu Emma.

— Menos de zero?

— Menos de zero! Podia ter sido a Rainha de Sabá no telefone e ele ainda podia ter esperado você entrar por aquela porta pra explicar porque tinha que ir embora.

Nadia fez um beicinho do outro lado da linha.

— Não faz bico pra mim.

— Como você sabia que eu estava fazendo bico?!

— Eu consigo te ler como se você fosse um livro, até quando não consigo te ver — disse Emma. — E pare de fazer tanto barulho mastigando, caramba. É como se você estivesse falando dentro da máquina de lavar.

Nadia riu.

— Pode ter sido uma emergência de família... — disse Nadia. — Um acidente terrível e daí ele não podia esperar.

— Duvido — disse Emma. — Mas tenho uma pergunta, e tenha em mente que a resposta para isso não justifica ele em nada, mas só para satisfazer minha curiosidade: você chegou na hora?

— Estou orgulhosa em dizer que eu cheguei, literalmente, um minuto depois da hora. Pra mim isso é o máximo da pontualidade.

— É sim. Estou impressionada.

— Eu realmente estava empolgada! Se eu não tivesse parado pra falar com a Gaby no lobby eu teria chegado um minuto antes!

— Bom, talvez ele já tivesse ido embora mesmo assim. Nunca saberemos, né?

— Eu poderia escrever pra ele no jornal e perguntar... — Nadia disse. Agora ela tinha chegado às Tentações de Morango da sua seleção de chocolates. Ela decidiu que nenhuma ressaca valia aquilo e empurrou a caixa para longe, fazendo com que um solitário Praliné Perfeito se arrastasse por todo o lençol, deixando uma mancha marrom. *Eu deveria trocar essa roupa de cama de qualquer jeito, ela pensou. Aposto que está coberta de...*

— Adivinha o que eu vou responder para essa pergunta? — Emma replicou.

— De jeito nenhum?

— De jeito nenhum! Isso mesmo!

— Para. De. Gritar.

Emma respirou fundo.

— Escuta, já era pro Cara do Trem. Já. Era. Mas pro Eddie não! Encontre com ele de novo, pelo menos uma vez. De dia. Pra um café, aí o seu bom senso não vai estar debilitado. Dê uma chance pra ele te conquistar. Você merece isso.

Nadia não conseguia articular o porquê de não se sentir capaz daquilo, então ela se decidiu por:

— Ok. O julgamento está encerrado. Vou tomar um banho e assistir "Sintonia de Amor" agora. Você está muito mandona pra minha dor de cabeça.

— Tá bom, ótimo. Eu amo você. Eu falo tudo isso porque amo você.

— Você vai estar livre nesse final de semana? Brunch de domingo?

Emma hesitou.

— Hum, não tenho certeza. Posso te responder por mensagem?

— Claro — respondeu Nadia. — Mas outra coisa, antes de você ir: você tá bem? Como você tá se sentindo?

— Tá tudo bem. Eu tô bem.

— É isso? Só me conta o que aconteceu no fim de semana passado.

— Nads, eu te amo. Te prometo que eu tô bem.

— Não acredito em você. Mas. Você sabe. Vou estar aqui quando você estiver pronta.

Enquanto desligava a chamada e abria o Delivery para enfim pedir comida de verdade, ela pensou que Emma, de fato, estava certa. Com certeza seria autossabotagem bloquear o número do Eddie na esperança de que ele pegasse a dica (e de que esquecesse o endereço dela). Era aquilo que ela estava pensando em fazer. Mas ela era melhor que isso: se ela bloqueasse o número de um homem com quem dormira sem nenhum motivo — um homem que havia mandado um buquê de lápis recém-apontados para ela! — aquilo faria dela uma vaca completa. E o karma romântico com certeza voltaria para dar na cara dela. Não. Ela tinha que agir de acordo com seu sistema de valores, independentemente do quão constrangida ela se sentisse, porque tinha sido criada daquele jeito. Era aquele o tratamento que ela queria. Bondade em primeiro lugar.

Mais tarde, enquanto jantava no sofá, ela se surpreendeu como, ainda que estivesse afogando as mágoas em molho de queijo e metade de uma focaccia, continuava a sofrer pelo homem imaginário do trem. Qualquer pessoa poderia estar mandando aquelas mensagens. Nadia continuava pensando em um homem que nunca conhecera, que nunca vira e cuja voz nunca ouvira, enquanto um homem da vida real estivera na cama dela na noite passada. Ela *devia*, no mínimo, ser educada e enviar um agradecimento para o Eddie, refletiu. Ele tinha sido fofo e não fizera nada de errado além de realmente não ser o Cara do Trem. E aquilo não era culpa dele.

Obrigada, Nadia escreveu para ele. E ficou incomodada porque ele não tinha WhatsApp e daí precisou falar com ele pelo iMessage. Que coisa mais pequena para se incomodar, era tudo a mesma coisa, ela pensou. Mas antes que pudesse digitar qualquer outra coisa, ele respondeu: Estou agora mesmo fazendo meu dever de casa.

??? ela respondeu.

O filme! O catálogo da Nora Ephron! Isso é um fato muito importante sobre mim: eu sigo instruções muito bem. Em seguida, chegou uma foto de uma cerveja erguida à frente de uma TV onde, de fato, estava passando o filme favorito dela. Existia uma familiaridade em enviar uma foto, uma intimidade. Nadia imaginava que fazer sexo com alguém era o máximo da intimidade, mas ela não acreditava de verdade naquilo. Sexo era uma coisa e esse cara se fazer emocionalmente disponível para ela, era outra. Ela podia ver alguns retratos emoldurados ao lado da TV, usando os dois dedos em pinça para dar zoom, e imaginou que seriam seu pai e mãe, talvez um cachorro.

Nadia sorriu consigo mesma e respondeu: *Eu entendi isso ontem à noite, Eddie.* Ela estava provocando-o sexualmente para manter a distância emocional, uma tática testada e comprovada que ela já usara muitas vezes antes.

Eddie mandou de volta o emoji do diabinho roxo e frustrou-a ao se recusar a ser conduzido pelo caminho da provocação: *Na verdade o filme é muito bem escrito. Tipo, você pensa que são personagens planos agindo de modo típico, mas assim que você imagina que o cara rico da livraria não tem coração, percebe como ele é bonzinho apesar da família dele. E você acha que é totalmente romântica e esperançosa, mas aí ela diz alguma coisa afiada e brutalmente verdadeira. Todo mundo me surpreende, a cada cena.*

Nadia respondeu: *Primeiro de tudo, não seja aquele cara.*

Foi a vez de Eddie de mandar de volta uma série de pontos de interrogação.

O cara que fica surpreso com algo que uma mulher recomenda e usa a expressão "na verdade" como se fosse raro que a recomendação de uma mulher de um filme protagonizado por mulheres seja boa.

Anotado, disse Eddie. *Eu só quis dizer que não achei que iria gostar de uma comédia romântica, mas aceito o que você disse.*

É muito mais que uma comédia romântica! Nadia respondeu.

É EXATAMENTE ISSO QUE ESTOU DIZENDO QUANDO FALO DO DESENVOLVIMENTO DAS PERSONAGENS!!!!! Eddie respondeu. *NÓS ESTAMOS FALANDO A MESMA COISA!!!!*

Okay!!!!!!!! disse Nadia em resposta.

Jesus!!!

Nadia se sentou no sofá, saindo de seu estado vegetativo. Eddie era... inteligente. E fazia comentários perspicazes e não deixava que ela fosse babaca com ele. Tipo, ele estava se posicionando ao mesmo tempo em que escutava o que ela dizia. Apesar de si mesma, Nadia estava impressionada.

Ela mudou de tática.

Estou feliz que você esteja gostando.

Eu estou, ele disse. *Ela me lembra você.*

Quem?

Kathleen.

A Meg Ryan faz você se lembrar de mim?

Sim, Eddie respondeu. *Talvez seja o cabelo.*

Talvez, Nadia respondeu, imaginando que seria mesmo parecida com Kathleen. Ela gostou da comparação.

Mas talvez seja a atitude defensiva mascarando que lá no fundo é romântica, ele digitou acrescentando um emoji de piscadinha.

Touché, respondeu Nadia. E aí, apesar de si mesma e porque a voz de Emma estava ecoando em sua cabeça e porque ele estava sendo um amor e ela não tinha, de fato, nada a perder: *Então, nesse fim de semana né?*

Você está me convidando para sair? perguntou Eddie, ignorando o fato de que ele sugerira naquela mesma manhã que tinha todo o final de semana livre. Ela merecia aquilo. Ela merecia ter que se fazer um pouco vulnerável depois de bancar a durona com ele daquele jeito. Ela admirava aquilo — que ele a fizesse declarar seu interesse tão claramente quanto ele tinha declarado o dele. Parecia algo cheio de respeito por si mesmo.

Eu estou, ela disse. *Domingo. Vamos fazer algo legal no domingo.* Sentiu uma pontada em seu coração que traía sua empolgação. *Aproveite o filme! Beijo.*

Daniel

— Cara —, disse Daniel, rodopiando as últimas gotas de sua cerveja no fundo do copo — eu não tenho palavras para descrever o tanto que eu não quero ir hoje à noite. Sério e de verdade, tenho certeza absoluta de que você não precisa de mim.

Lorenzo arqueou as sobrancelhas e balançou a cabeça negativamente.

— Preciso de você, brother.

Ele terminou seu drink e fez um sinal para que o barman trouxesse mais dois.

— Não — Daniel disse com firmeza. — Eu preciso ir com mais calma — ele empurrou a mão de Lorenzo e sinalizou para o barman com apenas um dedo. Ele assentiu, mensagem recebida.

— Não é como se eu tivesse te pedindo para botar fogo no cabelo e apagar com uma pá só pra rir. É um grupo de gostosas! Você até podia conseguir uma trepada se quisesse!

— Mas é exatamente essa a questão, não é mesmo? — disse Daniel. — Eu não quero.

Lorenzo, como imaginado, não tinha sido muito empático com o encontro que deu errado e o romance frustrado quando Daniel recontara tudo naquela manhã enquanto comiam torrada com geleia juntos na cozinha.

— Foda-se ela, cara — foi como ele resumiu tudo. — Saia comigo hoje à noite. Você pode fazer qualquer uma das garotas da festa de hoje da RAINFOREST caírem de joelhos por você. Todas vão estar lá. A Becky me disse — Becky era a garota que Lorenzo levou para casa depois do evento de trabalho na semana anterior.

Em vez de qualquer tipo de inteligência emocional, Lorenzo ficou estranhamente sexual, mas Daniel sabia que ele tinha boas intenções. Era só que, bem... a versão do Lorenzo de "boas intenções" era exaustiva.

O barman colocou outra cerveja na frente de Lorenzo, que a pegou e esvaziou em dois grandes goles.

— É sábado à noite! Fala sério! Nós somos jovens e solteiros, somos uma dupla de caras bonitos. O que tem de errado em se soltar?

Daniel ergueu as sobrancelhas e em primeiro lugar se arrependeu de ter sido arrastado para fora de casa. Ele tivera um arroubo de compreensão de que não podia simplesmente passar a noite inteira do sábado na frente da TV e alguns drinks com Lorenzo não seriam o fim do mundo, mas agora que estava fora de casa e o bar estava cheio e Lorenzo estava sendo particularmente barulhento e ruidoso, se arrependia disso. Ele não estava com disposição para lidar com a extroversão de Lorenzo.

— Puta que pariu — continuou Lorenzo ao perceber a expressão azeda no rosto de Daniel. — Só... pode pelo menos fingir que está se divertindo? Becky queria sair com as colegas e eu queria ver a Becky, tipo, ela é super gostosa então dã, e eu não posso ser o cara estranho no meio de um grupo de meninas esperando elas pararem de falar para conseguir ter o pau chupado e... assim você me faz um favor. Agora, como é que o *meu* esforço pra desgrudar você do sofá tenha se transformado em uma forma de *você* me ajudar, eu nunca vou saber. De qualquer forma — ele fez uma pausa para terminar outro copo em duas goladas longas —, eu disse oito horas e já são oito horas, então vamos.

Os rapazes andaram rapidamente sob os arcos da estação Hoxton e fizeram a curva na esquina para ver quatro mulheres em pé, formando um pequeno círculo, todas usando seus celulares. Daniel reconheceu a mulher que tentara beijá-lo, assim como Becky, cuja face se iluminou ao ver Lorenzo. Daniel imaginou que as outras duas mulheres deviam ter estado na festa também, mas não as reconheceu. Elas meio que pareciam todas iguais, todas com cabelo cor de mel um pouco abaixo do ombro, todas com jeans de cintura alta e sandálias de couro e um monte de colares e pulseiras dourados.

— Senhoritas — disse Lorenzo, gritando quando se aproximavam. — Que colírio pros meus olhos!

Becky disse para o grupo algo que Daniel não conseguiu ouvir na hora em que todas olharam para eles, fazendo-as rirem. Ele se sentiu bem constrangido, mas não soube porque. A garota que dera em cima dele na festa fez contato visual e sorriu com doçura.

— Nos encontramos de novo — ela disse, enquanto os dois homens cumprimentavam o grupo, com beijinhos na bochecha de cada uma.

— Pois é — disse Daniel. — Você está bonita. Eu gosto do seu... — Ele se esforçou para identificar algo que se destacasse do resto do grupo. — Esmalte.

Ela riu.

— Obrigada — respondeu. — Fui à manicure hoje de manhã. Sábado do autocuidado e coisa e tal.

Daniel sorriu e assentiu educadamente, sem saber o que era um sábado do autocuidado, mas sem se sentir envolvido o suficiente para continuar uma conversa só por educação. Pelo menos ele estava na rua, respirando ar fresco e usando perfume. Tinha ficado na fossa o suficiente na noite anterior, comendo macarrão com queijo trufado que pedira para vir quase do outro lado de Londres e devorando uma cheesecake para se consolar. Quando acordou naquela manhã, botou a roupa para lavar e trocou os lençóis, saiu para correr, tomou café da manhã com Lorenzo e aí foi atrás de um pouco de cultura no museu Wellcome Collection.

Tinha sido um dia lento, quieto e sem muita interação humana, então lá estava ele, engajando-se com pessoas.

— Podemos ir andando? — perguntou Lorenzo para o grupo, reunindo todos. — Eu reservei uma mesa para nós na Lilo and Brookes. Nada demais, mas é, eu conheço um cara.

Daniel virou-se para a garota sem nome ao seu lado.

— E aí, o que você fez hoje? — ele perguntou se forçando a ser amigável e sociável e se esforçando para ouvir a resposta dela.

No bar, o grupo se ajeitou e, em um surto de generosidade, Daniel disse:

— Então, o que todo mundo vai querer? A primeira rodada é por minha conta.

Ele entregou o cartão de crédito para pagar, só tinha percebido na noite anterior, no Wetherspoons, que tinha deixado seu cartão de débito no bar em que deveria encontrar Nadia. Ele não teve coragem de voltar lá para buscar, então cancelou o cartão e pediu outro pelo correio. Enquanto isso, o total de £115,00 — seis drinks! Mais de cem libras! — foi para o seu Amex. Daniel entregou a bandeja para a mesa e pensou no que Romeo diria sobre o preço. Todos deveriam ter ido para o Wetherspoons.

Algumas horas depois, Daniel subitamente colocou-se em perspectiva e reparou que, na real, ele estava quase se divertindo. A mulher que dera em cima dele na festa da última vez fez amizade com um cara de outro grupo e aí os amigos do cara se juntaram a eles e todos contaram histórias e riram. Aquilo tirou a pressão da "performance" — ele podia só bater papo sem se preocupar com paquerar ou ser paquerado. Daniel acabou conversando sobre o Arsenal com um dos caras, defendendo ardorosamente a formação inicial deles no último jogo da Premier League — que ainda era uma ferida aberta para muitos fãs. O cara disse coisas perspicazes e engraçadas e aí, do nada, disse:

— Estou indo ao banheiro, amigo. Você quer um pouco? — E colocou um dedo em uma narina e fungou com a outra.

Daniel olhou para o grupo. Ah. Estavam todos chapados.

— Não, brother, tô de boa — respondeu Daniel, odiando saber que ele era o único que não estava desaparecendo para o banheiro por causa de cocaína.

Não demoraria muito para que todo mundo começasse a gritar e ficassem obcecados por si mesmos e suados e cheios de tesão. Lorenzo e Beck tinham se pegado ocasionalmente ao longo da noite, mas Daniel reparou agora que os intervalos entre as sessões de beijos tinham ficado menores e menores, e foi bem assim que ele parou de se divertir e deu suas desculpas para sair.

— Daniel! — ele ouviu atrás de si enquanto conferia seu telefone para ver que o Uber estava a dois minutos de distância.
— Daniel!

Era Lorenzo, com uma Becky muito fora de si em seu braço. Ela vacilava e balançava e tinha um sorriso fixo e vidrado de uma mulher que não fazia ideia de onde estava. Ela não parecia chapada — ela parecia muito, muito bêbada.

— Dá uma carona pra gente, amigo — Lorenzo disse alegremente.

— Dois minutos — respondeu Daniel olhando para o celular. — Opa. Um minuto.

Becky mal podia sustentar a própria cabeça. Ela resmungou alguma coisa e afastou o cabelo para longe do rosto.

— Você está bem, Becky? — Daniel perguntou.

— Tômei'êbadapak-rai, sisso — ela disse, o que Daniel imaginou significar "Estou bêbada".

— Você precisa de alguma coisa? Onde estão as outras?

Lorenzo pareceu ficar de saco cheio com as perguntas.

— Relaxa. Ela está comigo. Ela está bem.

Daniel foi para perto dele e abaixou a voz:

— Eu não acho que ela realmente saiba onde ela tá, cara — ele disse. — Você não devia levar ela pra casa assim. Vamos deixar ela com as meninas.

Lorenzo olhou para cima, encontrando os olhos de Daniel, e estufou o peito.

— Cuida da sua própria vida, amigo — ele pronunciou "amigo" como se quisesse dizer o exato oposto, de modo agressivo e maldoso.

— Não, cara, eu não quis... É só que. Olha pra ela! Ela devia ir pra casa.

Um Prius preto estacionou ao lado da calçada.

— Daniel? — o motorista disse pela janela aberta.

— Isso, amigo, só um segundo — respondeu Daniel e se voltou para Lorenzo, continuando — Vamos lá, ela não tá bem. Vou cancelar o carro e a gente encontra o resto do pessoal e elas podem garantir que ela vai ficar bem. Acho que ela mora com uma delas.

— Amigo — Lorenzo disse praticamente entre aspas —, ela está bem. O Uber está aqui. Vamos.

Daniel hesitou. Ele pensou que iria para casa sozinho e agora Lorenzo estava lá com uma mulher que não deveria, em hipótese alguma, ir para qualquer outro lugar além da própria cama. Mas qual era a pior coisa que poderia acontecer? Com certeza Lorenzo desmaiaria tão cedo quanto ela. E não é como se ele achasse que Lorenzo faria algo estúpido, mas é que...bem... Daniel odiava ser testemunha daquilo. Ele deu um passo para o lado e deixou seu amigo abrir a porta do carro. Aquela decisão não era dele, ele pensou.

— Ela não vai vomitar, vai? — o motorista perguntou e Lorenzo disse que ela estava bem.

Daniel sentou-se no banco da frente.

— Boa noite — ele disse para o motorista.

— Boa noite.

Os quatros viajaram em silêncio, Daniel vagamente consciente do barulho de beijos cheios de baba que vinha do banco de trás. Ele não queria se virar ou, pior ainda, ser pego observando pelo espelho retrovisor ou pelo reflexo do vidro escuro do carro, mas ele estava cada vez mais desconfortável. Não parecia certo para ele que Becky estivesse bêbada ao ponto de mal conseguir falar e que Lorenzo estivesse levando-a para casa para, obviamente, transar com ela. Será que ela pelo menos sabia onde estava? Ele se arrependeu de ter deixado Lorenzo colocá-la no carro. Se fosse a irmã dele, ou uma de suas colegas de trabalho...

— Ei, Becky, tudo bem aí atrás? — ele disse eventualmente, ao que ele recebeu uma resposta embolada que, em seu repertório significava que ela não estava muito longe de desmaiar ou de vomitar. Ele deu uma olhada pelo retrovisor. Lorenzo estava olhando para fora do carro, sonolento, mas a mão dele estava bem no alto da perna de Becky, seus dedos longos esticados de modo que seu polegar alcançasse a abertura entre as pernas dela.

Eles pararam em casa e os dois homens praticamente precisaram levar Becky nos braços pelas escadas até o apartamento, como se fossem bombeiros. Era estranho. Parecia que eram homens das cavernas que tinham dado uma paulada na cabeça de uma mulher das cavernas e depois saíram arrastando-a.

— Ela pode ficar com o meu quarto — disse Daniel assim que abriram a porta da frente. — E eu fico no sofá.

Lorenzo riu.

— Ela vai vir comigo, imbecil.

Becky cambaleou para a poltrona que Daniel normalmente usava para assistir TV.

Ele olhou para ela.

— Olha, Lorenzo.

— Não vem com "olha, Lorenzo" pra cima de mim.

— Você não... você sabe. Precisa de consentimento.

— Uooou! Quem disse que eu ia trepar com ela?

— Ninguém. Eu só quis dizer que...

— Vai se foder, cara. Que porra é essa que você tá dizendo?

Daniel ergueu as mãos em rendição.

— Estou dizendo que eu vou pegar meu edredom e dormir aqui e que ela deveria ficar no meu quarto, com um copão de água e completamente vestida. Só isso.

O rosto de Lorenzo ficou roxo de raiva.

— Mas que porra, eu não sou nenhum tarado. O que você acha que eu vou fazer?

— Nada... — Daniel tentava soar calmo. Sem emoções. Sem julgamentos. Ele manteve a voz nivelada. — Lorenzo, você está bêbado. Só vai pra cama.

Lorenzo empurrou o ombro de Daniel.

— Você está bêbado!

Ele empurrou o ombro de Daniel de novo.

— Vai se foder!

Daniel empurrou de volta, instintivamente:

— Não me empurra.

Lorenzo o empurrou outra vez:

— Não me empurra, você!

Daniel não tinha certeza de como tudo aconteceu, mas algum dos dois se atirou contra o outro — na manhã seguinte, ele diria que foi Lorenzo que forçou a coisa toda, mas ele não tinha certeza, os dois estavam bêbados e raivosos — e Daniel sentiu uma grande dor e que algo líquido estava escorrendo por sua bochecha. Houve um grito. Ai meu Deus, alguém estava gritando.

— Parem! AimeuDeus! Parem! — Era Becky. Ela estava chorando, chorando para valer. Chorando muito mesmo.

Daniel ajustou o foco e viu Lorenzo deitado de lado grunhindo. Ele levou as mãos ao rosto e então olhou para os dedos. Sangue. Eles tinham dado uma surra um no outro.

Becky continuava a chorar — um choro estranho e confuso, mas que indicava que ela estava bem mais sóbria. As almofadas tinham sido arrancadas do sofá, a mesa de café tinha arrastado o tapete embaixo dela transformando-o numa bola e Daniel não estava apenas respirando profundamente, ele estava ofegando.

— Becky — ele disse com a maior autoridade que conseguiu naquela situação —, eu vou chamar um Uber para você, ok?

Becky olhou nos olhos dele e fez que sim com a cabeça, em meio a lágrimas silenciosas.

— Vamos lá.

Daniel sentiu dor ao se levantar e, ao se ver no espelho da sala de estar, ele entendeu porque: havia um roxo que brilhava glorioso no alto de seu braço direito e ele conseguia vê-lo porque a camisa tinha aberto e se enrolado. Havia também outro hematoma abaixo do seu olho direito. Ele estava suado, sujo, ensanguentado e caótico.

— Onde está meu celular? — ele perguntou e Lorenzo silenciosamente o pegou no chão e entregou para ele, sem tirar os olhos do chão. Ele estava quase tão ruim quanto Daniel.

— Pegue sua bolsa, Becky. Vamos esperar lá fora.

Daniel e Becky esperaram do lado de fora, nenhum dos dois sabia o que dizer. O Uber estacionou e Daniel abriu a porta para ela.

— Vá para casa em segurança.

Ela concordou com a cabeça.

Lá dentro, Lorenzo tinha arrumado a bagunça que fizeram. As almofadas estavam de volta ao lugar e ele tinha ajeitado o tapete e a mesa de café. Só havia uma lâmpada acesa e a porta do quarto dele estava fechada. Daniel pensou em bater na porta, mas não sabia o que dizer. Na verdade, ele nem tinha certeza do que tinha acabado de acontecer. Ele só sabia que estava aliviado em saber que a garota não estava atrás daquela porta fechada junto com seu colega de apartamento. Ele só... Lorenzo não devia tê-la levado para casa e ponto final. Ele chegou mais perto do espelho e, mesmo com a luz fraca, ele pôde ver que o hematoma estava pior e mais vivo. Doía ao toque.

— Porra — ele disse baixinho, um sentimento que continuaria pelos próximos quatro dias, conforme o hematoma piorasse antes de melhorar.

NADIA

Nadia acabou vendo Eddie mais cedo do que o esperado, no sábado e não no domingo. Eles trocaram mensagem durante toda a noite de sexta, Eddie fazendo um comentário tintim por tintim do que estava achando de *Mensagem pra você* e, então, quando Nadia disse que assistiria *Sintonia de Amor* porque ela adorava a Meg Ryan, ele sincronizou a hora de dar play para que pudessem assistir ao mesmo tempo. Eles trocaram mensagens o tempo inteiro, dissecando o roteiro em tempo real, conversando sobre suas vidas e fazendo piadas entre as conversas sobre o filme. Eram duas da manhã quando Eddie disse: *Isso é legal. Você. Eu. Nós.*

E tinha sido mesmo. Eddie era uma boa companhia, mesmo pela tela de um celular, e, no fim das contas, Nadia respirou fundo e digitou: *E aí, imagino que você não vai estar livre amanhã, né?*

Pra você eu posso estar... ele respondeu e, assim, às 11h da manhã do dia seguinte eles se encontraram para tomar um café na Granger & Co. da estação King's Cross e o café acabou se tornando um brunch e o brunch se transformou em um caminho preguiçoso até o Wellcome Collection, onde nenhum dos dois estava particularmente interessado no museu, mas era uma desculpa para ficarem juntos, para continuarem conversando. Depois de verem a exposição eles caminharam um pouco mais e Nadia nem percebera que estivera conduzindo-os na direção da própria casa até que eram 16h e Eddie perguntou:

— E agora?

— Podíamos fazer umas compras no Tesco — disse Nadia.
— E cozinhar algo lá em casa.

Então, Eddie a puxou para um beijo — a primeira vez que fizera algo assim durante o dia todo, de modo que Nadia se viu querendo que acontecesse e, ao mesmo tempo, convencendo a si mesma de que entendera tudo errado e de que eles só estavam saindo como amigos. Ou estranhos que dormiram juntos uma vez. As mãos deles haviam se encostado enquanto caminhavam e não tinha passado despercebido o fato de que Eddie encontrara o exato ponto na curva do quadril dela que servia para conduzi-la pelas voltas da galeria. Os joelhos tinham se tocado enquanto comiam e ele até colocara o braço envolta do pescoço ou por sobre o ombro dela algumas vezes. Mas até agora, nenhum beijo. Contato físico, mas nenhum beijo, e quando finalmente aconteceu, Nadia percebeu que queria mais.

Foram a um Tesco Extra e compraram ingredientes para um prato simples de macarrão com molho pesto, uma garrafa de vinho e um pouco de água com gás, e continuaram se beijando enquanto bebiam e ferviam a água para o macarrão e, uma vez que tinham comido, os beijos ficaram mais e mais intensos e aí, no domingo de manhã, Nadia acordou ao lado dele outra vez, convencida de que ele era o cara para ela. *Talvez você estivesse certa...* ela disse para Emma por mensagem, sem receber resposta. *Ele é bem incrível...*

Eles passaram o domingo inteiro juntos, leram o jornal juntos durante o café da manhã, como se fossem um casal que estava junto há anos e aquela fosse a rotina semanal normal dos dois, antes de pegarem o trem urbano para cruzar a cidade e fazer uma trilha pelo parque Hampstead Heath, onde parariam para um rosbife no jardim de um pub. Era legal estar com uma pessoa por um longo período, ao invés de maratonar por Londres para malhar com uma amiga e depois ir almoçar com outra e aí voltar para casa sozinha em um sábado à noite depois do jantar ou dos drinks de aniversário de alguém. Nadia se sentiu enraizada naquele fim de semana, ao passar o tempo com uma só pessoa — que parecia gostar bastante dela. Aquele "comportamento de casal" que a incomodara na sexta, era reconfortante e bem-vindo na noite de domingo.

Eu gosto disso, ela disse a ele, aninhada no pescoço dele enquanto assistiam a um documentário de David Attenborough no sofá.

E ela gostava.

Que Cara do Trem o quê? ela sorriu para si mesma. Em três dias, a vida dela tinha mudado completamente. Agora que ela tinha se permitido cogitar a ideia, Eddie tinha mesmo quase tudo que ela procurava.

Na segunda de manhã, quando ela viu que o Cara do Trem tinha escrito pra ela outra vez no jornal, ela decidiu ignorá-lo.

Eu vacilei, Garota do Café Derramado, eu fui embora e não devia ter ido e agora estou com medo de ter estragado tudo. Eu sei que não temos segundas chances para a primeira impressão, mas que tal um primeiro encontro em uma segunda tentativa?

Não, ela pensou. *Não quando tem um homem bem aqui que aparece quando diz que vai aparecer. Desculpa, Cara do Trem.*

Daniel

Na segunda, quando Daniel chegou do trabalho, hesitou à porta antes de colocar a chave na fechadura. Lorenzo estava em casa. Daniel não queria vê-lo.

Ao abrir a porta, o cheiro de alho e salmão flutuaram até ele pelo corredor. Primeiro, Daniel pensou que se Lorenzo estivesse em um encontro no meio da sala de estar — um encontro sem nenhum tipo de aviso — e ele sairia imediatamente e o mais provável é que fosse para a casa de sua mãe. A segunda reação dele foi pensar: *Como ele ousa se impor na casa desse jeito?* Na teoria, Daniel não se importava com quem Lorenzo trouxesse, mas era uma sacanagem trazer alguém para casa duas noites depois de eles caírem na porrada por causa da forma como ele estava tratando outra mulher.

De várias formas, Daniel não tinha nenhum direito de se intrometer entre ele e Becky, mas... ele simplesmente sabia que não era certo. Ele sabia que Lorenzo teria levado Becky para o quarto dele se Daniel não interrompesse e aquilo era muito errado. Daniel salvara Becky de fazer algo que ela provavelmente não se lembraria de fazer, mas salvara Lorenzo de fazer algo que ele nunca poderia desfazer, mesmo que o limiar já estivesse borrado. A consciência de Daniel disse a ele que não havia nenhum tom de cinza ali, ainda que Lorenzo tivesse argumentado que sim.

Lorenzo estivera fora o domingo inteiro e voltara para casa depois que Daniel já estava trancado no quarto, mas nas quarenta e oito horas desde que a coisa acontecera, Daniel tinha se convencido de que tivera toda a razão em proteger Becky daquele jeito, independentemente de ela saber ou não. De Lorenzo saber ou não.

— Oi? — Lorenzo gritou, aparecendo na porta da cozinha. — Oh, e aí, cara. Eu estou, hum... fazendo macarrão ao molho de salmão.

Daniel fez que sim com a cabeça, procurando pelas pistas de quem mais estava ali.

— Eu também comprei uma garrafa de Malbec.

Daniel franziu o nariz. Para ele?

Aquilo era para ele?

— Vou abrir o vinho — disse Lorenzo.

Daniel tirou a jaqueta e jogou-a no braço do sofá enquanto escutava o barulho de uma rolha estourando e, então, de líquido esguichando por uma superfície de vidro. Lorenzo reapareceu com duas taças e entregou uma a ele. Daniel pegou o vinho.

— Eu achei que você ainda estaria de ressaca — disse Daniel.

— Acho que você nocauteou a minha ressaca — respondeu Lorenzo.

Se aquilo era uma piada, nenhum dos dois riu.

Eles bebericaram o vinho. Eventualmente, Daniel se moveu para se sentar à mesa. Ele não tinha certeza do que havia para ser dito, mesmo. Não tinha nada que ele realmente quisesse falar.

— Eu sei que a outra noite foi ridícula — Lorenzo disse, andando constrangido de um lado para o outro da mesa — Eu... eu sei disso. Eu fui um escroto. — Daniel estava escutando. Ele tinha mesmo sido um escroto. Era bom que ele compreendesse isso. — E eu mandei mensagem pra Becky e ela obviamente...

Ele continuava deixando o fim das frases pairando no ar. Daniel quase sentia pena dele. Quase.

— Me disse para não falar mais com ela. O que, é... você sabe — E então o lábio inferior dele tremeu e ele caiu no choro. Um homem crescido de trinta e tantos anos, com um hematoma no rosto e um copo de vinho tinto na mão soltou um barulho gutural, como um animal preso em uma armadilha.

— Ai, cara, eu não sei o que aconteceu — ele disse, secando as lágrimas e tentando recuperar o controle de si outra vez. —

Nós já tínhamos transado antes e eu achei que ela queria. Mas ela disse...

Ele deixou a fala morrer.

A decisão de Daniel de continuar com raiva se amoleceu — mas só um pouquinho.

— Pra ser honesto, estou meio que sem saber o que dizer, cara — disse Daniel. Ele bebeu um gole do vinho, calculando o que queria dizer. — Eu não achei que fosse daquele jeito. Tipo um... pervertido.

Lorenzo fez que sim com a cabeça, o rosto em uma careta.

— Você vai chamar a polícia?

— A polícia?

— Pra me denunciar. — Daniel achou que ele estava falando sobre a briga, o que ele obviamente não faria já que ele tinha tanta culpa nisso quanto Lorenzo, mas aí ele continuou — Me denunciar pelo que eu fiz com a Becky.

Daniel abriu a boca e fechou de novo, decidindo-se por dizer:

— Não. É claro que não. Cara, nada aconteceu tecnicamente. Mas, tipo, e se eu não estivesse aqui? Sabe? É isso o que... — Agora era Daniel que estava lutando para chegar a uma conclusão. Ele desejou nunca ter ido no sábado à noite. Desejou ter ficado em casa, do jeito que queria mesmo, não queria ter que explicar o básico do consentimento para Lorenzo.

Lorenzo assentiu.

— Eu sei. Eu fico doente ao pensar nisso. Porque se você não estivesse, quero dizer, eu não achava que estava fazendo nada de errado. Mas a Becky disse que eu devia saber. A mensagem dela foi bem brutal. Ela não pegou leve. E ela está certa. Eu tô com vergonha pra caralho.

— Não quero soar como o seu pai nem nada, mas eu fiquei realmente desapontado com você.

— Eu sei.

Lorenzo se sentou na poltrona do outro lado do cômodo. Daniel bebeu. Lorenzo encarava o chão.

— Não é assim tão difícil, sabe? Ela não precisa dizer um não para que seja um sim.

— Eu sei — Lorenzo disse, balançando a cabeça. — Agora eu sei disso.

Daniel não sabia como terminar a conversa. Ele estava tão, mas tão puto que seu colega de apartamento fosse tão estúpido.

Ah, que interessante. Ele pensou consigo mesmo. *Você o chamou de colega de apartamento e não de amigo.*

E, dessa forma, Daniel conseguiu colocar distância emocional entre ele e Lorenzo.

— Vou lá me servir — disse Daniel, eventualmente. — Obrigado por cozinhar.

NADIA

Semanas se passaram. Nadia encontrava Eddie algumas vezes por semana e passava a maioria dos finais de semana com ele. Ele já conhecera Gaby e Emma, mas apenas uma vez, já que parecia cada vez mais difícil se encontrar com elas, mas ambas gostaram dele e disseram coisas encorajadoras e, sim, Gaby mandou uma mensagem depois para dizer: *Olha, ele é maravilhoso, mas antes de as coisas ficarem muito sérias, você devia considerar conhecer o Cara do Sky Garden! Tipo, devia mesmo, mesmo, mesmo!!!!!*

Nadia enviara de volta um gif de uma das participantes de "Real Housewives of Atlanta" balançando a cabeça e dizendo "Nããããão, obrigada!" e nenhuma das duas tocou no assunto outra vez. Gaby precisava entender que ela estava ótima do jeito que estava. Ela mesma dissera que Eddie era um cara bom. O que ela deveria fazer? Acreditar para sempre que bom não era bom o suficiente e que ela precisava lutar por algo incrível? Não. Nadia estava feliz com Eddie, que era tudo que um namorado deveria ser. Mais ou menos. Provavelmente. Tudo bem, ela estava forçando um pouquinho, mas que escolha ela tinha? Este homem estava muito interessado por ela e ela seria louca de não se interessar por ele também. E ela realmente amava a companhia dele. Seu coração entraria no passo da sua mente.

Agora, ela *realmente* queria ver suas amigas mais vezes. Ela estava imaginando se era por culpa dela que já fazia semanas desde o último brunch, ou almoço, ou bar. Que ela havia sido tragada pelas agonias iniciais de uma paixão, de um romance, e talvez tivesse deixado as amigas um pouco de lado.

Ela começara a ir mais tarde para o trabalho, escolhendo ficar mais cinco minutos com a moldura macia que era Eddie envolvendo seu corpo, aninhada embaixo do edredom enquanto as folhas da árvore do lado de fora de sua janela iam mudando de verde brilhante para douradas nas bordas, setembro cada vez mais avançado. Entrar mais tarde no trabalho significava, frequentemente, continuar trabalhando durante a hora do almoço para compensar, então ela não estava caminhando com Gaby até o mercado para comerem burritos. Não ficar em casa sozinha significava não poder se sentar na frente da TV com o telefone na mão e trocar mensagens com Emma sobre como tinha sido o dia, ou sobre encontros recentes ou planejados.

Nadia decidiu marcar um encontro de amigas — ela não queria ser aquela garota. A que deixa toda a sua vida escorrer por entre os dedos por causa de um homem. Ela não se sentia presa ou como se precisasse reduzir a própria vida para abrir espaço para Eddie. Era divertido estar com ele e ela gostava de estar por perto. Ela *amava* ser parte de um dois. Ela finalmente estava com um homem que era atencioso, generoso, sensível e com personalidade própria. Seria estranho se ela não quisesse encontrá-lo com frequência, não é mesmo? Além do mais, ela gostava de quem ela era quando estava com ele: ela ria muito e dizia coisas perspicazes, engraçadas.

— Meu bem — ela disse, uma noite quando estavam na casa dele, em Peckham. — Você se importa se eu cancelar a noite do filme de quinta?

Em menos de um mês eles já haviam se adequado a uma rotina que significava que às quintas eles iam para o Rio Cinema em Dalston para a sessão das 20h de qualquer que fosse o filme e depois caminhavam até o apartamento dela. Eles tinham feito um pacto silencioso de que não importava o que estivesse passando, eles iriam. Nadia comprava os ingressos e Eddie, a pipoca. Ele despejava alegremente um saco de Maltesers no meio do pacote para, no meio de uma mãozada de pipoca, serem surpreendidos com chocolates.

Eddie colocou a cabeça para fora da cozinha, onde estava preparando o jantar.

— Me importar? — ele disse incrédulo. — Por que eu me importaria?

Nadia sorriu.

— Achei que você ficaria com muita saudade de mim — respondeu.

Eddie jogou o pano de prato em cima do ombro e veio até ela, se inclinando sobre o sofá para um beijo.

— Uai, sim, mas é claro que vou sentir saudade — ele disse.

— Mas imagino que você vá encontrar as meninas?

— Exatamente — respondeu Nadia. — Vou ver se Emma pode sair para brincar!

— Perfeito — comentou Eddie. — Talvez eu saia com os rapazes também.

Nadia pegou o celular e mandou uma mensagem para Emma:

Nadia: *OLÁ! Você está livre pra jantar essa semana?*

Emma respondeu imediatamente — uma das coisas que Nadia mais gostava sobre ela, e que achava tão frustrante ultimamente. Ela andava demorando 48h para responder.

Emma: *No que está pensando?*

Nadia: *Quinta?*

Emma: *Ah... Vou estar fora de terça até sexta.*

Nadia: *Por causa do trabalho?*

Emma: *Sim! Então... Sexta? Sábado?*

Nadia: *Top! Eu tenho o aniversário da Mary no sábado à noite, mas tirando isso...*

Emma: *Anotado. Como estão as coisas com O Ruivo?*

Nadia: *Não chama ele assim! E, você me odiaria se eu dissesse que é muito legal ter alguém que me acompanha para fazer as coisas?*

Emma: *Por que eu te odiaria por causa disso?! *É* muito legal ter alguém para te acompanhar nas coisas!... Digo, mas você também gosta dele, né?*

Eddie gritou da cozinha:

— Alerta de cinco minutos, linda! Peixe Wellington com molho holandês saindo!

— Vou colocar a mesa! — Nadia gritou de volta.

Nadia: *É claro que eu gosto dele! Ele está literalmente empratando um peixe Wellington caseiro enquanto eu digito.*

Emma: *Tá bom, então, aproveita e mais perto eu te aviso se estiver tudo certo com o final de semana!*

Nadia: *Tudo bem!*

No dia seguinte, no trabalho, Nadia também fez questão de enviar uma mensagem para Gaby para se reconectar.

Nadia: *Café no lobby em cinco minutos?*

Gaby: *Ai, amiga! Eu estou usando minha licença anual essa semana!*

Nadia: *O quê??????*

Gaby: *Eu tinha uma licença para usar antes de começar o próximo grande projeto e eu não possa respirar sem permissão. Estou em casa!*

Nadia: *Putz. Eu preciso de um aviso sobre essas coisas!*

Gaby: *Kkkkk*

Nadia: *Você está livre para drinks? Ou um jantar?*

Gaby: *Parte do tempo! Estou livre no fim de semana.*

Nadia: *Ah. Tudo bem, legal. Então o fim de semana funciona! Você vai ficar em casa a semana toda?*

Gaby: *Eu vou sair da cidade por uns dias, pegar um pouco de ar fresco, talvez perto do mar. Você quer ir a Bellanger pra um brunch? No domingo?*

Nadia: *Quero. Vou reservar uma mesa para podermos sentar do lado de fora se ainda estiver quente. Estou amando esse verão eterno.*

Gaby: *Perfeito! Obrigada!*

Nadia: *Aproveite sua folga. Vou sentir saudades!*

Gaby: 😊😊😊

Na manhã seguinte, Nadia sentiu-se abatida. Era realmente ótimo estar saindo com alguém, mas ela também queria beber e passar batom e se sentir fabulosa com a sua tribo. Ela sentia falta de um drink se transformando em duas garrafas e em brunches de ressaca e de ser a acompanhante de Emma para qualquer que fosse o restaurante que ela precisasse criticar naquela semana. Bom, pelo menos ela tinha alguém com quem passar o tempo. Eddie era pontual, ligava quando dizia que ia ligar e o sexo era bom.

Eles passavam os domingos juntos, iam ao mercado e pegavam ingredientes com os quais Eddie sabia o que fazer: ele a alimentava com bacalhau poché com crosta de pistache e parmesão, fazia seu próprio sorvete de coalhada e, muitas vezes, cozinhava o dobro para que ela pudesse congelar marmitas para comer no resto da semana.

Ela estava com seu desejo sexual saciado, a geladeira cheia de comida e com companhia quando as noites caíam.

Ela era sortuda.

Ela amava o amor e o relacionamento que ela tinha com certeza estava caminhando para isso. Ela seria gananciosa se quisesse mais do que já possuía. Mas...

O laboratório estava vazio naquela manhã e, sem ninguém por perto, Nadia abriu o Twitter no computador, digitando na barra de buscas à direita o seguinte termo: #NossaEstação.

Ela não fazia aquilo com frequência, mas às vezes, ocasionalmente, ela gostava de se lembrar de todo aquele lance das cartas-no-jornal que tinha acontecido, e que outras pessoas não apenas tinham visto as cartas, mas se sentido tão tocadas por elas que até usaram uma hashtag especial para falar no assunto. Ninguém tinha dito nada desde a última vez que ela conferira. Tinha sido a usuária @Your_London_Gal a dizer: *Eu não acredito que o cara da #NossaEstação não apareceu e depois pediu perdão pra ela! Eu nunca responderia se fosse ela. De jeito nenhum. Mas eu realmente queria um final feliz para eles!*

Da primeira vez em que Nadia lera aquilo, ela se sentiu grata pelo apoio — validada em sua decisão. Mas lendo de novo agora, ela sentiu uma pontada de arrependimento.

Não, ela pensou. *Ele não merece isso.* Ela se forçou a se concentrar no homem que estava com ela, censurando a si mesma por ser tão fraca a ponto de procurar a hashtag em primeiro lugar. As dúvidas são o caminho do ego para nos manter pequenos, ela disse a si mesma. Ela se forçava a acreditar que podia deixar Eddie fazê-la feliz.

Na sua casa ou na minha hoje? ela mandou uma mensagem para ele, sabendo que sua agenda estava completamente livre naquela semana e grata porque tinha certeza de que Eddie iria resgatá-la do trabalho e levá-la em uma aventura. Ela nunca pensava no Cara do Trem quando eles estavam juntos — não mais. Era só quando o Eddie não estava por perto que o Cara do Trem, de vez em quando, se infiltrava na mente dela.

Na sua, Eddie respondeu. *Te vejo depois do trabalho?*

Ela enviou três coraçõezinhos vermelhos e então abriu o aplicativo de notas no celular. Ela deu uma olhada para o que tinha rascunhado na semana anterior:

Cara do Trem: Ok, eu te perdoo agora que eu te fiz pensar sobre como você me fez de boba ao me deixar plantada em um bar do qual você, aparentemente, já tinha ido embora. Me considere furiosa, mas capaz de perdoar. Vou deixar você me compensar, de qualquer forma que achar adequada. Beijo, Garota do Café Derramado.

Ela ponderou, pela milionésima vez, os prós e os contras de enviar aquilo.

Prós: ela poderia realmente conhecer o Cara do Trem.

Contras: era horrível fazer aquilo com Eddie, que era sempre maravilhoso com ela.

Prós: caso o Cara do Trem não respondesse, aquilo colocaria um ponto final definitivo na coisa toda e ela poderia se comprometer adequadamente com o Eddie e esquecer o Cara do Trem de uma vez por todas.

Prós: se ela mandasse mesmo e ele respondesse, ela seria forçada a agir e, com as amigas sendo tão ausentes ultimamente, ela não seria capaz de garantir que faria a escolha certa, porque ela não tinha ninguém com quem processar externamente a coisa toda.

Ela soltou um suspiro profundo e longo. Ela não enviou a nota.

EDDIE

— É que eu fico com a sensação — disse Eddie do outro lado da mesa, de frente para sua melhor amiga — de que ela está bloqueando alguma coisa. Tipo, ela está lá, sentada perto de mim ou andando ao meu lado ou na minha frente à mesa do jantar, e a gente conversa e ri, faz piadas e planos, mas, de vez em quando, às vezes, é como se ela começasse a viajar, pensando em alguma outra coisa, ou... sei lá, sabe, fico receoso de que esteja pensando em outra pessoa.

— Ai, isso é uma merda — disse Callie com empatia. Os dois se conheciam desde que tinham dez anos de idade, cresceram como vizinhos e perderam a virgindade um com o outro, mas, no fim das contas, decidiram que funcionavam melhor como amigos. Callie visitara a universidade de Eddie uma vez, em um final de semana no primeiro ano dele, e encontrou um colega dele de curso, Matt, que por acaso estava na união dos estudantes naquela noite. Agora, os dois eram casados, tinham duas filhas, haviam sobrevivido a um surto de clamídia e assegurado a hipoteca de um belo apartamento de canto na Old Street. Matt estava com as crianças no parquinho do outro lado da rua, brincando nos balanços. Eddie e Callie conseguiam vê-los de onde estavam, perto da janela, e davam um aceno ocasional.

— Eu pareço doido? — Eddie continuou. — Eu não consigo descrever algo específico, na real. É só uma sensação.

Callie encolheu os ombros.

— Você lê as pessoas muito bem, Ed. Se o seu instinto está te avisando de alguma coisa... — Ela deixou a frase no ar.

Ela não queria encorajá-lo ativamente a duvidar de seu relacionamento. Ele parecera tão feliz quando se falaram pelo FaceTime, no final de semana seguinte ao que conhecera Nadia. Callie sabia que ele olhava para a vida que ela e Matt tinham e queria aquilo para si — ele sempre fora um romântico incorrigível. Só que por alguma razão nunca tinha dado certo com nenhuma das namoradas dele. Os seis meses em que ela e Matt foram obrigados a ir a encontros duplos com ele e Melania foram seis meses que ela teve de bloquear da sua mente — aquela mulher fiscal de ervilhas congeladas, pelo amor de Deus! Como é que o Eddie tinha conseguido namorar uma mulher cujo emprego era medir a temperatura de ervilhas congeladas na linha de produção! — ela entendeu quando aquilo teve que terminar, mas a maioria das garotas tinham sido legais. Callie realmente sentia muito por ele.

— Mas talvez você possa dar um tempo. Se na maior parte do tempo você está se divertindo, aproveite o que está rolando.

— Você acha? — perguntou Eddie. Seu telefone tocou, era Nadia. — Eita, desculpa, Cal.

— Oi, meu bem — ele disse ao celular.

— Oi, meu bem — ela respondeu. Eddie não tinha certeza de quando eles começaram a se chamar de "meu bem", mas gostava daquilo. Ele gostava de ter um "bem". Às vezes até dizia "benzinho". — Você pode arranjar durex no caminho pra cá? Eu tentei embrulhar o presente da Mary para hoje à noite, mas não achei o durex.

Eddie gostava que pedissem a ele para fazer pequenas tarefas — ele queria ser aquele cara para quem você pode ligar quando precisa de alguma coisa no caminho de casa.

— Claro — ele respondeu —, me manda mensagem se precisar de alguma outra coisa.

— Pode deixar — ela disse. — Você está se divertindo? Você disse a eles que estou empolgada para conhecê-los assim que der?

Eddie olhou para a amiga do outro lado da mesa, que olhava para as filhas e o marido. Ele afastou o telefone um pouco da boca e disse para Callie:

— Nadia disse que está empolgada para conhecer vocês.

— Ah! — disse Callie. — A gente também, Nadia! Ouvimos ótimas coisas sobre você!

A verdade não-dita entre Callie e Eddie era a exata razão pela qual Nadia ainda não tinha conhecido eles, porque Eddie ainda estava inseguro. Melhor dizendo, Eddie estava inseguro de que Nadia estava segura.

— Preciso voltar para o meu café da manhã, meu bem, mas te vejo em mais ou menos uma hora, ok?

— Ok! Até daqui a pouco! — ela desligou.

Callie fez um sinal para que a garçonete trouxesse a conta enquanto dizia para Eddie:

— Sabe, só passaram, tipo, umas seis semanas. Ninguém precisa ter certezas depois de seis semanas. Eu sei que você se apaixonou forte logo de cara, mas pode levar tempo para construir um amor. Talvez ela esteja pensando em outra pessoa, mas não queira pensar.

— É verdade — disse Eddie. — Como eu te disse, o ex dela era um filho da puta escroto. Mas eu não sou nada parecido com ele.

Callie entregou o cartão dela à garçonete e disse para Eddie:

— Hoje é por nossa conta. Obrigada por ser um padrinho tão maravilhoso.

Eddie sorriu.

— Obrigado, Callie.

Ele olhou para o parquinho e viu Matt e as meninas vindo em direção a eles. Ele ficava imaginando se Callie e Matt tinham algum tipo de ligação telepática de pessoas casadas, em que Matt sabia que era hora de voltar porque Callie tinha acertado a conta ou em que Callie sabia que devia acertar a conta porque Matt estava prestes a sair do parquinho e voltar com as meninas.

— Tio Eddie! — a mais nova, Lily, gritou quando ele saiu junto com a mãe dela pelas portas de vidro. Ela correu em direção a ele e Eddie a levantou, segurando-a pelas axilas, de modo que se viam olhos nos olhos.

Eddie perguntou:

— Foi legal? Você se divertiu no parquinho?

— Sim! — respondeu Lily enquanto aproveitava que estava suspensa para chutar o ar alegremente.

— Será que eu devia te dar essa libra que eu tenho no bolso e te levar na lojinha? — Eddie perguntou.

— Sim! Sim! — ela gritou agudamente, o que fez com que sua irmã mais velha puxasse a barra da camisa de Eddie e perguntasse:

— Eu também vou ganhar uma libra?

Eddie colocou Lily de novo no chão e ajoelhou de frente para Bianca.

— Você ganhou — ele disse, abrindo a mão completamente para revelar duas moedas de uma libra. Bianca pegou as duas, deu uma para a irmã e o par liderou o caminho para a banca de revistas, discutindo o que comprariam.

— Típico do tio Eddie — disse Matt. — Entope as crianças de açúcar e depois devolve para os pais.

— Ahhh — respondeu Eddie. — Elas podem surpreender você e comprar uma maçã.

— Você vai ser iludido desse jeito quando for pai? — brincou Matt e Eddie revirou os olhos.

Ele não respondeu, mas pensou no tanto que gostaria daquilo — no tanto que queria ser pai. Mas a mulher com quem estava namorando — ele não tinha certeza de que era a certa. Ele observou quando Callie deu uma piscadinha por sobre o topo da cabeça de Eddie para o marido dela, os dois em seu mundinho próprio, ainda que só por um segundo, as duas filhas caminhando à frente. O amor deles se parecia com o amor que ele queria para si, mas ele sabia, mesmo que fosse inconveniente, que Nadia não seria para ele o que Callie era pra Matt. Talvez Callie estivesse certa. Não importava que ele não conseguisse explicar. Não queria dizer que estava *errado*. Queria dizer que agora, não estava perfeitamente *certo*.

NADIA

— Que que você tá lendo? — perguntou Eddie, se esgueirando por trás de Nadia e beijando a bochecha dela quando ela estava sentada no bar da Dean Street Townhouse, cuidando de um latte de aveia. O tempo esfriara naquela última semana de setembro, forçando a população de Londres a mudar de jaquetas leves para casacos forrados e de sandálias com dedos de fora para botas na altura dos tornozelos e meias. Conforme Nadia cruzava a Blackfriars Bridge e subia pela Somerset House e depois por Covent Garden, ela foi ficando com cada vez mais frio em suas pernas descobertas o que fez com que, quando ela chegou no Soho, ela precisasse se aquecer. Enquanto ela bebia seu café, ela tinha a sensação de que já era tarde demais, ela acordaria doente na manhã seguinte. Ela esperava que não. Ela era a pessoa doente mais ranzinza do mundo.

— Ahh! — ela se assustou, fechando o jornal imediatamente.

Eddie escorregou para o lugar ao lado dela.

— Eu nunca vi ninguém tão constrangido por ser pego lendo o jornal — ele comentou de bom humor. — Você estava lendo a *Conexões Perdidas* de novo? Você está obcecada!

Nadia fez uma careta, tentando parecer brincalhona. Era verdade, ela continuava conferindo a *Conexões Perdidas,* vai que. *(Vai que o quê?* ela pensou. *Vai que algum cara aleatório queira me dar outro bolo?).*

— Eu só acho que é romântica — ela disse, afastando o jornal para longe.

— Eu acho que ter a coragem de puxar conversa com uma mulher que está sozinha em um bar é romântico — Eddie respondeu, abrindo o menu de bebidas.

Ele a olhou e piscou. Ele gostava de sentar lado a lado com ela em um bar — parecia que era uma coisa "deles", já que tinham se conhecido daquele jeito.

Eddie fechou o menu de bebidas outra vez, sem pedir nada, e disse:

— Eu quero dizer uma coisa. E eu não acho que você vai gostar — Ele parecia uma pessoa com dor, seu rosto contorcido de um jeito esquisito. Nadia nunca o vira assim antes.

— É mesmo? — respondeu Nadia.

— É mesmo — confirmou Eddie.

Ela olhou para ele, esperando.

— Eu gosto de você, Nadia. Você sabe disso, né? Eu gosto de você desde o momento em que você me jogou a real quando eu sentei ao seu lado naquela noite.

— Eu também gosto de você — Nadia respondeu.

— Então, esse é o negócio — As sobrancelhas de Nadia se uniram em dúvida, ela estava se esforçando para acompanhar. — Eu não tenho certeza se você gosta — disse Eddie.

Nadia não estava entendendo. É óbvio que ela gostava dele! Eles passaram a maior parte do tempo livre juntos por quase dois meses. Eles riam e cozinhavam e faziam coisas que casais faziam juntos. Ela o achava engraçado! Um cara legal e engraçado!

— Por que diabos você acha que eu não gosto de você? — Nadia perguntou, aturdida.

Eddie tropeçou nas palavras.

— Acho que eu não disse direito. Tipo, é claro que você gosta de mim. Mas, quero dizer, às vezes é como se você estivesse... distante.

— Distante?

— Distante. Como se você estivesse comigo, mas a sua mente estivesse em outro lugar. Eu sinto que nos damos bem, nos divertimos, mas eu sempre pensei... Acho que eu sempre pensei que estar com alguém seria diferente, sabe? Mais profundo de alguma forma. Eu sinto que o que nós temos é legal e funciona, mas não é...

— Profundo?

...É.

Nadia estava ligada. Ela sabia o que aquilo significava. Ela sabia por causa da forma como ele, na verdade, nem mesmo tirara o casaco, agora que ela estava reparando nisso, que ele estava terminando com ela.

— Então é isso? — ela perguntou.

Eddie encolheu os ombros.

— Eu não queria que fosse assim. Mas eu andei pensando nisso e... não consigo mentir. Eu sinto que eu dei tudo de mim, Nadia, me doei por inteiro para você, mas não recebo você por inteiro de volta. É um pouco constrangedor.

Nadia estendeu a mão para tocar no braço dele.

— Mas, meu bem — ela disse. — Eu te contei. Meu ex, ele era... Eu estou tentando, sabe? Eu realmente estou feliz com você.

Eddie estreitou os olhos para ela, como se tentasse ler os vazios entre as palavras dela.

— Mas será que você poderia ser mais feliz? Com outra pessoa? Porque...

Ele não estava terminando nenhuma das frases dele direito.

— Por que você acha que você poderia ser? — Nadia ofereceu e Eddie assentiu.

Nadia não sabia o que pensar. Não havia nenhuma grande reação corporal ao que Eddie estava dizendo — ela não queria vomitar nem chorar. Mas seu ego estava ferido. Porque o que ele estava dizendo era que ela não era boa o bastante. E ela foi inundada outra vez por todas as dúvidas e inseguranças sobre nunca ser o suficiente, sobre nenhum homem querê-la de verdade, sobre não ser tão fácil de amar quanto as outras mulheres.

— Eu não sei o que dizer.

Eddie deu um meio sorriso.

— Acho que o que eu quero saber é: tem outra pessoa? Ou você gostaria que tivesse? Porque eu não sinto como se eu fosse o suficiente para você.

Ele não se sentia o suficiente para ela? Mas ele não estava dizendo que era nela que faltava alguma coisa? Antes que ela falasse, sua barriga deu um pulinho quando ela pensou: *Cara do Trem*. Os bilhetes trocados entre eles, a expectativa que ela criara — tinha sido empolgante. Mas não era nada — Eddie era uma pessoa de verdade, com quem ela falava, dormia e fazia planos. Ela queria mais tempo para decidir, só isso. Mais tempo para se apaixonar por ele. Ela podia, se ela tentasse. Ela estava certa de que podia.

— Não tem outra pessoa, é claro que não tem! — Nadia falou. — Eddie, estou gostando muito de estar com você.

Eddie fez que sim com a cabeça.

— Então tá — ele disse. — Bom, eu te contei como eu me sinto.

— E agora o quê?

— E agora, vamos para casa, comer e aproveitar o que temos.

— Mesmo que você ache que eu seria mais feliz com outra pessoa?

Eddie olhou para ela.

— Acho que eu só queria um pouco mais de segurança, é isso — ele respondeu. — Eu tô me apaixonando por você, Nadia.

Nadia respirou fundo. Ele estava se apaixonando por ela. Ela era o suficiente. Aquilo foi muito bom de ouvir. Ela precisava que ele se apaixonasse por ela. Ela precisava saber com certeza que ela era suficiente. E logo ela sentiria o mesmo. Tempo. Ela só precisava de tempo.

— Então... vamos continuar... juntos? — ela perguntou.

— Se você quiser — Eddie respondeu, e Nadia queria.

Ela queria real, verdadeira e desesperadamente sentir tão intensamente quanto Eddie sentia. Ela *queria* se apaixonar por esse homem maravilhoso. Ela *queria* fazê-lo feliz. Ela mesma *queria* ser feliz.

— Vamos pagar e ir — ela disse, pegando a bolsa. — Só preciso encontrar meu cartão. Ela tateou procurando pela carteira, perdida nas profundezas da bolsa de couro azul marinho. Ela sentiu as bordas de um retângulo de plástico. — Achei! — ela disse triunfante.

Ela meio que se questionou por que o cartão não estava na carteira e quando ela o retirou da bolsa ela viu o porquê. Não era o cartão dela. Era o cartão daquela noite — o que dizia D. E. WEISSMAN. Ela tinha se esquecido de que tinha aquilo — o cartão dele, daquela noite.

Ela deixou o cartão cair de novo na bolsa como se estivesse pegando fogo e Eddie disse:

— Eu posso pagar, meu bem. *Ça va sans dire.*

— Sá vá o quê? — perguntou Nadia.

— *Ça va sans dire.* É francês, quer dizer: "nem precisa falar".

— Eu literalmente nunca ouvi isso em uma conversa em toda a minha vida.

— Um monte de gente não ouviu. Mas você não acha que soa elegante? *Ça va sans dire...*

Nadia ajeitou a cabeça para olhar para ele. Ela achava que aquilo soava pretencioso e, de repente, naquele momento, tudo sobre ele a incomodava. A frase idiota dele, a jaqueta idiota dele, e a bondade e a honestidade idiotas dele.

— Mas tipo — ela perguntou, sem mudar de assunto —, se um monte de pessoas não sabe o que significa, por que dizer isso?

— Porque eu gosto — ele replicou.

O barman ergueu a máquina de cartões e Eddie aproximou o cartão dela da máquina.

— Mas você não preferiria ser claro na comunicação? É como se você usasse isso para confundir as pessoas de propósito. Para as pessoas te perguntarem o que significa e você ter uma chance de dizer a elas.

Eddie riu, confuso com o tom dela.

— O que tem de errado nisso? Eu posso ensinar alguma coisa.

— Mas isso é se mostrar.

— Não é — foi tudo o que ele disse. *Não é.*

E, normalmente, era por causa daquilo que Nadia o respeitava: Eddie sabia quem ele era e quais eram seus valores e não se influenciava pelo que os outros achavam. E assim, do nada, Nadia foi de desesperada para acreditar e tentar com aquele homem ao lado dela para raivosa. Irracionalmente raivosa.

Era frustrante saber que ela era melhor que aquilo. Ela sabia isso no sangue que corria em suas veias irritadas que ela se decepcionara porque deveria ter sido honesta com ele. Ela deveria ter dito que pensava sim em outra pessoa, que estava sim resguardando uma parte de si mesma. Ela tinha continuado a sair com esse cara porque ela se sentia sozinha e, em algum nível, achava que aquilo era tudo que ela valia — um quase. Ela estava irada consigo mesma!

Ela sabia, ela *sabia* porra, que era melhor estar sozinha que com o cara errado. E ela tentou com o Eddie. Mesmo que ela não soubesse explicitamente que ele era o cara errado, ela sabia instintivamente que ele não era o cara certo. Não era conveniente admitir aquilo, mas era verdade.

Do lado de fora, Eddie perguntou:

— Qual é o problema com você, Nadia?

E Nadia se virou para ele e disse:

— Você tá certo, não tá? Isso não tá funcionando.

A boca de Eddie abriu e fechou.

— Eu literalmente tentei terminar com você para o seu bem cinco minutos atrás e você me convenceu a dar outra chance para nós e agora você está terminando comigo?

Nadia olhou para ele. Ela se sentia uma escrota nota 10. Ela não pretendera arrastá-lo para o meio disso. Ela não quisera nada daquilo. Ela se sentia envergonhada — envergonhada por ter agido de uma forma que não era sua melhor versão. Foi nesse momento que uma silhueta familiar capturou sua visão e, ainda que Eddie estivesse diante dela esperando por uma resposta, ela se distraiu.

É a Gaby! Ela estava tão aliviada em vê-la. A última vez foi no brunch do trabalho na Bellanger, semanas atrás — e Gaby só tinha ficado por uma hora antes de precisar sair correndo para algum outro lugar. Ela estivera trabalhando em um projeto do MI6 ultimamente, então não ficara muito disponível pelo escritório. Mesmo que Nadia não conseguisse comunicar tudo o que estava acontecendo, ela se sentiria mais forte e mais corajosa apenas com um abraço. Mas Nadia se segurou antes de chamar o nome dela. Alguma coisa não estava certa.

Gaby estava andando de mãos dadas com alguém atrás dela, e Nadia viu Emma surgir no horizonte. Elas tinham saído sem ela. Por que elas tinham saído sem ela? Instintivamente, Nadia deu um passo para trás, entrando no vão da porta do bar.

— O que você está fazendo? — perguntou Eddie obtendo apenas um "sssssshhhhhhh!" como resposta.

Debaixo do toldo do restaurante, ela assistiu sua melhor amiga do trabalho e sua melhor amiga da vida, um sentimento ruim se instalando no fundo de seu estômago. *Elas me largaram,* ela pensou. *Elas me largaram para se divertirem sem mim.* Nadia se sentiu humilhada — e totalmente infantil.

Ela tinha achado estranho que elas andavam se falando e como sabiam cada vez mais coisas uma da outra, como se, bem, não como se estivessem se amotinando contra ela, mas definitivamente como se estivesse formando uma aliança juntas. Agindo como um exército de duas pessoas sem ela. Emma tinha mentido descaradamente para ela mais cedo, dizendo que teria um encontro. Nadia se sentia traída. E, ainda assim, ela assistia hipnotizada ao desenrolar da cena.

Gaby puxou a mão de Emma atrás de si e a fez rodopiar de modo que as duas mulheres ficaram uma de frente para a outra. Seus narizes pressionados juntos. Uau, pensou Nadia. *Elas estão louconas.* Mas eram só 18h. Elas estavam bêbadas mesmo? E aí elas se beijaram. Não foi um beijo educado, ou entre amigos, mas um amasso-completo-de-boca-aberta-e-mãos-no-cabelo-uma--da-outra. Emma se afastou e riu com a cabeça inclinada para trás e Gaby colocou a mão na nuca dela e meio que *acariciou* Emma, sorrindo.

— Caralho — disse Nadia em alto e bom som. — Elas não estão bêbadas, elas estão apaixonadas.

Eddie se agachou ao lado dela.

— Aquela não é a...

— Sim — disse Nadia, observando-as descerem pela rua até que desaparecessem, se abraçando o tempo todo.

— Ca-ra-lho! — disse Nadia perplexa.

— Você não sabia? — Eddie perguntou.

Nadia se levantou outra vez, olhando uma última vez na direção em que suas duas amigas tinham ido.

— Eu não sabia.

Eddie assentiu, preocupado.

— Você quer uma bebida? Para a viagem?

Nadia olhou para ele. Mesmo depois de ela ter arranjado uma briga com ele, ter sido grossa e malvada, mesmo depois de ter efetivamente desperdiçado dois meses da vida dele, fingindo que poderia amá-lo quando ela sabia o tempo todo, se estivesse sendo radicalmente honesta, que ela não amaria — mesmo que tentasse muito! —, aquele homem continuava com seus valores de comportamento cavalheiresco que o fariam o par perfeito para outra pessoa.

— Você vai encontrar o maior e mais radiante amor, sabe — ela disse para ele.

— Obrigado — ele respondeu tristemente. — Espero que sim.

— Você vai. Você é um homem incrível e eu sinto muito se te deixei pior do que encontrei.

Eddie olhou para o céu que escurecia.

— Acho que vou dar uma caminhada — ele disse. — Você vai ficar bem?

— Com a gente? Vou ficar — Ela revirou os olhos. — Com as minhas melhores amigas secretamente... o quê? Namorando? Parecia amor para você? Eu nem sei. Acho que deve ser por isso que as duas tinham desaparecido do radar ultimamente.

— Mas o que importa é elas estarem felizes, né? — Eddie comentou.

— Uai, sim — disse Nadia. — Mas é mais fácil ficar feliz pelas pessoas quando você sabe o que tá rolando.

Eddie sorriu.

— Posso te dar um beijo na bochecha? — perguntou.

Nadia ofereceu um lado do rosto e Eddie disse:

— Tudo de melhor, Nadia. Espero que você encontre o que você procura.

Nadia assistiu enquanto ele se virava para a direção oposta à de Emma e Gaby e disse em resposta:

— Tudo de melhor, Eddie.

Ela o viu caminhar lentamente pela estrada, as mãos nos bolsos e a mochila para passar a noite fora pendurada em um ombro e, quando ele desapareceu, Nadia olhou de novo para trás, por onde suas amigas tinham passado. Ela tinha sido deixada por duas direções diferentes e, conforme a noite e a temperatura caíam, ela ficou parada, totalmente sozinha, sem saber para onde ir em seguida.

Daniel

Daniel estava de pé na fila que serpenteava ao redor do campo, empacotado em seu casaco de inverno pela primeira vez naquela estação. Os primeiros dias de novembro significavam que o inverno estava oficialmente a caminho. Ele soprou nas mãos em concha e esfregou uma contra a outra para se aquecer, depois puxou sua echarpe azul marinho de caxemira de forma a cobrir melhor o pescoço.

— Puta merda — ele disse. — Acho que devem ter mais de trezentas pessoas na nossa frente, sabe.

Jeremy revirou os olhos e acertou-o no ombro de brincadeira:

— Ai, cara, fica calmo, já vamos entrar. Toma o seu suco vai.

Daniel balançou a lata vazia diante dele, indicando que já tinha tomado.

O grupo deles — Daniel, Jeremy e Sabrina e Sam e Rashida — estava na fila para um evento cinematográfico imersivo temático do filme "Romeu + Julieta" em um estacionamento coberto perto de White City. Sob os casacos, que seriam guardados em armários lá dentro, todos estavam fantasiados de acordo com as personagens para os quais haviam sido designados. E aí, por quatro horas, eles iriam perambular por um set projetado para se parecer exatamente com o filme, poderiam interagir com atores que estariam espalhados em meio aos convidados, performando cenas do filme e fazendo todo mundo se sentir como se fosse parte daquele mundo imaginado.

Eventualmente, eles se acomodariam para assistir ao filme cercados por milhares de luminárias, aconchegados embaixo de cobertores. Daniel estivera no evento imersivo de "Blade Runner" no ano anterior, realizado pela mesma companhia, e tinha ficado de queixo caído. Ele estava mais do que empolgado por estar de volta. Ele tinha altas expectativas para a noite — apesar da fila gigantesca para entrar.

— Aqui — disse Sabrina, a companheira de Jeremy. — Tome outra gin tônica na lata.

Ela entregou a ele outra lata M&S e ele aceitou com gratidão.

— Gin em lata — comentou Daniel. — Quem conhecia isso?

— A gente! — Rashida e Sabrina entoaram em coro, batendo uma lata na outra e rindo.

Era legal ver como elas se davam super bem juntas, conversando tanto quanto os homens do grupo. As esposas e namoradas do grupo da universidade tinham realmente se tornado amigas.

— Beberronas — advertiu Sam, sorrindo.

Daniel tinha aceitado seu destino: ultimamente passava o tempo com Romeo depois do trabalho ou com os casais da universidade quando podia. Ele quase não via Lorenzo, exceto por aqueles cinco minutos esquisitos em que comiam torradas antes do trabalho, a conversa entre eles cheia de esforço para se manter leve. Ele era o empata foda permanente, o que ficava eternamente de vela. Todas as mulheres que conhecia tinham se oferecido para apresentá-lo para alguém (até mesmo sua mãe!), mas Daniel tinha decidido dar um tempo no romance depois de apenas três dias no app Soulmates do *The Guardian,* onde fora confrontado com mulheres que especificavam a altura preferida para seus parceiros nas bios, ou que tinham uma lista de requisitos de personalidade tão longa que Daniel ficava vesgo só de tentar ler a coisa toda.

Deve ter a própria casa, o próprio carro, o próprio grupo de amigos e ser capaz de lidar com uma mulher confiante que sabe seu lugar no mundo, dizia uma delas. *Eu quero ter crianças e não namorar uma!!!!* dizia outro.

Ele tinha folheado a autobiografia da Michelle Obama quando ela fora publicada, e vira algumas partes sobre como ela e Barack se conheceram, e sobre como ele chegou até ela totalmente informado, sabendo quem ela era. Daniel meio que entendia o que essas mulheres queriam dizer: todas elas queriam o próprio Barack. Um homem que não estivesse procurando uma mulher para ser a mãe deles, Daniel imaginou, que não sentisse sua masculinidade ameaçada por uma mulher que tivesse sua própria vida e dinheiro. Ele entendia aquilo.

Daniel apreciava uma mulher forte — sua mãe era uma — e sabia o que custava ser uma mulher que tinha sucesso e voz em um mundo que ainda era dos homens... mas, em um relacionamento, ele queria uma parceira. Alguém com quem pudesse construir algo e não alguém que tivesse construído sua própria vida e fosse ficar brava por ele não ter feito o mesmo. Pelo que sabia de amores tipo o de Barack e Michelle, eles eram suaves e gentis a portas fechadas.

Mas nenhuma daquelas bios especificava que, na vida privada, relacionamentos eram feitos de gestos cotidianos de bondade e respeito, e até que Daniel encontrasse uma pessoa com quem sentisse que podia expirar, que soubesse que fazer uma xícara de chá para os dois não era um golpe em seu feminismo, que torceria por ele como ele se comprometeria a torcer por ela — bem, até lá ele estava bem em fazer parte dos relacionamentos de seus amigos. Ele estava terminando um contrato de seis meses com a Converge, conectando as pontas soltas e não estava longe de conseguir se mudar para um apartamento de dois quartos em Stamford Hill que ele encontrara, usando o dinheiro do seguro de vida do pai para a caução. Sua mãe insistira para que ele aceitasse. Ela não precisava daquilo, ela tinha dito. E talvez ele voltasse a tentar namorar no ano novo. Ele provavelmente iria. Ele sabia que tinha que comparecer e se deixar ver pelo amor para que o amor pudesse achá-lo. Só que agora, agora ele estava cansado. Depois de seu pai e da confusão com Nadia e o jornal, ele precisava de tempo para se recompor.

— Tá quase! — disse Rashida quando eles se aproximaram da entrada depois de mais ou menos quarenta e cinco minutos.

— Estamos prontos? — perguntou Sam e os dois casais e Daniel se juntaram diante da última porta de onde passariam o resto da noite.

— Prontos — respondeu Daniel, na retaguarda do grupo.

Eles abriram as portas e entraram na área coberta do parque, que era tão grandiosa que tirou o fôlego de todo o grupo.

— Por aqui, caros amigos, e sem pressa — disse uma mulher com uma peruca preta e um sutiã de taça. — Encontremos meu tio, que tudo há de explicar-vos!

Daniel adorou. No evento de *Blade Runner,* eles tinham feito chover do telhado de um hangar de aeroporto e, antes do filme, todos os personagens ficaram pendurados no telhado de cabeça para baixo, fazendo uma sequência de luta. Era por causa de coisas assim que ele amava Londres. Eventos em larga escala, gigantescos e estupidamente impressionantes em uma noite aleatória da semana. E sim, custava cem libras por cabeça, mas caralho, tinha uma roda gigante — uma roda gigante dentro!! — e um palco velho no exato formato do filme.

Agora todos tinham tirado os casacos e era mais fácil ver quem era quem: todos os Montéquios foram enviados para o outro lado do local, vestidos de azul. Daniel e seus amigos usavam vestes florais em preto e vermelho, para os Capuletos — Daniel usava um colete de couro preto sem nada por baixo e jeans preto.

— Caralho — Jeremy exclamou. — Tudo certo, Homem de Ferro?

Daniel olhou para baixo para se ver.

— E depois fica reclamando do frio! — comentou Sabrina. — Você está seminu!

Sam arqueou as sobrancelhas.

— Pra ser honesto, se eu tivesse um muque desses, também ia exibir — ele disse. — Você tem malhado, bro!

Daniel se percebeu corando. Ele tinha que admitir que era uma roupa meio chamativa, mas ficou constrangido com todos os amigos olhando para ele.

— É — ele disse envergonhado. — Eu malhei um pouquinho.

Rashida colocou um braço em torno dele para salvá-lo dos outros dizendo:

— Você tá ótimo, gato. Vamos.

Eles foram levados até outro cômodo, onde cada um teve de colocar a máscara que trouxera antes de receber permissão para entrar em uma réplica em escala real do baile de máscaras do filme — bem perto do aquário onde Leonardo DiCaprio encontrara Claire Danes, espiando um ao outro através de vinte e cinco centímetros de água salgada e vários peixes amarelos. Daniel vagou próximo a ele, se perguntando como seria ver o amor de sua vida através da água, do outro lado. Ele acreditava que o amor chegaria. Algum dia. Em algum momento.

O grupo passou algumas horas passeando pelo cenário, testemunhando batalhas de rap entre as duas casas e uma luta coreografada perto do palco, onde, mais tarde, um coral gospel se posicionou em semicírculo e cantou "Everybody's Free" e nem mesmo Jeremy fez piada, todos totalmente embasbacados.

— Será que a gente devia arranjar um lugar para assistir ao filme? — um deles disse, eventualmente, e o grupo concordou que era melhor encontrarem um lugar para sentar porque a sessão começaria logo.

— Então, vocês ficam aqui — disse Daniel depois de terem escolhido o lugar. — E eu vou pegar comida? O que vocês vão querer?

— Olha praqueles ricaços safados — Jeremy disse, sem escutar o que Daniel falara, e apontando com a cabeça para a área VIP. — Grã-finos de merda com seus pufes e cobertores.

Daniel se virou para onde ele estava olhando e absorveu a atmosfera: ele não se importava de não ser VIP, naquela seção reservada. Ele sabia que aqueles ingressos custavam quase o dobro do que os que comprara. Havia lugar para todo mundo e um clima de camaradagem no ar.

Por um instante ele observou um casal, que estava claramente em um encontro, esticar um cobertor e tirar os sapatos. O cara parecia estranhamente familiar para Daniel. Ele era alto e muito sorridente, com cabelo muito ruivo. Daniel continuou assistindo enquanto o homem presenteava a mulher com um par gigante de meias felpudas e a garota inclinava a cabeça para trás, rindo. O homem sussurrou algo no ouvido dela, colocando o braço sobre o ombro dela, e aquele gesto levou Daniel exatamente para a manhã seguinte ao dia em que deveria ter encontrado Nadia, quando ele a vira no trem com seu namorado. Aquele cara estava igualmente à vontade em seu corpo, tinha o mesmo conforto com intimidade e toque físico. E foi aí que a ficha caiu: aquele era ele! Aquele era o namorado! A imagem dele listando os planos para o fim de semana no ouvido de Nadia enquanto estava sentado com uma mão na perna dela estava gravada na mente de Daniel. Ele tinha certeza de que era o mesmo cara. Certeza absoluta. Os dois haviam colocado o lanche e as bebidas à direita e à esquerda deles e agora se aconchegavam embaixo de um segundo cobertor, calçados com suas meias, conversando um com o outro como se não houvesse ninguém ao redor.

— Um casal de pombinhos, né? — comentou Sabrina.

Daniel voltou a si.

— Hein? Ah. Sim. Na real, acho que eu o conheço.

— Você vai até lá dar um oi? — ela perguntou.

Daniel negou com a cabeça.

— Não, não. Não o conheço tão bem assim — respondeu.

Na verdade, Daniel nem o conhecia. Mas. Se ele estivesse certo — e ele estava bastante convencido de que estava — se aquele fosse o namorado de Nadia, ele claramente não estava ali com Nadia. Então, eles tinham terminado? Daniel não tinha certeza de que aquilo importava. A única coisa que ele prometera a si mesmo — e a Romeo — era que se ele a visse, ele falaria com ela. Mas ele não a vira. Ela não tinha aparecido no trem, ou na plataforma, ou no meio dos passageiros da estação. Era como se tivesse desaparecido. Na verdade, fazia algumas semanas que ele não pensava nela. Ele tinha parado de ler o jornal, porque tudo o que fazia era abrir diretamente na *Conexões Perdidas*, meio esperançoso de que ela tivesse escrito. Ela nunca tinha escrito, é claro, por que ela escreveria? Seu cérebro começou a rodar, da mesma forma que havia feito antes: será que ao menos tinha sido ela a respondê-lo? O que ele estava pensando com toda aquela bobagem? Era mortificante. Ele devia estar um pouco danificado depois do seu pai, se agarrando às coisas mais esquisitas.

— Terra para Daniel? — disse Sam. — Alô?

Daniel se virou e olhou para ele.

— Hein?

— O lanche, cara. Vão ser duas pipocas, quatro hambúrgueres de carne desfiada e algumas cervejas.

— E alguma coisa doce também! — acrescentou Rashida.
— Se eles tiverem chocolates Revels ou balas Buttons ou alguma outra coisa.

Jeremy se levantou de onde estivera aninhado na toalha de piquenique.

— Vou com você, cara. Você não vai conseguir carregar isso tudo.

Enquanto andavam até as barracas de comida, Daniel deu uma olhada por sobre o ombro. *Tenho certeza de que é ele,* pensou.

NADIA

Nadia perambulava de braços dados com Naomi, uma antiga colega de trabalho que havia deixado o mundo do STEM para trás e se transformado em uma digital influencer profissional com quase trezentos mil seguidores no Instagram. Ela tinha um relacionamento de fotos perfeitas com Callum, que agora era oficialmente seu "Marido do Instagram", e fotos deles poderiam render até oito mil libras. Nadia refletiu sobre os cento e trinta e três seguidores de sua conta e imaginou quanto poderia conseguir. Mais ou menos trinta centavos, talvez? Porém, ela não poderia ter muita inveja — afinal, eram os seguidores de Naomi que garantiam ingressos grátis para eventos como o daquela noite, algo pelo qual Nadia teria pago de qualquer forma, mas que era muito mais legal sendo 0800 e VIP.

Em torno delas, pessoas vestidas como Montéquios e Capuletos caminhavam prazerosamente pelo local, os atores posicionados em meio a elas declamavam falas e faziam batalhas de rap, enriquecendo a atmosfera como um todo. Era como um evento teatral imersivo, qualquer coisa poderia acontecer no próximo segundo. Nadia estava em êxtase. Ela tinha ficado mais na dela desde o término com Eddie, ia para o trabalho, para as aulas da academia e lia um monte no sofá de sua casa. Ela não estava tão triste assim por causa do fim — eles só namoraram por algumas semanas no fim das contas. Era com a solidão que ela lutava.

Além de não ter mais Eddie ao seu lado, depois de ver Gaby e Emma juntas, Nadia tomou a decisão de esperar — esperar que elas dividissem a novidade. Só que, até agora, elas não tinham feito isso. Nadia não as procurou e, exceto pela mensagem semanal superficial e distante de Emma, ela não tinha realmente conversado com elas. Gaby também sempre parecia estar apressada no trabalho e foi por isso que Nadia se sentiu forçada a se aproximar de uma antiga amiga de trabalho, com quem não falava há algum tempo. Ela compreendia que Emma e Gaby precisariam se entender sobre o que estava rolando entre elas e Nadia teria simplesmente de esperar, com muita paciência. No sofá. Em casa. Sozinha.

Naomi e Nadia estavam se colocando em dia sobre as vidas uma da outra enquanto caminhavam: questões e negócios da marca de Naomi e as dificuldades de trabalhar com o marido.

— Ele me deixa louca! — ela disse. — Nós ficamos juntos a maior parte do dia, todos os dias. Mas aí ele tira uma tarde de folga para ir à academia ou viajar até a costa para encontrar o irmão e eu fico morrendo de saudades — Ela riu do dilema. — Eu não acho que seja saudável ficarmos tanto tempo juntos, mas eu continuo tão louca por ele quanto sempre!

Nadia sorriu. Ela tinha inveja, de verdade, de quão facilmente Naomi falava sobre seu amor por Callum. Mas também era mais do que isso: havia respeito. Um respeito realmente profundo por ele e pelo que eles tinham.

— E você, tá saindo com alguém? — Naomi perguntou e complementou: — Eu sei que essa é a pior pergunta do mundo.

Nadia sorriu.

— É sim, mas você pode perguntar. E a resposta é não. Eu estava saindo com alguém, um cara que conheci num bar quando, na real, eu tinha acabado de levar um bolo em um encontro, que tragédia eu sou — Ela revirou os olhos em um pseudodrama.

— E ele era tão incrível, mas...

— Mas não era o cara? — Naomi especulou.

— Mas não era o cara — Nadia concordou e soltou um suspiro. — Você acha que eu sou exigente demais?

Naomi apontou na direção da área VIP e disse distraidamente:

— Vamos pegar um lugar pra gente.

— Vamos — disse Nadia.

— E se eu acho que você é muito exigente? Ai, não sei. Acho que só você sabe. Eu sei que um monte de mulheres, e, você sabe, provavelmente um monte de homens, se apaixonam até depois de se casarem. Para algumas pessoas cai um raio quando elas se encontram e, para outras, precisa de mais esforço.

Nadia concordou com a cabeça enquanto a recepcionista entregava pufes, cobertores e sacolas de brindes.

— Eu não acho que um seja melhor que o outro — Naomi continuou —, tem que ver o que funciona pra você.

Elas se sentaram e Nadia espiou a sacola de brindes: havia um pouco de água de coco e uma porção de bolinhas de chocolate Lindt.

— Será que você topa um hambúrguer? — ela perguntou.

Naomi sorriu.

— Eu sempre topo um hambúrguer.

Elas se levantaram e olharam para o setor de alimentação onde pequenas filas já tinham se formado na frente de cada barraca.

— Acho que é por ali — disse Nadia e, para encerrar a conversa sobre sua vida amorosa, acrescentou: — E eu entendo o que você disse. Eu acho que por enquanto estou melhor sozinha. Contida, mas pronta para o romance a qualquer momento que a oportunidade se apresentar. Ou algo assim.

— Ou algo assim — Sorriu Naomi.

Elas fizeram o caminho até a barraca de hambúrgueres admirando as fantasias das pessoas e quase sendo tragadas para uma batalha de palavras em inglês shakespeariano, em que um grupo havia se formado em torno da mãe de Romeu e da aia de Julieta. A atmosfera era eletrizante — o evento era espetacular.

As mulheres entraram na fila atrás de dois homens de cabelo escuro — um em uma camisa havaiana e o outro usando um colete de couro preto sem nada por baixo, e esperaram pela comida delas. Naomi secou os homens antes de Nadia, usando suas sobrancelhas para fazer uma careta que indicara que eles eram atraentes. Um tipo de hu-hu-hu na direção deles. Nadia franziu a cara, confusa e, então, quando entendeu o que Naomi estava querendo mostrar, ela se inclinou para frente para ver melhor.

— E o negócio é que — o cara de colete estava dizendo — é mais um comentário sobre a performance de gênero, eu acho, até aquela coisa de meninas versus meninos. É tão heteronormativo! Daí as meninas começam a se arrumar mais e os caras ficam pavoneando mais e só observar isso é fascinante.

Nadia inclinou a cabeça para frente um pouco mais. Ele estava falando sobre "The Lust Villa"? Mais do que isso, ele estava falando sobre "The Lust Villa" com uma análise filosófica de gênero?

Seu amigo, o que estava de camisa, respondeu:

— Eu entendo o que você tá falando. É, tipo, sabe. Você sabe. Eu não quero soar gay nem nada, mas você tem que deixar as pessoas serem pessoas, né? Tipo, eu realmente não sou nada, obviamente não sou — o cara levantou as duas mãos, como se para provar que não estava segurando algo escrito "gay" em nenhuma delas —, mas seria superlegal ver dois homens se dando bem. Tipo, com emoções e tudo, sabe.

— Exatamente! — O cara do colete foi dizendo: — Quero dizer, eu meio que sinto isso às vezes. Quando o papai morreu no verão passado eu sentia como se tivesse que ser superforte porque, se não fosse, você sabe, eu seria mega veado ou fraco ou sei lá. Eu gosto de como está ficando mais aceitável que os caras tenham sentimentos. Meu colega de apartamento é um escroto, mas eu fiz amizade com um cara no meu trabalho e ele não fica fazendo piada de tudo que nem o Lorenzo faz. Ele é só... legal de se ter por perto.

— Sim, cara, isso é tenso — o amigo dele disse. — Esse negócio do Lorenzo. Eu nunca gostei muito dele e depois do que você me contou...

— É... — disse o cara de colete de couro, esticando o pescoço para ver se a fila estava indo para algum lugar.

Nadia estava hipnotizada. Quem eram aqueles dois homens falando tão eloquente e belamente sobre seus sentimentos? E sobre o melhor programa televisivo? O cara de colete se virou ligeiramente e tocou no ombro do amigo.

— Mas e aí, como você está? — ele perguntou. — Eu senti muito, muito mesmo pelo seu avô. Eu sei que vocês eram bem próximos.

O cara de camisa pareceu pego de surpresa, causando uma súbita reação emocional. Naomi também estava ouvindo com muito interesse e colocou um dedo ao lado de cada olho e os escorregou pela face como se para dizer para Nadia: *Ele está chorando.* Nadia pôde ver que todos os pelos de sua nuca se arrepiaram. Tadinho.

— Era a hora dele — o cara respondeu. — Mas, caralho, como eu sinto saudade, sabe?

— Se você quiser conversar em algum momento... — disse o Cara do Colete e Nadia pensou silenciosamente: *É óbvio que ele quer conversar! E ele está pedindo para conversar agora! Converse agora! Ele não vai te procurar de novo!*

A fila para os hambúrgueres de porco desfiado avançava lentamente à frente deles. Após avaliar que ficariam na fila por pelo menos mais cinco minutos, o Cara do Colete perguntou:

— Qual é a sua memória favorita dele?

O coração de Nadia explodiu. Que homão aquele cara era. Braços bonitos, capaz de conversar sobre os próprios sentimentos, inteligente também...

Ela percebeu que Naomi estava meio que apontando com a cabeça, como se dissesse: Fale com ele! Mas Nadia não poderia interromper aquele momento terno. O amigo dele tinha parado de chorar e estava contando alguma coisa sobre como seu avô costumava ter gases, mas sempre culpava o cachorro, até mesmo depois de o cachorro ter morrido.

— Eu daria qualquer coisa pra que ele estivesse aqui. Ele era incrível, aquele safado.

A fila andou milimetricamente. Nadia pegou o celular e digitou em uma nota vazia: *Eu tô apaixonada por esses caras na nossa frente!!!!! OMG!!!*

Ela passou o telefone para Naomi que leu e digitou de volta: *Mais homens assim por favor! Bonitos, de coração aberto. Eles me deixaram toda molhada, a umidade relativa do ar até subiu!*

Nadia caiu na gargalhada assim que leu, fazendo com que os homens à frente delas se virassem e o homem de colete acertou o iPhone com o cotovelo, derrubando-o no chão. Sem nem pensar, Nadia abaixou-se instintivamente para pegar o celular, mas o homem de colete fez a mesma coisa no mesmo momento, balbuciando em um tom londrino:

— Puta merda, mil perdões. Sou desastrado pra caralho!

De onde ambos estavam agachados, ele segurando tanto o celular dela quanto os dois vouchers de alimentação que tinham caído no chão junto com o aparelho, os olhos deles se encontraram.

E o raio caiu em Nadia. Simples assim. A corrente elétrica pulsou em cada célula do corpo dela.

— Oi — ela disse para ele.

— Oi — ele respondeu sorrindo.

Daniel

Nadia explodiu em um riso nervoso enquanto se levantavam.

— Eu não sei porque disse oi — ela falou. — Eu achei por um instante que te conhecia. Desculpa.

A amiga dela ficou parada ao lado dela, assistindo a interação se desenrolar, totalmente entretida.

— Aqui — disse Daniel oferecendo o celular de volta para Nadia —, espero que não tenha quebrado.

— Ele tem capinha — respondeu Nadia, sem nem olhar para o telefone. — Eu sou desastrada. Deixo cair o tempo todo. Nunca coloquem um bebê na minha mão! — ela acrescentou rindo de novo.

E aí ficou séria e disse:

— Esse foi um comentário bem estranho. Desculpa. De novo.

Daniel viu a amiga de Nadia sorrindo para a direita dele, onde Jeremy estava sorrindo de volta. Como se ambos tivessem concordado em deixar a cena se desenrolar, contentes em ficarem na plateia.

Daniel e Nadia olharam um para o outro.

Daniel repetiu:

— Então, isso é seu. — Ele entregou o celular, sem conseguir deixar de reparar que estava aberto no bloco de notas. Ele se perguntou o que ela estivera escrevendo.

Nadia pegou o celular e sorriu.

O coração de Daniel acelerou. Sua respiração ficou mais rápida. Era isso — essa era a chance dele. Sua oportunidade de dizer algo perspicaz e charmoso e inteligente para que depois fosse ok revelar: *Sou eu. Eu te dei um bolo depois de escrever para você no jornal. Podemos tentar de novo?*

Não estraga isso, ele disse a si mesmo. *Coragem!*

NADIA

O coração de Nadia estava batendo duas vezes mais rápido que o normal. Será que ele tinha visto o que ela estava digitando? Ela pegou o celular.

— Obrigada — ela disse.

— E isso também — ele falou, entregando a ela os vouchers de comida. Ela nem percebera que tinha deixado eles caírem.

— Ah. Oba! É meu voucher para a comida. — O que tinha de errado com ela? Por que ela estava sendo a pessoa mais tediosa e sem eloquência do planeta? Ela precisava dizer alguma coisa charmosa e cativante! Esse homem era bonito, com olhos profundos que tinham um brilho travesso. Ele era exatamente o tipo dela, fisicamente e mais do que isso: pelo que escutara, mesmo que só por um minuto, ela sabia que era enfaticamente Um Homem Bom. Um Homem Bom com bons amigos e uma boa bússola moral e... ai meu Deus, ele era ridiculamente gostoso. Aqueles braços!

— Vantagens VIP? — ele perguntou apontando para os vouchers.

Nadia assentiu. Eles realmente iam ficar de papo furado daquele jeito? Ela precisava dar uma guinada na coisa, transformar a conversa em uma paquera leve. Ela estava fazendo um trabalho horrível de dar pistas para ele. E por que a Naomi não estava ajudando, pelo amor de Deus? Ela só ficou parada lá, assistindo, como alguém que se perdeu em uma casa de swing.

— Então, são vantagens VIP da Naomi. Ela é uma influenciadora.

O Cara do Colete sorriu para ela.

— Legal — ele disse.

Naomi era a amiga de Nadia mais Beleza Padrão. Emma e Gaby, suas amigas de casa, todas as mulheres que conhecia —

todas elas eram bonitas a sua maneira. Mas a razão pela qual o Instagram de Naomi tinha tido tanto sucesso era porque ela tinha uma beleza padrão, com feições delicadas, disposição simétrica, dentes perfeitos e brancos e uma pele que não só era lisinha, como também brilhava. O fato de que o Cara do Colete não pousou os olhos em Naomi por mais que um milissegundo — na verdade ele mal a notara! — era bem incomum para Nadia, porque, por mais que ela normalmente se sentisse confiante com sua aparência — deixando as questões com a acne ocasional de lado —, ela era virtualmente invisível quando Naomi estava por perto. Exceto que — para este homem, ela não era. Este homem estava tão hipnotizado por ela quanto ela por ele. Era como se tivesse uma fita invisível de algodão que ligava o pulso dele ao dela, uma conexão de alma. Aquilo era intenso. Eles continuaram a olhar um para o outro, Nadia chicoteando-se mentalmente por não ser capaz de puxar uma conversa de verdade.

O homem à frente dela abriu a boca e respirou fundo e parecia prestes a salvar ambos da escassez de palavras entre eles. Mas então ele fechou a boca outra vez e simplesmente abriu um largo sorriso que fez Nadia sorrir de volta e lá estavam eles, dois idiotas, sorrindo.

De onde eu o conheço? Pensou Nadia sentindo que a sensação de reconhecer alguém era parte incontestável do sentimento de atração.

— Estou muito empolgado para ver o filme — ele disse, eventualmente, e Nadia riu. A simplicidade da coisa. Ele usou o polegar para gesticular em direção à telona do outro lado do campo. — Eu me lembro da primeira vez que assisti. Eu nunca tinha entendido como Shakespeare era bom antes do Leonardo DiCaprio.

— *Será o amor uma coisa doce?* — Nadia citou. — *Ele é duro demais, rude demais, arteiro demais e alfineta como um espinho.*

O homem assentiu, impressionado. Ele pegou a referência e respondeu com sua própria citação:

— *Minha bondade para contigo é tão sem limites quanto o mar.*

— Ai, droga. Não me lembro de mais nenhuma — Nadia riu. Era isso, eles tinham quebrado o gelo. Aquele era o portal pelo qual ela estivera lutando. Ele também estava rindo. Nadia podia sentir a subida e a descida da respiração em seu peito e mordeu o lábio inferior, ansiosa.

— Nadia?

Era uma voz que Nadia reconheceu. Ela se virou.

— Eddie! — ela disse, chocada, mas feliz.

— Como você está? — perguntou Eddie, abrindo os braços para envolvê-la. Ele tinha sido daquele jeito desde a noite em que o conhecera: aberto, caloroso, amoroso, carinhoso.

Nadia se virou para Naomi:

— Naomi, era desse cara que eu estava te falando. Eddie, esta é minha amiga, Naomi. — Ela pausou por um segundo, olhando para o lugar onde os dois caras estavam a menos de dez segundos atrás. Ela poderia apresentá-los também. Mas agora eles estavam mais adiante, na barraca, fazendo o pedido. Nadia não tinha percebido que eles já estavam no começo da fila.

— E aí, como você tem andado? — perguntou Eddie. — Essa é a Alya, minha namorada. Alya, amor, essa é a Nadia.

Alya ofereceu a mão.

— Ouvi muito sobre você — ela disse sorrindo.

— Ouviu? — Nadia perguntou.

Eddie riu:

— Só coisas boas, Nadia, não se preocupe.

Ele se virou para Naomi e falou:

— Sua amiga aqui quebrou o meu coração, mas aí eu conheci a Alya e entendi porque nunca tinha dado certo com outra pessoa.

Eddie sorriu para sua namorada e colocou o braço ao redor dela outra vez, puxando-a para perto. Ele estava deixando-a segura. Marcando o território. Deixando claro onde estava sua lealdade. Nadia estava genuinamente extasiada em vê-lo tão feliz e disse isso a ele. Era mais fácil vê-lo com outra pessoa do que imaginar que ela o tinha magoado e que ele continuava sofrendo. Ela se sentiu aliviada.

— Obrigado, Nadia — ele disse. E acrescentou: — Enfim, acho que a gente já vai indo. O filme deve estar pra começar.

Nadia concordou.

— Um prazer conhecer você — disse Naomi.

Enquanto Eddie e Alya se afastavam, ela perguntou:

— O cara que não-era-bem-o-certo?

Nadia fez que sim com a cabeça.

— Isso.

Ela se virou para localizar o Cara do Colete outra vez, mas quando procurou por ele na barraca de comida, onde ele estivera segundos atrás, ele não estava lá.

— Ah! — ela disse para Naomi. — Aquele cara! Aonde ele foi?

Naomi seguiu a direção para onde Nadia olhava e encolheu os ombros.

— Ai, merda, eu não sei! — ela disse. — Ele está tão a fim de você!

— Eu estou tão a fim dele!

— Deu para perceber. Era como se você estivesse comendo ele com os olhos.

Nadia acertou o braço da amiga.

— Vamos encontrá-lo. Esse lugar não é tão grande. Talvez ele volte.

Nadia olhou ao redor outra vez.

— Espero que sim — ela disse e Naomi a puxou pelo braço, para que ela se aproximasse do balcão de comida. — Ele era... uau.

Daniel

— Olha — Romeo estava dizendo —, você definitivamente não tem escolha. Você tem que escrever pra ela de novo. Você gastou suas nove vidas, cara, se você a encontrasse por acaso alguma outra vez, eu ficaria chocado. Tipo, vê-la na noite passada foi a sua última chance. Você tem que escrever pra ela de novo! Não é como se outro encontro ao acaso fosse acontecer outra vez.

Romeo tinha subido para o andar de Daniel e ido até a mesa dele durante seu intervalo, depois que Daniel tinha mandado para ele uma série de mensagens contando o que tinha acontecido no cinema na noite anterior.

— Você não pode me mandar uma mensagem daquelas e não imaginar que eu faria uma intervenção, amigo — Romeo disse quando apareceu ao lado de Daniel. — O que você quer dizer com "eu perdi ela"? Quantas oportunidades você está disposto a perder?

— Você não estava no lobby quando eu precisei de você! — Daniel disse como se fosse uma resposta.

— Eu tive que ir mijar! Até os caras que trabalham na segurança precisam de intervalos para ir ao banheiro! — Romeo respondeu exasperado antes de continuar: — Eu não consigo acreditar que você se afastou porque o ex-namorado dela estava lá. Seu covarde! Você é melhor que isso, homem! Você mesmo disse que ele estava lá com outra pessoa.

— Ai, cara, ela não precisava de plateia praquilo, precisava? — Daniel disse, ainda tentando desvendar o mistério de ter fugido daquela maneira. Romeo estava certo: quantas oportunidades ele estava disposto a perder? Talvez tivesse sido pânico. Uma vez ele ouvira que a única coisa pior que reprimir um sonho era ver esse sonho se tornar realidade, por que aí, o que sobraria para desejar?

Ele simplesmente não conseguia explicar porque ele não tinha ficado e esperado até o cara ir embora. Nadia estava interessada. Ele percebeu. Eles não tinham sido capazes de tirar os olhos um do outro — pelo menos não até serem interrompidos. Seu coração acelerou, seu cérebro ficou em branco, ele não fez muito mais que sorrir como um idiota para ela, mas ela sorriu de volta, deixando que qualquer energia que existisse entre eles fizesse exatamente isso. Existisse. Ele não prendeu a respiração na frente dela, ele expirou. Era aquilo que ele vinha procurando. Inexplicavelmente, ele se afastou por vontade própria.

O rosto de Daniel estava sério.

— Eu concordo. Acho que você está certo. Acho que eu devia escrever pra ela, eu só... Eu precisava que você me dissesse que era uma boa ideia, só isso. E você me disse que é, então, tá decidido. Vou escrever e dessa vez ela não vai ficar esperando por mim. Só precisamos torcer pra que ela entenda que é pra ela, só isso.

Romeo ofereceu a ele um aperto de mão.

— Meu amigo. Seja claro com ela: *Nós conversamos no Secret Cinema na outra noite, eu estava de colete e você estava bonita. Eu derrubei seu telefone no chão e fui um idiota por não colocar meu telefone nele antes de te devolver. Você pega o meu trem das 7h30 na Angel. Acho que a gente já escreveu um para o outro antes...*

Daniel balançava a cabeça para cada palavra que Romeo dizia.

— Ótimo — ele disse, ainda balançando a cabeça, impressionado com quão certo Romeo parecia estar sobre tudo. — Sim! Perfeito.

Ele moveu o cursor do mouse de seu computador e digitou a URL para submissões da Conexões Perdidas.

— Agora — Daniel disse com os dedos pairando sobre o teclado —, pode repetir o que você disse?

Romeo puxou uma cadeira e estalou as juntas.

— Beleza, chefe — ele disse. — Começa assim: *Nós conversamos no Secret Cinema...*

NADIA

Nadia segurava o telefone na mão enquanto o ônibus sacolejava até a Angel, onde ela desceria para pegar o metrô, como fazia todos os dias. Seu instinto pedia para ela enviar uma mensagem para Emma, mas Emma andava tão ausente que ela não achava que conseguiria aguentar a espera de três dias que tinha virado o padrão de comunicação com ela. Em vez disso, ela abriu o Instagram e olhou para a foto que Naomi postara delas na noite anterior, "curtiu" a foto e deixou três emojis de fogo nos comentários. Nadia tirou um print da foto, imaginando que podia postá-la também. Tinha sido logo depois de falar com aquele cara maravilhoso de colete e ela tinha um olhar de encrenca nos olhos. De encrenca boa. Ela estava brilhante, jovial e divertida.

Nadia foi rolando pra baixo pelas outras fotos que tinham sido carregadas: uma amiga da escola de férias com o marido no Sri Lanka. O bebê de sua prima engatinhando pela primeira vez. Vários usuários do Instagram tinham novas saias e camisas e botas e a lembraram de que logo viria a Black Friday, *então clique no link da bio para ver nossa coleção completa e não esqueça de usar o código de desconto!!!* Ela continuou descendo e ignorando aquilo.

Nadia parou quando viu a última foto de Gaby, um close dela em Soho House, o que era interessante para Nadia porque ela sabia que Gaby não era sócia da Soho House. Mas é claro que Emma era, e tinha sido da Soho House que ela as vira saindo na noite em que se beijaram. Se Nadia olhasse com atenção o suficiente para a foto, uma selfie tirada no que parecia ser um banheiro, ela poderia ver o que tinha sido cortado: ao lado de onde o cabelo da própria Gaby descia, estava o cabelo cor de mel na altura dos ombros de Emma.

Um milhão de pensamentos malvados invadiu a cabeça de Nadia. Logicamente, racionalmente, ela sabia que as amigas tinham um segredo que com certeza contariam para ela um dia.

Só que agora, enquanto ela estava do lado de fora do mundinho que elas estavam criando, qualquer que fosse esse mundinho, e Nadia basicamente não dava a mínima se elas estavam namorando ou se pegando ou apaixonadas — ela simplesmente queria as amigas de volta. Ela queria ser parte da turma outra vez. Ela queria ficar feliz por elas, mas ser exilada estava custando a ela sua felicidade, então era bem difícil ficar animada por elas. Nadia estava com raiva e ressentida por ser colocada nessa posição. Elas não precisavam da permissão dela para fazer o que quer que estivessem fazendo, não era disso que ela estava falando. Mas como assim as duas melhores amigas dela tinham se unido para criar alguma coisa que agora significava que ela estava excluída. E realmente não era o papel dela sentar com as duas e dizer o que tinha visto. Ela acreditava naquilo implicitamente. Não era nada demais e mudava tudo ao mesmo tempo e não só porque as duas eram mulheres. Suas amigas eram lésbicas — pelo menos uma pela outra. E daí?! Mas duas amigas se tornando mais que amigas resultava em alterações na dinâmica da amizade e isso resultava em Nadia, sentada no ônibus 73 vendo o Instagram, decidir conscientemente ir para a próxima foto sem curtir ou comentar, coisa que ela não faria normalmente, e, depois, decidir postar a foto dela e de Naomi na noite passada, com a legenda: *Minha companheira de aventuras e eu como uma dupla de Capuletos ontem* e três corações depois com a hashtag #noitedasgarotas.

Enquanto revisava seu trabalho e o ônibus estava parado no trânsito, Nadia clicou na geotag que ela colocara do evento — o marcador no topo da foto que dizia a localização. Isso abriu as fotos de todas as pessoas que tinham sido marcadas na mesma localização e, como ela estava entediada e com raiva e, principalmente, mexeriqueira, ela ficou vendo as fotos de um monte de estranhos e só parou quando reconheceu um certo par de braços.

Cara do Colete! Ela pensou. *Ah!*

Ele era bonito e o único em seu grupo de amigos que não tinha olhado diretamente para a câmera, mas estava meio que olhando para o lado, em direção a algo fora da moldura. Todos que estavam com ele eram atraentes e Nadia também reconheceu o amigo dele com quem tinha conversado.

A foto havia sido postada por uma mulher chamada @SabrinasLife e, ao ir para o perfil dela e dar uma fuçada por lá, Nadia pôde deduzir que ela estava em um relacionamento — ao que parecia, casada — com um dos outros caras. O Cara do Colete aparecia ocasionalmente em alguma foto do feed dela, principalmente no que pareciam ser festas infantis nos subúrbios e férias em lugares em que o mar era tão azul quanto o céu.

Nadia voltou para o topo do perfil de @SabrinasLife e viu de novo a foto da noite anterior. Ela clicou nela e viu as etiquetas com o nome de todos os usuários. Ela clicou. Subitamente, ela tinha uma janela inteira cheia da vida de @DannyBoy101.

Ele não postava com frequência e nunca colocava legendas ou hashtags. Tinha uma foto dele, em um terno azul marinho, de pé ao lado do que Nadia imaginou ser a mãe dele. E uma foto dele na parte interna do pub Sager + Wilde, com metade do rosto obscurecido pela cerveja que bebia. Ele fotografara os pés ao lado de trilhos, usando tênis e meias coloridas. No verão, ele estivera com alguns amigos em Oxfordshire, caminhando pelos gramados e bebendo cervejas em um pub jardim.

Ele lera recentemente as memórias de Michelle Obama e tinha fotografado alguma coisa da exposição no Wellcome Collection. Havia uma foto de um álbum antigo do Frank Sinatra e uma foto da TV quando "The Lust Villa" estava passando. Inexplicavelmente, havia também uma foto do jornal na mesa de um café, em algum dia de um verão passado.

Esse é o meu tipo de cara, Nadia pensou. *Eu gosto de como ele vê o mundo.*

Nadia continuou a pensar sobre ele durante todo o dia. Ela se perguntou como proceder com a coisa toda — como, de algum modo, esbarrar nele outra vez. Ela *poderia* simplesmente enviar uma DM para ele no Instagram, mas não pareceria meio desesperado? E se ser rastreado nas redes sociais fosse super broxante para ele? Se estivesse no lugar dele, Nadia não tinha certeza de como reagiria. Ela o encontrara de um jeito até bem inocente, mas explicar aquilo, até para ela mesma, soava um pouco *Atração Fatal* demais. Ela não queria que ele pensasse que ela faria de tudo para conseguir a atenção dele. Ele era fofo, mas não *tanto assim.*

Uma vez Emma a ensinara sobre *O Segredo*. Ele era baseado na Lei da Atração e Emma tentou explicar a ela que se uma pessoa mudasse seus pensamentos, poderia mudar sua vida inteira. Emma ficara totalmente convencida de que foi por causa disso que ela ganhou a coluna de crítica culinária no jornal — como ela tinha visualizado, ela fez tornar-se real. Nadia já tinha descartado aquilo como lorota antes, mas neste novo contexto — o contexto de querer intensamente que um homem fofo com quem conversara por cinco minutos cruzasse seu caminho outra vez — ela decidiu acreditar. O dia todo ela disse a si mesma, *Eu vou ver esse homem de novo. Já já. Essa semana.* Ela tentou visualizar a coisa: esbarrando nele na academia, ou no trem enquanto ia para o trabalho. Talvez aquela parte fosse uma ressaca de quando o Cara do Trem escrevia para ela. Ela ainda acreditava sem muita fé que havia algo de incrivelmente romântico em conhecer alguém no metrô: duas pessoas vindo de lugares diferentes, indo para lugares diferentes, o acaso as coloca no mesmo lugar na mesma hora por pouquíssimos minutos.

Ela desejou poder contar a Emma sobre tudo isso. Especialmente depois que ela entrara na academia para sua aula daquela noite na mesma hora em que um homem loiro de aparência amigável tinha saído dos vestiários do outro lado das portas, e ambos alcançaram a maçaneta ao mesmo tempo.

— Opa, com licença, deixa que eu abro pra você — disse o cara.

E aí ele puxou a porta para que Nadia passasse primeiro. Ela escolheu um espacinho no fundo da sala — só por cima do cadáver dela é que ela ficaria na fileira do meio, imagine na fileira da frente — e largou sua toalha de rosto e garrafinha de água ali. Ela ficou na fila da seção de pesos, para pegar sua barra e alguns halteres, esperando sua vez e acabou ficando atrás do cara que tinha segurado a porta para ela. Ele deu uma olhada nela.

— Opa, oi de novo — ele disse.

— Oi de novo — ela respondeu, um pouquinho confusa com a simpatia dele.

— Posso pegar alguma coisa pra você? — perguntou.

Ele trabalha aqui? Ela se questionou.

— Ah, você é muito gentil. Sim. claro. Que tal um par de seis quilos e um de oito também.

O cara usava uma roupa de ginástica e, quando ele se inclinou para pegar os pesos dela, os músculos de suas costas ficaram nítidos e ela acabou encarando por tempo demais. Ele reparou. E deu um sorriso convencido.

— Aí vai — ele disse, um par de pesos em cada mão.

As mãos de Nadia não eram tão grandes quanto as dele, então ele se ofereceu para acompanhá-la até o colchonete dela. Ela caminhou à frente, consciente de cada um de seus próprios movimentos enquanto se questionava: *ele está dando em cima de mim?*

— Obrigada de novo — ela disse e ele colocou os pesos ao lado da garrafa de água dela e se levantou, deixou a coluna bem ereta, alinhando os ombros para trás e esticando o pescoço, para então sorrir largamente.

— É só chamar — ele disse, piscando para ela. E aí foi embora.

Nadia se viu no espelho. Ela estava corada e boba, com um sorriso no rosto. Ele passou na frente dela quando foi pegar o próprio colchonete, sorriu para ela outra vez e Nadia ficou muito consciente de si mesma pelo resto da sessão.

— Tenha uma boa noite — ele gritou para ela do outro lado da sala quando ela estava indo embora, suada e de cara vermelha.

Nadia tinha feito aquela aula pelo menos uma vez por semana por um ano e nunca tinham dado em cima dela, mas repentinamente, com a autoestima elevada por ter sido paquerada na noite anterior, outro homem flertou com ela hoje. Ela queria dizer para Emma "É isso! Foi a lei da atração!". Ela provavelmente teria ficado profundamente desconfiada se o cara a ajudasse dois dias atrás. Mas, com uma mentalidade diferente, suas reações ao mundo eram diferentes. Ela acreditava que o romance era iminente e assim tudo parecia mais romântico.

Eu vou ver esse cara de novo, ela disse a si mesma depois de sair da academia e andar metade do caminho até em casa antes de entrar no ônibus, só para gastar o excesso de energia. *Eu vou. Eu vou ver o Cara do Colete de novo.*

Ela precisava contar para alguém o que estava se passando na cabeça dela, então ela mandou uma mensagem para Naomi para ver se ela estava livre e combinou de ligar para ela depois de chegar em casa e tomar um banho.

— E eu não quero soar como uma mega stalker nem nada, mas... eu o achei no Instagram.

Nadia pôde ouvir as sobrancelhas de Naomi se arqueando.

— Você achou o cara misterioso da noite passada no Instagram?

Nadia se espreguiçou na cama, "vestida" apenas com sua toalha. Ela tinha saído do chuveiro há quase uma hora, mas entre fuçar o Instagram do @DannyBoy101 (de novo), olhar para o nada pela janela e conversar com Naomi, ela não tinha feito mais do que passar hidratante nas pernas.

— Foi por acidente! Eu tava no ônibus no caminho pro trabalho, aí eu postei aquela nossa foto e marquei a localização. E eu tava entediada, então cliquei naquele marcador da localização e aí apareceram todas as fotos de ontem. E ele estava numa das fotos mais de cima.

O sorrisinho de Naomi era evidente até pelo telefone.

— Claro — ela disse —, claro.

— É sério!

Nadia levantou uma perna no ar preguiçosamente para examiná-la. Ela precisava raspá-las. Estavam peludas e desiguais: um tufo de pelos pretos e grossos brotava impunemente por detrás do tornozelo.

— Eu só, bom, ele estava usando aquele colete ridículo e isso chamou minha atenção quando eu caí no buraco negro do Insta.

Ela ficou de pé e caminhou até ficar de frente para o espelho.

— Eu vi os braços dele antes de ver a cara. A amiga dele marcou ele na foto. Daí eu cliquei no usuário dele. E aí... eu meio que dei uma olhada.

Ela soltou a toalha de modo a ficar nua e conseguir olhar para o seu reflexo. Ela se torceu para um lado e para o outro examinando a si mesma e então ergueu um braço. Ela parecia com a Julia Roberts na estreia de *Um lugar chamado Notting Hill*: ela esquecera de raspar ali também. Ela imaginou se conseguiria fazer aquilo passar por um posicionamento político, não que alguém fosse ver suas axilas.

— É, você não pode mandar mensagem pra ele — Naomi disse esganiçada. — O que você diria? "Oi! Eu entreouvi a sua conversa privada e pensei que você tinha muita inteligência emocional e essa é a minha linguagem do amor, e aí você pegou o meu telefone depois de derrubar ele da minha mão e parece que você também é gostoso. Eu te rastreei igual a Glenn Close só pra dizer: vamos tomar um drink?"

Nadia se encolheu.

— Então... sim?

— Olha, não. De jeito nenhum. Você está muito acima disso. Deve ter outro jeito! Ele era fofo, amiga, mas não tão fofo a ponto de você agir feito maluca. O que você faria se ele te mandasse uma mensagem no Instagram?

— Eu sei — disse Nadia. — Eu pensei na mesma coisa. Mas também, olha lá, hein! Eu literalmente não acredito que você está me julgando agora. Você não sabe como é estar no mundo lá fora, solteira e em busca de alguém! Você está junto com o Callum há eras. Não se esqueça de como é raro sentir... a coisa — Nadia deitou outra vez na cama. — Eu senti como se o conhecesse! Quando ele olhou para mim, era como se fosse você ou Emma ou Gaby me olhando. Mega familiar. Incrível.

— Nossa Senhora. Se acalma.

— Vamos lá, eu preciso do seu apoio nisso.

— Tá bem. Então. Você vai esbarrar nele, essa semana. Simples assim! Como se fosse magia.

— Não. Não é magia — Nadia corrigiu. — É a lei da atração.

— Ótimo plano — disse Naomi.

Nadia replicou:

— Ah, mulher de pouca fé.

Ela continuou insatisfeita com a reação de Naomi depois que se despediram. Emma teria sido muito melhor em fazê-la se sentir menos doida. Ela estava com saudades. Ela brincou com o telefone nas mãos, girando-o e ponderando se mandava uma mensagem. Mas para dizer o quê? Só um oi?

Oi, amiga, como você tá? ela decidiu e enviou a mensagem. Ela encarou a mensagem, esperando para ver se seria recebida e então lida. Não foi. Nada apareceu no topo da tela para indicar que Emma estava online e recebendo as mensagens. Nadia colocou o telefone em uma gaveta e vestiu seu pijama.

— Eu vou ver o Cara do Colete de novo — ela disse em voz alta. — Eu sei que vou.

Daniel

Daniel estava de ótimo humor — ele não só estava resolvendo o problema com as próprias mãos (de novo) no quesito Nadia, como também, logo antes de sair do trabalho, recebeu um e-mail para dizer que, na semana seguinte àquela hora, ele seria oficialmente o dono de seu próprio lar.

— Eu consegui — ele contou a Romeo, no lobby, quando estava saindo. — O flat é meu! Vai rolar!

Romeo saiu de trás da mesa da recepção.

— Isso é ótimo, cara, realmente, parabéns!

— Obrigado, amigo.

Romeo pareceu desejoso.

— Espero que eu e Erika compremos nossa própria casa um dia — ele disse. — Isso seria muito bom.

Daniel ergueu as sobrancelhas em choque.

— Morar juntos? Eu não sabia que já estava tão sério!

Romeo estava saindo com Erika desde o verão, uma mulher que ele tinha conhecido em uma aula de panificação com fermento natural e Daniel sabia que Romeo ficara super apaixonado, mas não sabia que ele já estava planejando um futuro com ela.

— Eu acho que é ela — disse Romeo. — Eu definitivamente poderia me casar com ela. Não tipo amanhã, mas com certeza ela é alguém pra vida toda.

— Nossa, caramba, isso é incrível — disse Daniel. — Te digo mais, leva ela pra festa de inauguração da casa. Você vai adorar meus amigos da universidade e eu mal posso esperar pra conhecê-la.

Romeo preparou a mão para fazerem um soquinho.

— Com certeza — ele disse. — Estamos confirmadíssimos. — Ele baixou a voz um pouco, para efeito cômico e acrescentou: — Falando nisso, alguma notícia de quando vão publicar seu bilhete?

— Não — respondeu Daniel, colocando as luvas ao sentir um vento congelante de novembro entrar pela porta aberta. — Mas eu nunca soube. Eles meio que publicam quando querem. Agora já está fora do meu controle. — Ele acrescentou levantando as mãos enluvadas como se estivesse rendido.

— Então — disse Romeo —, o apartamento, a garota, tá tudo dando certo, Weissman.

— Tá tudo dando certo, Romeo e Weissman — Daniel o corrigiu.

— Isso soa como um belo nome de dupla — Romeo comentou.

— Soa mesmo, né? — Daniel respondeu.

Daniel estava cruzando a rua em direção ao metrô, para que pudesse atravessar a cidade para um dos eventos de networking da Profissionais da Cidade. Ele estivera dividido entre ir ou não, mas já que tinha tido um dia excelente, resolveu ir. Se as marés de sorte vinham em trios, ele estava aberto para ver o que seria o número três daquela maré. Na verdade, ele não tinha um contrato para depois que terminasse com a Converge, no Natal, embora suspeitasse que continuariam com ele para estabelecer a próxima etapa do projeto. Não doeria se misturar com algumas caras novas e distribuir alguns cartões.

— Daniel! — Ele ouviu uma voz pouco depois de ter pendurado seu casaco e se dirigido ao bar. Sempre tinha aquela entrada constrangedora quando se chegava em algum lugar sozinho, especialmente em eventos de trabalho, de modo que o mais seguro era dar uma volta pelo local e pegar uma bebida, para reconhecer os rostos amigáveis presentes. Ele ficou aliviado em ser cumprimentado por alguém. Puxar a primeira conversa sempre era mais difícil.

— Gaby! — Daniel disse ao se virar com sua pequena taça de vinho tinto. — A mulher, a diva, a lenda.

Gaby se inclinou na direção dele e eles trocaram dois beijinhos na bochecha.

— Eu te devo desculpas — ela disse.

Daniel gesticulou como se dissesse *deixa pra lá*.

— Isso é passado — ele disse, imaginando que ela estava falando sobre tê-lo deixado plantado em uma festa do trabalho alguns meses atrás.

— O e-mail que você me mandou de volta era tão fofo, mas eu queria dizer de novo que eu morri de vergonha por ter te convencido a ir para a festa e aí ter te abandonado sem nem explicar que a Nadia não ia conseguir ir. A coisa toda foi um caos. E você reagiu de modo muito gracioso.

O corpo de Daniel se sobressaltou à menção do nome Nadia. Ele sabia, é claro, que Gaby não poderia estar falando da Nadia *dele*, se é que ele podia chamá-la assim, mas é que o nome era tão raro, de verdade — ele nunca tinha conhecido outra Nadia antes da Nadia no trem dele —, que ele não conseguiu evitar a reação.

— Ai, meu Deus, eu falei alguma coisa errada? — Gaby perguntou.

— Não, não. Foi só... Nadia. A gente não ouve falar de muitas Nadias por aí.

Gaby encolheu os ombros.

— Nunca tinha pensado nisso, mas olha, é verdade — Ela sorriu para ele. — E aí, você está gostando da Converge? Eu ouvi coisas muito interessantes sobre a forma como estão incorporando o uso do armazenamento em nuvem para a expansão da informação...

E assim a noite seguiu. Gente chique batendo um papo chique, com um vinho tinto surpreendentemente bom e garçons de gravata borboleta servindo pãezinhos Yorkshire com rosbife.

Daniel não conseguia parar de pensar no fato de que Gaby tinha mencionado uma Nadia, e quando ela se aproximou antes dele sair, mais tarde do que gostaria por estar procurando pelas luvas que podia jurar estarem nos bolsos, ele não conseguiu deixar de perguntar:

— Gaby, uma pergunta estranha. Mas essa sua amiga chamada Nadia, qual é o sobrenome dela?

— Fielding — Gaby respondeu. — Por quê?

Daniel deu de ombros.

— Nada não — ele disse. — Só estava me perguntando se era a mesma Nadia que eu conheço. O mundo é um ovo e coisa e tal.

— E é a mesma? — ela perguntou.

— Não — ele respondeu, sem fazer a menor ideia se era ou não, na verdade. Ele nunca soube qual era o sobrenome da "sua" Nadia.

— Então tá. Boa noite. Te vejo na festa de fevereiro?

Daniel assentiu.

— Te vejo na festa de fevereiro. Me avisa se precisar de ajuda em alguma coisa?

— Aviso — disse Gaby, redirecionando sua atenção para outro convidado prestes a sair para o qual ela queria dar tchau.

Daniel pesquisou NADIA FIELDING no Google assim que pisou do lado de fora, seus dedos terrivelmente gelados, mas a tarefa em questão era importante demais para deixar para depois. Uma série de fotos da Nadia que ele conhecia apareceu — a Nadia do mercado e do trem e que ele vira na noite passada. Ele tinha um sobrenome agora, e com isso ele tinha um perfil do LinkedIn que confirmou que ela trabalhava na RAINFOREST. Ele mal podia acreditar na sorte dele. Gaby a conhecia! Ele deveria ter sido apresentado para ela meses atrás! Todos os sinais apontavam para o fato de que ele definitivamente deveria conhecê-la. Parecia que seus destinos eram inexoráveis.

Eu tô sentindo, ele pensou consigo mesmo. *Dessa vez eu não vou bobear.* Ele não podia esperar que o anúncio fosse publicado — ele estava tão empolgado em finalmente, até que enfim, poder conhecê-la. Eles estavam destinados a ficarem juntos! Ele não podia acreditar que quase tinha perdido o amor de sua vida.

Nadia

— Merda. Merda, merda, merda.

Nadia Fielding se precipitou pela escada rolante da estação de metrô, suas novas botas de inverno acertando cada degrau com força. O café estava sendo precariamente segurado em sua mão, a bolsa, descendo pelo ombro, o gorro, começando a escorregar pelo lado da sua cabeça; Nadia estava um caos — mas ela não perderia o trem das 7h30 de jeito nenhum. Hoje era uma nova tentativa da Nova Rotina Para Mudar Minha Vida. Ela entraria naquela merda de trem, teria um dia soberbo e seria uma mulher no controle da própria vida. O ar estava diferente hoje. Ela estava diferente hoje. A possibilidade da aventura de sua vida estava diante dela. *Eu vou encontrar o Cara do Colete de novo*, ela continuava dizendo para si mesma. *Eu visualizo. Eu sinto.*

Ela conseguiu chegar na plataforma, no seu lugar costumeiro antes que o trem parasse e estava empolgada por ter conseguido porque, incrivelmente, perfeitamente e AI-MEU--DEUS-EU-NÃO-CONSIGO-ACREDITAR-DE-VERDADE--MAS-FOI-ISSO-O-QUE-EU-VISUALIZEI-MENTE, ELE estava lá. @DannyBoy101. O cara do evento de cinema. O homem que ela stalkeara no Instagram e que desejara que cruzasse seu caminho de novo.

Merda, Nadia pensou. *É ele mesmo!* Ele era mais fofo do que ela lembrava. Ela literalmente tinha olhado o Instagram dele naquela manhã, só para ver se ele tinha postado alguma coisa nova desde o cinema. Ele não tinha. Nadia tinha ficado frustrada, querendo um gostinho da vida dele para alimentar seu interesse, mas a atitude digitalmente misteriosa dele não a ajudou em nada.

Ela respirou fundo.

Ela olhou para a esquerda enquanto o trem freava e parava.

As portas se abriram.

@DannyBoy101 olhou para cima.

Seus olhos se encontraram.

— Oi — ele disse enquanto as pessoas passavam por ela para embarcar no trem. Ela andou em direção a ele, lentamente, aliviada porque ele parecia tê-la reconhecido.

— Oi.

Eles ficaram parados sorrindo um para o outro como tinham feito naquela noite, até que o solavanco do trem fez com que Nadia tropeçasse. Em um reflexo, @DannyBoy101 ofereceu o braço e ela o agarrou, esperando o trem pegar velocidade para que conseguisse recuperar seu centro de gravidade. O braço dele era duro feito pedra. Ela não queria soltar.

— Eu quase não te reconheci inteiramente vestido — Ela sorriu e @DannyBoy101 riu.

— É, eu tenho essa tendência de só usar o colete de couro quando não estou prestes a conhecer meu chefe e o chefe do meu chefe e o chefe do chefe do meu chefe.

Nadia fez uma grande demonstração de estar impressionada.

— Um dia importante pra você, hein.

@DannyBoy101 engoliu e, sustentando o olhar dela sem piscar, disse, em uma voz que parecia carregada, pesada e decidida:

— Aparentemente sim.

O jeito como ele dissera foi tão cheio de significado que ela sentiu seus mamilos enrijecerem e as bochechas corarem. Ela sorriu, desejando estar à altura daquele momento. Ela não queria ser tímida ou deixar a oportunidade passar. Ela precisava ser corajosa. Ela precisava conseguir o nome e o telefone daquele homem, suas inseguranças que fossem para o inferno.

Nadia estava vagamente consciente do burburinho das pessoas em torno deles. O metrô de Londres era famoso por ser notadamente hostil. Várias campanhas tinham sido feitas ao longo dos anos, normalmente era coisa do pessoal da Not From

Here, para encorajar conversas e sorrisos, incluindo, de modo não exclusivo, distintivos que diziam "Converse comigo!" em vermelho, branco e azul, as cores do Transporte de Londres (que não tinham sido, declaradamente, fabricados por eles), e artistas de rua convidando as pessoas para cantarem com eles. E até mesmo turistas americanos que tentavam puxar papo com os locais, mas encontravam apenas um silêncio congelante e uma mudança deliberada de assento. Contudo — os londrinos tinham gosto por romance. Eles adoravam um "Amor de Trem". Nadia estava quase certa de que uma jovem mulher tinha até mesmo tirado seus fones de ouvido para ouvi-los melhor.

— Que horas você tem que bater ponto? — Nadia perguntou em um dado momento, sua voz um pouco mais aguda que o normal, mas pelo menos ela tinha realmente usado a voz.

— Só depois do expediente, quando ninguém tá olhando — @DannyBoy101 sorriu.

— Engraçadinho.

— Eu me esforço pra fazer o meu melhor.

— Aposto que você não tem que se esforçar nada.

Outro silêncio carregado de tensão. Nadia sabia, sem sombra de dúvidas, que ele sentia o mesmo que ela. Não tinha como ele não sentir. Ela não conseguia explicar o que estava acontecendo, mas ela sabia, ela entendia intuitivamente, que esse cara seria importante para ela em um nível surreal.

O trem desacelerou quando se aproximaram da London Bridge.

— Eu desço aqui — disse @DannyBoy101.

— Olha, eu também — disse Nadia.

@DannyBoy101 esticou o braço à sua frente para indicar que Nadia deveria liderar o caminho, e eles caminharam lado a lado em meio a massa de pessoas que se dirigia para a escada rolante, na qual Nadia subiu primeiro. Ela se virou para ele, e como estava no degrau de cima podia olhar nos olhos de @DannyBoy101, mais ou menos na mesma altura. Ela estava próxima o suficiente para sentir o cheiro dele: cravo, sândalo e talvez cedro também. Ele tinha um minúsculo pontinho de sangue na lateral do rosto, perto da mandíbula. Nadia imaginou que deveria ter sido enquanto fazia a barba, já que ele tinha um barbear rente. Ela podia sentir o aroma do enxaguante bucal. Hortelã.

Nadia se perguntou se já tinha visto ele antes — antes do evento do cinema. Ela devia ter visto ele no trem, se ele também trabalhava por lá — embora, para ser justa, normalmente ela ficava com a cara enfiada no celular. @DannyBoy101 olhou para ela, inclinando-se um pouco para frente e ela quase fechou os olhos e levantou o queixo para receber um beijo dele antes que ele dissesse, na maior cara de pau:

— Você está me encarando, sabia.

Ela soltou uma gargalhada.

— Ai, meu Deus, me desculpa — Ela cobriu o rosto com uma mão e então ousou dar mais uma espiada, buscando os olhos dele. Uma eletricidade palpável passava entre os dois.

— É só que... — ela começou, mas ele a interrompeu.

— Cuidado! — ele disse gesticulando.

Ele pegou no cotovelo de Nadia e a girou a tempo de que ela percebesse que eles estavam no fim da escada. Um segundo depois e ela teria caído no chão e, sem dúvida, levaria vários outros passageiros com ela. Eles caminharam lado a lado e ela sentiu de novo: a sensação de ser puxada. *Me pergunte se eu quero tomar um café antes do trabalho,* ela desejou silenciosamente, esquecendo-se que ela era mais do que capaz de convidá-lo para um café ela mesma. *Peça para me ver de novo.*

— Bom — disse @DannyBoy101 quando chegaram na saída —, eu vou por aqui, para a Converge. Ele indicou a esquerda.

— E eu, por aqui —disse Nadia apontando para a direita —, para a RAINFOREST.

Peça o número dele, Nadia pensou. *Não seja uma covarde, coragem!*

— Então... — disse @DannyBoy101.

— Então... — disse Nadia.

Coragem! ela pensou.

— Você quer... — Nadia disse enquanto @DannyBoy101 dizia:

— Achei que talvez...

Eles riram. Ela insistiu para que ele falasse. Ele insistiu para que ela falasse. Eles falaram um por cima do outro e aí nenhum dos dois disse nada e Nadia decidiu que iria convidá-lo — ela diria que ia tomar um café e que ele devia ir com ela e...

— Eu realmente queria te chamar para um café... — ele finalmente falou.

— Eu estava pensando exatamente a mesma coisa! — Nadia disse. — Sim! Você conhece o carrinho de café do Pete ali na esquina? O café dele é ótimo, acho que é um blend dele, algo com grãos arábica e robusta também? E os *flat whites* dele feitos com leite de avelã são de matar. De matar!

— Eu ia dizer — @DannyBoy101 continuou —, que eu realmente queria te chamar para um café, mas que eu tenho aquela reunião, aquela importante? Com todas as pessoas importantes?

Nadia se sentiu idiota pra caralho. Com certeza não! Com certeza ela não tinha entendido aquilo errado. Com certeza!

— A sua reunião, verdade. Vai lá. Vai impressionar eles — Ela soltou uma risada estranha e vazia e sentiu-se ainda mais idiota. — Boa sorte.

— Será que eu, hum, posso pegar seu número? — ele perguntou, entregando o telefone a ela. — Você pode anotar aqui? Eu gostaria de te levar pra sair. Em um encontro. Se você também quiser.

Nadia sentiu o alívio correndo por suas veias.

— Eu quero muito — Ela sorriu pegando o iPhone dele e digitando o número dela e o nome "Garota no Trem".

— Então tá — ele disse quando ela devolveu.

— Me manda uma mensagem — ela disse.

Ele concordou com a cabeça.

— Eu vou.

Ele se afastou e se virou não uma, mas duas vezes para sorrir para ela, um sorrisão. Ele quase trombou com um homem de maleta. Isso fez Nadia rir. Ela ficou parada observando enquanto ele ia com um pequeno aceno, borboletas dançando em seu estômago. Ela tinha a sensação de que toda a viagem no trem tinha sido uma montanha russa, subindo e subindo e subindo em direção ao pico, e o momento no qual ela estava agora era aquele logo antes da queda livre, quando tudo ficava borrado e passava rápido e ela perdia o controle.

Seu telefone vibrou. Número desconhecido.

Estou feliz que não perdemos nossa estação hoje, dizia a mensagem. Ela presumiu que era do @DannyBoy101, mas Nadia não entendeu. Perder nossa estação? Hein? Por que eles teriam perdido nossa estação?

Ela brincou com o pensamento dentro de sua cabeça, tentando compreendê-lo. *Nossa estação.*

Como é que ele sabia que eles tinham a mesma estação? Será que era disso que ele estava falando? Que eles podiam ter continuado a conversar no trem e perdido a estação em que deviam descer?

Estou feliz que não perdemos nossa estação.

Aquilo era uma expressão que ela não conhecia? Que tipo, quando você ou alguém de quem você gosta, você desce na estação da pessoa?

Não. Isso não soava certo.

Estou feliz que não perdemos nossa estação.

Não perdemos nossa estação.

Nossa Estação. A hashtag do Twitter.

#NossaEstação

Perder nossa estação? Pensou Nadia. *Por que que a gente...*

— PUTA QUE PARIU — ela disse ao telefone segurando o botão para gravar um áudio para Emma. — Eu acho que acabei de conhecer ele. O Cara do Trem. Eu acho que eu acabei de conhecer ele! Me liga, porra!

NADIA

Quinze minutos depois o telefone de Nadia se acendeu com uma mensagem e Nadia pegou o telefone mais rápido do que jamais tinha feito na esperança de que fosse @DannyBoy101 de novo — embora agora ela imaginasse que poderia pensar nele como Cara do Trem. Ela se surpreendeu ao ficar igualmente empolgada ao ver o nome de Emma, que tinha enviado o link para um tweet. Deus, como ela sentia saudade da amiga. Ela torcia para que voltassem ao normal logo. Nadia abriu o link.

Eu acho que eu acabei de ficar atrás do casal NossaEstação na estação London Bridge — eles estavam falando um com o outro! Eu acho que eles podem estar namorando! Eu preciso que alguém esteja tão interessado nisso quanto eu! dizia. Tinha uma fotografia tremida da parte de trás da cabeça @DannyBoy101 cobrindo quase totalmente a parte detrás da cabeça de Nadia. Mas eram eles. Eram eles há menos de meia hora, na escada rolante, quando Nadia sentiu sua barriga tensionar e as pupilas se dilataram como se ela precisasse reparar na data, na hora e na localização, porque ela nunca iria querer esquecer que tinha finalmente encontrado a pessoa dela.

Tirando o fato de que era bizarro que alguém tivesse invadido a privacidade deles daquele jeito, o estômago de Nadia deu uma pequena cambalhota. Se ela achava que aquele era o Cara do Trem, se aquela mulher na internet achava que ele era o Cara do Trem, parecia cada vez mais provável que @DannyBoy101 fosse o Cara do Trem.

Puta merda, ela pensou. Ela fez todas as contas na cabeça dela: o Cara do Trem deu um bolo nela, e ela tentou esquecer aquilo, mas então ela conheceu @DannyBoy101 no Secret Cinema, decidiu que gostava dele antes mesmo de ver a cara dele e, no fim das contas, eles acabaram sendo a mesma pessoa.

— Caralho — ela disse para Emma quando decidiu se esconder no banheiro da firma e ligar para ela. — Eu conheci o Cara do Trem!!!!!

Ela não iniciou a conversa com um oi ou um "nós não nos falamos há séculos". Nadia foi direto ao assunto.

Eu achei ele!

— Isso é tão legal — disse Emma ao telefone. — Tipo, eu tinha desistido dele! Mas agora ele está aqui!

— Eu não consigo acreditar! — disse Nadia. — Ele é tão fofo! Tipo, você vai morrer de tão fofo.

— Incrível — disse Emma. — Absolutamente incrível. Isso é apenas perfeito. E agora?

Nadia estava grata por não ter havido nenhum silêncio constrangedor ou explicação desnecessária de porque ambas estiveram ausentes da vida uma da outra. Ela estava simplesmente feliz por estarem conversando.

— Bom, eu salvei meu número no celular dele e ele me mandou mensagem logo de cara. Foi assim que eu descobri que era ele. Ele basicamente me disse. E agora... Eu respondo? Ai, meu Deus, eu não consigo acreditar que é ele!

— E a gente tem certeza de que ele não parecia um psicopata, né?

— Emma, ele é tão normal e fofo e meio nerd e bem bonito. Ele é tipo... *o* cara. Ele nem tinha bafo de café!

Assim que disse aquilo, ela percebeu que provavelmente tinha.

— Emma — Nadia continuou —, eu sei que as coisas andam estranhas entre a gente ultimamente, mas você me encontraria para um almoço? Eu preciso de você.

— É claro que sim — disse Emma — É só me dizer onde.

DANIEL

Você é o Cara do Trem! dizia a mensagem que ela mandou de volta. *Foi você que escreveu pra mim no jornal durante o verão!*

Daniel deu um soco no ar. Bingo.

Graças a Deus, Daniel pensou consigo mesmo antes de perceber que *Merda, então foi mesmo a Nadia que eu deixei plantada daquela vez*. Ele torcia para que tivesse sido perdoado. Provavelmente tinha, já que ela havia respondido. O telefone dele vibrou outra vez.

Você me deu um bolo, seu babaca!

Talvez não estivesse tão perdoado assim.

Eu tenho uma explicação totalmente legítima, ele digitou e enviou.

E eu tenho seu cartão de débito, ela respondeu.

Você foi muito legal em não pedir um Dom Pérignon na minha conta, disse Daniel.

Eu quase pedi, ela respondeu.

Daniel estava andando de um lado para o outro no lobby do trabalho, esperando por Romeo. Ele mal podia esperar para contar para ele. Ele iria surtar!

— Onde você tava, cara? — perguntou Daniel, quando viu Romeo entrando por um canto com seu uniforme.

— Eii, relaxa, irmão — Romeo respondeu. — Já conversamos sobre isso antes, 8h é quando eu vou dar uma cortada no rabo do macaco, sabe do que eu tô falando?

Daniel não sabia.

— Cocô, Daniel. Por volta das 8h é quando eu faço meu cocô matinal.

Daniel desejou que não ter descoberto aquilo.

Romeo continuou:

— Qual é o problema?

— Nadia. Eu a vi. Eu falei com ela. E eu peguei o número dela. Eu basicamente disse pra ela que fui eu que andei escrevendo pra ela.

— Caramba, isso é ótimo! Parabéns!

— Não! Você não tá entendendo! Eu devia... ter contado direito. Talvez de um jeito mais grandioso. Eu quero fazer algo grande pra ela — Daniel concluiu.

— Tá... — disse Romeo.

— Eu preciso fazer alguma coisa. Eu preciso fazer alguma coisa agora. Hoje. Não posso deixar essa chama apagar.

Daniel parecia um pouco maníaco com seus olhos arregalados e a cabeça cheia de planos semitraçados. Ele olhou para o relógio. Ele precisava preparar os últimos slides antes da reunião para evidenciar o progresso que fizera nos meses finais, assegurando aos colegas que iria deixá-los com a fórmula para o sucesso.

— Então tá. Assim, se você tiver certeza de que não tá sendo meio dramático demais. Você já tem o número dela. Então, é só responder e convidar pra sair.

— Não — disse Daniel, seguro de si. — Não, eu quero que seja maior que isso. Essa é a última mulher que eu vou convidar para sair. Este será o último primeiro encontro da vida dela! Tem que ser inesquecível. Eu preciso que ela entenda isso. — Ele refletiu um pouco sobre o que tinha acabado de dizer e acrescentou, um pouco mais comedido: — Tipo, você sabe, eu não quero assustar ela nem nada. Eu só quero dar o que ela merece.

Romeu entendia.

— Tá bem, tá bem. Como eu posso te ajudar? Tô aqui, cara.

Daniel olhou ao redor do lobby, como se a resposta pudesse saltar na frente dele.

— Espera aqui — ele disse a Romeo.
— É o meu trabalho esperar aqui! — Romeo respondeu. — Eu sou literalmente pago para esperar aqui. Neste lobby. O dia todo.

Daniel atravessou a rua correndo para os floristas na estação de trem e pagou oitenta e cinco libras por um buquê de girassóis e gérberas e alguma coisa verde plumosa. Ele cruzou depressa a rua outra vez e entregou as flores a Romeo.

— Ok. Você pode entregar isto para a Nadia Fielding na RAINFOREST, virando a esquina? Você faria isso por mim? Eu tenho essa reunião...

— Se o Billy puder cobrir pra mim por uns minutos, então sim.

— Não. Talvez não serve, amigo. Você vai entregar, né?

— Claro, parça. Eu vou.

— Ok, perfeito. Se certifique de que você vai entregar diretamente pra ela. Não deixe largado na mesa da recepção. Ela precisa receber isso agora. Opa, pera. Hum... — ele disse enquanto olhava na direção da mesa para ver se tinha algo ali que pudesse usar para escrever no cartão em branco que o florista deixara no buquê. Sua energia estava nervosa e indomada. Ele agarrou uma Bic e arrancou a tampa com os dentes. Quando terminou de rabiscar, ele enfiou o cartão dentro do envelope. — Pronto — disse. — É pra Nadia Fielding, viu?

— Xá comigo, bro — disse Romeo pegando as flores. — Vou entregar pessoalmente.

NADIA

— Então tá certo. Vocês duas, no restaurante de burritos, meio-dia e meia. Sem desculpas. Eu preciso falar com vocês.

Nadia enviou a mensagem de voz para o grupo que ela acabara de fazer com Emma e Gaby. Ela recebeu respostas imediatas das duas.

Emma: *Beleza, beijo.*

Gaby: *Beleza!!!!!!*

Nadia levou o buquê de flores consigo quando desceu as escadas para seu almoço adiantado. Ela não queria deixá-las para trás. Ela as queria consigo, uma evidência do romance que estava se desenrolando diante de seus olhos. Elas foram entregues por um cara estranho que as deixou lá e disse "Ah, sim. Agora eu tô vendo o porquê de toda essa confusão". E então ele desapareceu. Havia um cartão com o buquê.

Hoje à noite? estava escrito. *Vou mandar uma pista sobre onde mais tarde...*

Ela não cabia em si. Ela estava nas nuvens. Queria se exibir para as suas melhores amigas. Não ligava para o que tinha rolado entre elas. Sentia falta das amigas e precisava dividir em tempo real essa alegria que estava vivenciando.

— AimeuDeus, pra quem é isso? — perguntou Emma levantando-se para abraçá-la. Ela tinha cortado o cabelo e estava usando mais delineador que o normal. Combinava com ela.

— Elas são lindas! — disse Gaby ficando de pé para cumprimentá-la também. Elas escolheram um assento tipo cabine e ambas haviam se sentado do mesmo lado, então Nadia escorregou para o lado oposto ao delas, olhando para as duas e sendo olhada pelas duas.

— São pra mim. Do Cara do Trem.

Gaby estreitou os olhos.

— Ele já sabe onde você trabalha?

— Eu devo ter dito isso pra ele hoje de manhã quando estávamos conversando — disse Nadia. — E tipo, se você digitar "Nadia" no Google e "RAINFOREST" meu sobrenome deve aparecer. Eu encontrei ele no Instagram, caralho, como assim. Eu não acho que descobrir coisas sobre as pessoas seja algo difícil de fazer em um mundo com internet.

— Ai meu Deus! — disse Emma.

Nadia respondeu:

— Eu sei. É muito fofo.

As três pausaram por um instante, nenhuma delas sabendo para onde levar a conversa a partir dali. Nadia não queria falar do Cara do Trem sem saber que estava tudo bem.

— Escuta, vocês duas querem me contar alguma coisa?

Elas se entreolharam. O olhar demorou um segundo a mais do que devia, deixando óbvio que havia, de fato, algo que precisava ser contado — mas Nadia já sabia disso. Era só uma questão de ver quem teria a iniciativa de falar.

— Sim — disse Emma e colocou sua mão sobre a de Gaby. — Não surta, tá, mas... — Ela olhou para Gaby e Gaby olhou de volta para ela. Ambas sorriram. Nadia sentiu que tinha acabado de presenciar algo muito íntimo entre elas.

Gaby resolveu ajudar e se virou para encarar Nadia outra vez.

— Bom, você sabe que a gente se deu bem logo de cara quando você nos apresentou no ano passado — Ela olhou de novo para Emma.

Emma continuou:

— E foi tipo muito legal que eu gostasse da sua melhor amiga do trabalho — Emma olhou de Nadia para Gaby e Nadia sentiu outra vez que testemunhava um momento realmente íntimo, com apenas um olhar.

— E eu estava superfeliz em ser sua melhor amiga do trabalho quando você claramente tinha ótimo gosto para melhores amigas da vida real — disse Gaby.

— Mas quase imediatamente eu senti como se fosse... — continuou Emma.

— Mais — completou Gaby, lançando um olhar furtivo para Emma outra vez, que sorriu para ela em encorajamento.

— Mais — Emma repetiu.

Nadia concordou e elas desgrudaram os olhos uma da outra para olharem outra vez para Nadia.

— Então vocês estão... namorando? — falou Nadia, tentando incentivá-las a dizerem as palavras.

O casal sorriu.

— A gente devia ter te contado — disse Gaby. — É que era tudo tão...

Emma completou a frase dela:

— Desconhecido. E no começo poderia não ser nada, mas aí...

— Se tornou alguma coisa — disse Gaby. — E aí, parecia que a gente precisava proteger isso. Dar tempo de crescer.

— Não queríamos contar pra você antes que nós mesmas soubéssemos — disse Emma e Nadia pôde analisá-las pela forma como uma completava as palavras e pensamentos da outra. Ela conseguia ver que elas eram duas metades e ficou embasbacada por não ter percebido antes como era um match perfeito. — Eu quase contei, lá na Soho Farmhouse. Você me perguntou tantas vezes o que tava rolando...

Gaby interveio:

— Nós tivemos nossa primeira briga naquele fim de semana. Se ela tiver sido uma má companhia, foi culpa minha — Ela piscou para Emma, brincando.

— Vocês podiam ter confiado em mim... — disse Nadia.

— Nós confiamos em você! — afirmou Emma. — Mas é que tudo aconteceu tão devagar, eu acho que não percebemos que íamos passar do limite até...

— ...Até a gente realmente cruzar um limite.

— Nós queríamos contar.

— Eventualmente.

— Mas também era tipo, sabe. E se fosse um erro?

— Como vocês sabem que não é? — Nadia perguntou. E logo acrescentou: — Desculpa, não queria que soasse desse jeito — Ela não queria mesmo. Era um reflexo, parte da ressaca de seu ceticismo romântico. Ela estava simplesmente aliviada que elas tivessem, enfim, contado tudo para ela. Agora não havia mais segredos.

Gaby falou:

— Olha, pra deixar tudo claro, eu sou lésbica. Eu acho que sempre fui e nunca percebi isso antes de Emma.

— E eu... fico a fim de todo mundo? Bi? Pansexual? Eu não sei. Tanto faz. Eu só... realmente gosto muito da Gaby. Desculpa.

As três riram e Gaby comentou:

— E eu nunca quero ter que pensar em um homem pelado outra vez, nunca mais. Eu encontrei a luz e, querida, ela é mulher.

Nadia colocou a própria mão em cima das delas sobre a mesa.

— Eu fico muito feliz em saber — ela disse. — Muito feliz que vocês não precisem mais esconder isso de mim. Eu vi vocês uma noite no Soho. Eu já sabia, meninas. Eu já sabia há um tempo.

Gaby e Emma assentiram.

— A gente imaginava que você tivesse descoberto — disse Emma. — E uma vez que sabíamos que você sabia, mas não tinha ficado sabendo pela gente, não sabíamos como trazer o assunto à tona. Desculpa.

— Desculpa também — disse Gaby. — Eu senti saudades!

— Somos duas!

— Somos três! — disse Nadia. Ela se sentiu instantaneamente mais leve. Ela odiava que existissem segredos entre elas. Ela gostava de tudo às claras. — Tá bom, tá bom, agora foco. O que nós vamos fazer com esse homem misterioso?

— Como ele é? — perguntou Emma.

— Olha só, na verdade eu posso mostrar uma foto pra vocês! — disse Nadia. — Eu achei o Instagram dele antes dele falar comigo hoje. Eu sinto como se estivesse no nosso destino, de um jeito estranho.

Nadia desbloqueou o celular e digitou o usuário dele na busca do Instagram.

— NÃO. Mentira! — disse Gaby arrancando o telefone da mão de Nadia. — Você sabe quem é esse?

— O Cara do Trem!

— Pois então, o Cara do Trem também é o cara fofo que eu tentei arranjar pra você na festa de verão! O Daniel Weissman!

— Foi esse o cara que você conheceu no trabalho?

— Sim!

— O cara que você conheceu no trabalho também é o Cara do Trem que também é o Cara do Colete do Secret Cinema? Isso é... Loucura! Todas as vezes que eu o perdi... A gente passou meses quase se cruzando. Uau.

— Olha, amiga, deixa eu te dizer: ele é adorável. Eu não disse que eu conhecia o homem perfeito pra você? Daniel Weissman! Puta merda!

— Bom, eu tenho um encontro com ele hoje à noite. Eu ainda não sei onde vai ser, acho que ele vai me mandar os detalhes por mensagem. Finalmente nós vamos tomar aquele drink.

— Imagino que você não vai precisar de nenhuma ligação de emergência, né?

Nadia negou com a cabeça.

— Nenhuma ligação de emergência será necessária.

Daniel

Daniel viu o nome de Lorenzo aparecer em sua caixa de entrada enquanto se sentava para a reunião — uma reunião em que pediram que ele ficasse na Converge por mais seis meses. Daniel estava animadíssimo em aceitar: ele tinha acabado de arranjar uma hipoteca. Era legal pensar que poderia aproveitar sua casa nova e que teria condições de decorá-la, em vez de precisar ser entrevistado para o próximo freela de consultor. Daniel realmente estava com tudo.

Ele não conseguiu ler o e-mail até a hora do almoço, ocupado entre uma coisa e outra, e ficou feliz por ter esperado e conseguido dedicar toda a sua atenção.

Oi, brother,

Escuta, parabéns pelo apartamento, porra. Eu estou feliz por você — estou mesmo. É o fim de uma era! Foi ótimo morar com você. Obrigado por aguentar todas as minhas merdas. Seu próximo capítulo vai ser incrível. Estou realmente feliz por você. Eu só queria te dizer que aceitei um benefício de extinção de posto no trabalho na semana passada e acabei de descobrir, ontem, que já posso sair de lá. Eu trabalhei lá por séculos então a rescisão vai me dar dinheiro o suficiente para viajar um pouco e colocar minha cabeça no lugar. Eu sei que as coisas nunca foram as mesmas depois do que aconteceu com a Becky, mas eu quero que você saiba que eu nunca me arrependi tanto de uma coisa. Eu realmente tive que encarar algumas verdades sobre mim mesmo e eu preciso me responsabilizar por um monte de coisas. Eu me sinto muito sortudo por não ter machucado ninguém, mas a verdade é que eu queria transar com ela, mesmo que ela estivesse tão bêbada que não fosse capaz de diferenciar a bunda do cotovelo, e eu sabia, e está sendo muito difícil me perdoar. Se eu tivesse dormido com ela, teria sido um estupro. Isso... isso me deixa realmente envergonhado.

Estou escrevendo aqui do apartamento, vim para fazer as malas porque eu taquei o foda-se e comprei uma passagem de trem para Portsmouth. Vou sair amanhã cedinho. Tirando você, todos os meus amigos são viciados em cocaína e depravados e eu preciso de um tempo. Eu li que lá em Portsmouth tem um retiro para homens que querem, tipo, entrar mais em contato com seus sentimentos ou algo assim, então vou pra lá ver o que acontece. Eu te mandei dinheiro o suficiente para mais dois meses de aluguel, e se sobrar alguma coisa, caso você se mude mais cedo, ou se nós recebermos a caução de volta, é só mandar o dinheiro de volta para a mesma conta.

Minha vida estava meio que em uma espiral decadente, para ser honesto com você, e eu realmente acho que, quando você me deu aquele soco, você enfiou um pouco de juízo na minha cabeça. Eu só queria me despedir e me desculpar por ter colocado você naquela posição.

Te mando uma mensagem quando estiver de volta, se você não se importar. Por ora, boa sorte, cara. Ah, minha mãe vai lá empacotar minhas coisas por mim. Eu me livrei das drogas e da pornografia.

Tudo de melhor,

Lorenzo.

Daniel se sentou e releu o que Lorenzo tinha escrito. Ele conseguia entender porque ele não tinha se despedido em pessoa — as rápidas interações entre eles estavam afetadas há meses. Daniel não sabia como tratá-lo. Ele não conseguia apenas esquecer o que acontecera, mas também não sabia o que esperava que Lorenzo fizesse para melhorar.

Isso, eu acho, Daniel refletiu, *esse é um bom passo para ele.*

Ele escreveu de volta: *Estou orgulhoso de você, cara. Mantenha contato mesmo.*

A vida realmente estava continuando, para todo mundo.

Seu telefone tocou.

Percy disse a ele:

— Eu tô com a Gaby da RAINFOREST na linha pra você.

Daniel sorriu, sabendo exatamente qual deveria ser o motivo da ligação.

— Pode passar — ele disse.

— VOCÊ É O CARA DO TREM! — ela gritou do outro lado da linha.

Daniel disse:

— Sim, eu sou.

— Quais eram as chances...? — Ela maravilhou-se.

Daniel concordou.

— Você disse que eu era perfeito pra ela. Você disse.

Ele podia ouvir Gaby sorrindo também.

— Olha, sim. Mas eu também preciso te avisar que se você machucar ela eu vou te caçar e te matar, entendido?

— Mensagem recebida — disse Daniel rindo.

Houve uma pausa.

— E agora? — perguntou Gaby.

— Eu mandei flores pra ela — disse Daniel. — E hoje à noite nós finalmente teremos aquele encontro.

— É melhor que você a divirta — avisou Gaby.

Daniel pensou nisso por um minuto e disse:

— Gaby, você quer me ajudar?

Nadia

Nadia ajeitou-se na frente do espelho do banheiro do trabalho. Era exatamente como da última vez. Quer dizer, tirando que da última vez ela tivera todo o trabalho de arrumar o cabelo no salão e usar uma roupa que realmente tinha sido passada. O encontro de hoje a pegou de surpresa, mas, de várias maneiras, aquilo era infinitamente melhor. *Vá para o lobby quando estiver pronta,* dissera a última mensagem dele. Ela tinha tido só uma tarde para criar expectativas na própria cabeça. Apenas umas poucas horas para lidar com o suor na testa e a boca seca. Ela fuçou a necessaire de Gaby: típico dela, sempre preparada. Nadia reforçou o desodorante e deu uma pincelada de pó compacto no queixo. Pegou um chiclete, reaplicou o batom e ajeitou os seios dentro do sutiã, para que o busto parecesse um pouco mais proeminente.

Aí vamos nós, ela pensou, jogando o casaco nas costas.

NADIA

No lobby, assim como da primeira vez em que fora se encontrar com o Cara do Trem, Nadia viu Gaby.

— Eu não posso parar! — disse ela. — Eu não posso me atrasar! — ela cantarolou, pensando em como a conversa com Gaby tinha sido o que a fizera se atrasar da última vez.

— Você não vai se atrasar! — Gaby disse esticando-se para pegar o pulso dela.

Nadia girou e olhou para baixo, para onde a amiga a estava segurando.

— Escuta — disse Gaby —, o Daniel queria que eu te dissesse uma coisa. Eu estou aqui como a sua primeira pista sobre onde ir.

Nadia estancou.

— Você falou com ele?

— Eu falei. Ele disse que você deve parar na frente de qualquer pessoa com uma rosa amarela — Nadia subitamente percebeu que Gaby estava com uma rosa amarela presa no alto de seu vestido. — Existem coisas que ele quer te dizer antes de você chegar no lugar que você vai. A primeira coisa é que você é inteligente e bondosa e esperta e que ele promete isso: dessa vez, ele não vai desperdiçar seu tempo. Ele vai estar lá.

Nadia não sabia o que dizer.

— Então tá...

— Ele promete que vai ser bom pra você, Nadia. Agora vai. Espere lá fora. Procure as rosas amarelas.

Nadia olhou para a amiga.

— Vai! — disse Gaby sorrindo.

Nadia

Nadia caminhou para fora do escritório e seus olhos foram imediatamente atraídos para um homem com uniforme da segurança, usando uma rosa amarela na lapela. Ele olhou para ela de imediato. Ela reconheceu que era o mesmo homem que tinha ido ao laboratório mais cedo para levar as flores — o que a tinha encarado e dito alguma coisa sobre agora entender o porquê da confusão.

— Oi, Nadia — ele disse.

Nadia fez um aceno de cabeça.

— Oi de novo.

— Eu sou o Romeo. Eu não me apresentei antes, mas eu trabalho com o Daniel e espero que você não ache isso estranho, mas eu queria te dizer, antes de você encontrar com ele, que ele é um cara bom. Ele estava falando a verdade sobre porque teve que sair naquela noite, quando seria o primeiro encontro de vocês. A mãe dele precisava dele. Mas é isso, ele é esse tipo de cara...

Nadia assentiu de novo. Ela olhou para a estrada, se perguntando com quem mais ainda falaria e onde ele estaria escondido.

— Eu fui designado para te dizer que ele está arrependido desde que aquilo aconteceu. Ele se arrependeu de ter te dado um bolo. Ele pensou em você todos os dias desde então e eu sou prova disso, porque nós conversamos sobre isso — Nadia sorriu. — Ele disse que é para você reparar em todos os detalhes que você puder, porque você nunca mais vai ter outro primeiro encontro de novo. Ele vai fazer este ser o certo.

Nadia arqueou as sobrancelhas.

— Que confiante ele — ela comentou.

Romeo riu.

— Ele é confiante em relação a você, acho — ele disse. E acrescentou: — Certo. Vai naquela direção, atravessando a rua. Encontre a próxima pessoa e divirta-se!

Nadia sorriu para ele e continuou andando.

NADIA

— Nadia! — Ela ouviu uma voz que conhecia. Do outro lado da rua, Emma estava usando uma rosa amarela em torno do pescoço. — Vem aqui!

Nadia balançou a cabeça, como se dizendo "Mas o que tá acontecendo?", e Emma riu. Nadia sabia que devia estar parecendo confusa e que Emma ria muito mais quando ela parecia um peixe fora d'água.

— Ele é maravilhoso! — ela disse quando Nadia chegou.

— Você o conheceu? — Nadia perguntou.

Emma fez que sim.

— Ele é tão maravilhoso e ele só queria que eu te dissesse para não se preocupar. Só aproveitar. Aproveita ele, tá bem? Ele é... eu realmente gosto dele.

Nadia não sabia o que dizer. Seu coração parecia maior e estava acelerado, sua respiração se acelerando em conjunto.

— Mas tem algo que eu fiquei de te dizer. Peraí. — Emma desenrolou uma folha de papel onde ela tinha anotado alguma coisa.

— Pronta? — ela perguntou.

Nadia fez que sim.

— *Garota do Café Derramado. Está na hora de pararmos de falar e começarmos a agir e finalmente termos nosso encontro. Só estamos uns quatro meses atrasados, mas não tenho dúvidas de que valeu a pena esperar por você. Eu não acredito que não disse oi para você da primeira vez em que te vi. Eu prometo não criar o hábito de ser tão idiota. Te vejo em um minuto, Cara do Trem.*

Nadia revirou os olhos.

— Eu também fui idiota — ela disse à Emma.

— Nah — Emma respondeu e depois disse. — Certo. Continue pelo beco. Vai. Se apaixone.

Nadia

Nadia desceu pelo beco como instruída e viu, à distância, um homem bonito com uma rosa amarela em sua mão.

— Oi? — ela disse, incerta.

— Nadia — o homem respondeu. — Você é a Nadia?

— Sim — ela respondeu, chegando até ele.

— Lorenzo — ele disse —, sou ami... Eu conheço o Daniel.

Nadia esperou que ele continuasse.

— Ele ficou doido por você desde a primeira vez que te ouviu conversando com seu chefe na hora do almoço — disse Lorenzo. — Eu achei que ele estava exagerando um pouco. Achei que ele era louco por ficar tão empolgado por uma mulher com quem nunca tinha falado de verdade.

Nadia sorriu.

— Mas ele é desse jeito. Ele meio que lê as pessoas. Conhece elas. Ele está esperando ali na esquina por você, no The Old Barn Cat. Onde vocês deveriam ter se encontrado da última vez. Ele queria que eu te contasse como ele está animado e que te perguntasse se você viu o anúncio que saiu hoje no jornal? Ele escreveu outro, mas, bom, acho que não importa agora.

— Acho que não importa.

— Ele sempre ia encontrar você de novo.

Nadia sorriu.

— Eu acho que nós sempre nos encontraríamos de novo — ela disse, antes de agradecê-lo e virar na esquina do bar.

Daniel

Daniel foi direto para o bar dessa vez, sem ficar bobeando do lado de fora. Ele pediu uma garrafa de cava, água da casa e uma tábua de frios. O lugar estava escuro e salpicado com algumas velas, o frio do lado de fora e o quentinho do lado de dentro tinham forçado a condensação pela janela, fazendo com que ficasse aconchegante e que parecesse que o inverno já estava chegando. Sua jaqueta estava pendurada embaixo do balcão, em um dos ganchos, e o celular estava virado para baixo. Ele esperou.

Nadia

— É você — Ela sorriu.

— É você — Ele sorriu.

Nadia estava de pé diante de Daniel, as flores aninhadas na dobra do braço dela. Suas bochechas estavam coradas e ela se sentia nervosa e tímida como uma adolescente. Tinha um nó na garganta dela.

Ele levantou, voltando a si, e a abraçou.

— Obrigada pelas flores — ela disse, enquanto apontava para o buquê com a cabeça. Eles estavam de pé encarando um ao outro. — E pela trilha de pessoas...

— Todas as pessoas que sabiam sobre você e eu antes que houvesse um você e eu...

Nadia e Daniel sentaram-se um ao lado do outro no bar — no mesmo lugar em que deveriam ter se encontrado da primeira vez. O mesmo cara estava atrás do balcão. Quando ele se aproximou, disse:

— Olha só! Vocês se encontraram!

E todos eles riram. Daniel serviu a ambos uma taça de vinho, explicando que era seco, como champagne, e Nadia disse que tinha lido algo sobre isso, talvez no The Times.

Eles tinham tanta coisa em comum e tanta coisa para descobrir ainda.

— Sabe de uma coisa? — Nadia perguntou. — Você acha ruim se a gente se levantar e for pra uma mesa?

Daniel olhou para ela.

— Claro que não — ele disse.

E Nadia explicou:

— Foi exatamente aqui que eu te esperei da outra vez. Quando você...

— Não precisa falar mais nada — Daniel concordou, compreensivo. Quando ele não apareceu.

O barman deu para eles uma pequena tigela de azeitonas com palitos de dente, outra de castanhas e disse que os frios estavam a caminho. Uma vez que ele os deixou a sós e a conversa formal acabou, Nadia finalmente deu uma espiada em Daniel e decidiu que se sentar de frente era longe demais. Ela mudou sua cadeira para a quina da mesa, bem próxima, os joelhos dela tocando na lateral das pernas dele.

Ela disse:

— Me conta do começo. Me conta como tudo aconteceu.

Ela levou a taça dela até a dele e fizeram um pequeno brinde.

— Te contar como tudo aconteceu — Daniel repetiu. Os dois estavam fazendo de novo aquele negócio de ficar sorrindo. Ambos estavam simplesmente felizes pra caralho por estarem ali.

— Bom — ele disse —, eu arranjei um emprego novo, então não tava fazendo aquele percurso do metrô há muito tempo.

Nadia deixou o queixo cair dramaticamente.

— Nossa, uau. Você realmente tá começando pelo começo.

O rosto de Daniel despencou desapontado.

— Você pediu!

— Eu tava só brincando — Nadia disse. — Desculpa, eu tô nervosa.

— Você tá?

Ela deu de ombros.

— Um pouco. Talvez.

— Bom, fico feliz que você tenha dito isso — Daniel falou —, porque eu também estou.

Nadia queria se lembrar de cada detalhe do que estava acontecendo, exatamente como ele tinha dito. As sombras das velas passando pelo rosto dele e o gosto das bolhas contra sua garganta e a forma como ele dava um meio sorriso quando estava incerto e queria um encorajamento. Ela queria emoldurar o cheiro do lugar, pinhas e laranja, e ver a si mesma de cima, colocando seu cabelo atrás do pescoço.

Ela sorriu para ele.

— Continua — ela disse. — O metrô.

Ele era tão bonito — e tão educado também, sempre conferindo se ela estava confortável e completando o copo dela sem que ela precisasse pedir.

— Bom. Eu te vi no mercado um dia, pouco depois de ter começado no meu emprego. Antes do verão, talvez em maio? Você estava com um cara corporativo e astuto, falando apaixonadamente sobre inteligência artificial. E rindo e sendo esperta e eu só soube que você era uma mulher que eu queria conhecer.

— Cara corporativo e astuto? Tipo, se for o Jared, isso realmente foi meses atrás! Eu consegui o aval daquilo em... maio, acho. Talvez até em abril!

Nadia queria saber tudo sobre este homem que tinha visto ela em uma multidão tanto tempo atrás. Por que ela não o vira?

Daniel baixou os olhos para o seu colo, onde suas mãos estavam inquietas.

— Isso. Eu me senti tão estúpido por não ter te procurado naquele momento, mas aí, o que eu ia fazer? Você estava trabalhando e...

Nadia percebeu algo:

— E se você tivesse tentado dar oi, eu super ia ter te cortado.

Daniel riu.

— Exatamente. Deixe a mulher ter seu almoço de trabalho em paz.

Nadia riu também. Agora que ela estava pensando sobre isso, era muito raro que um cara puxasse papo aleatoriamente. Talvez fosse por causa disso que ela tinha continuado e conversado com o Eddie quando ele fez isso, naquela noite fatídica. Era importante não ser assediada na rua, mas, ao refletir sobre isso, ela raramente falava com alguém que já não conhecesse. Como Eddie dissera, aquilo só não acontecia.

— Mas aí eu vi você no trem — ele continuou. — No meu trem. E depois de umas semanas eu reparei que você sempre pegava o trem das 7h30 às segundas, às vezes às terças também.

Nadia riu de si mesma.

— Ah! Isso é hilário pra mim. Eu sempre tenho ótimas intenções no começo da semana, e elas nunca duram. Eu simplesmente não sou uma pessoa matinal!

— Anotado — disse Daniel —, vou manter isso em mente.

Nadia deu um sorriso provocativo.

Daniel corou.

— Mas aí eu entrei em pânico também. O que que eu ia fazer? Conversar com você no metrô feito um psicopata?

Ele tomou um longo gole de cava. As gotículas no exterior de sua taça molharam seu queixo. Nadia queria se inclinar sobre ele e secar aquilo. Ela queria ajeitar o colarinho dele, tocar seu pescoço e puxá-lo para perto.

— É... eu teria te mandado ir pra você sabe onde.

Era verdade. Ela nunca falara com outro ser humano no metrô em toda a sua vida, tirando talvez para dizer "Com licença" ou "Pode mudar sua bolsa de lugar, por favor?".

— Então eu escrevi para você. E aí você escreveu de volta. Daí eu escrevi de novo. É engraçado, mas na verdade eu mandei outro bilhete para a *Conexões Perdidas* depois do cinema e foi publicado hoje. Mas aí eu te vi no metrô e você me reconheceu e os anúncios... não importavam mais.

— Isso é tão bizarro, mas minha amiga Gaby tentou juntar a gente. Você foi pra aquela festa de verão da RAINFOREST, né?

— Isso. Gaby. Gaby me convidou. Mas você nunca apareceu.

— Mas aí na noite do bar? Eu apareci daquela vez!

— Minha mãe... Ela ficou viúva há pouco tempo. Meu pai faleceu no começo desse ano. Ela estava tão nervosa...

— Ai meu Deus — disse Nadia —, isso é tão horrível. Eu sinto muito mesmo. — Ela pôde ver um lampejo de tristeza passando pelo rosto dele. Ela pôde ver os rastros do luto na expressão dele.

— Tá tudo bem. Ela teve essa super crise naquela noite e, para ser honesto, eu acho que foi um alívio pra nós dois. Isso acabou com qualquer tentativa-de-se-fazer-de-forte e fez com que a gente fosse mais sincero. Agora ela sai para dançar e arranjou uma máquina de karaokê pra sala, então ela pode cantar sem ninguém por perto dizendo que ela soa como uma taquara rachada.

Nadia se aproximou e escorregou a mão dela para dentro da dele, no colo dele, provocando-o de modo brincalhão. O carinho do gesto fez com que ambos sentissem pulsações. Ele continuou, encorajado:

— Foi por isso que eu fui embora daquela vez, ela estava muito nervosa. E aí no dia seguinte eu te vi com seu namorado e pensei que talvez não tivesse sido pra você que eu andava escrevendo no fim das contas. Digo, eu pensava em você quando escrevia, mas... Ai, sei lá!

— Você sabe quando foi que eu conheci aquele cara? — Nadia perguntou, percebendo que ele falava de Eddie.

— Quando?

— Na noite que você me deixou plantada aqui.

— Mentira.

— Verdade.

Daniel acariciou a mão dela com o polegar.

— Que merda! Eu achava que vocês estavam juntos desde sempre!

Ele sabia que ir embora teria um preço, mas ele nunca percebeu que poderia ser tão alto.

— E aí teve a coisa do cinema... — Nadia continuou.

Ela percebeu que Daniel estava sendo bem honesto e vulnerável com ela, então decidiu compartilhar um pouco dela mesma para retribuir.

— Eu tenho uma confissão — ela disse.

— Qual?

— Eu te achei. No Instagram. Depois do cinema. Eu estava na tag da localização e sua amiga tinha postado uma foto e te marcado nela e eu...

— Ai, caramba — ele riu. — Quão longe você foi fuçando?

— Bem longe.

— Aaaaaaaah. Fiz um uso bem duvidoso de filtros no meu passado.

— Eu vi — disse Nadia. — Um bocado de sépia naquelas fotos de pôr do sol.

Ele se encolheu de vergonha.

— Me declaro culpado, vossa excelência.

— Eu queria que você tivesse pedido meu número naquela noite. Eu fiquei tão puta quando você desapareceu!

Daniel riu.

— Nem me diga! Eu passei a noite toda tentando encontrar você na multidão.

Nadia o encarou com seriedade.

— Foi mesmo?

Daniel encolheu os ombros.

— Talvez. Sim.

Ele olhou para ela. Ela queria que ele a beijasse.

— Isso me deixa feliz — ela disse, descruzando as pernas e chegando mais para a ponta de sua cadeira. — Porque eu estava procurando por você também. — Ela inclinou a cabeça ligeiramente para cima, sendo corajosa o suficiente para deixar claro o que ela estava fazendo. Daniel sorriu. Sua voz ficou mais grave e ele próprio se inclinou para a frente.

— Então todos esses quase-encontros — disse ele, a boca a centímetros da dela, a cabeça inclinada para a direita —, e só agora nós conseguimos estar no mesmo bar.... — Ele inclinou a cabeça para o outro lado, adiando o momento inevitável, deixando a respiração de Nadia mais superficial e o coração dela mais acelerado e ela engoliu em seco, ousando chegar só um pouquinho mais para a frente. — ...ao mesmo tempo.

— Parece que sim — ela disse suavemente, os narizes deles se tocando. — Foi uma baita construção do suspense.

— Não é?

E assim os lábios deles se encontraram e eles se beijaram. Vagarosa, gentil e magicamente. E depois mais rápida e apaixonadamente — um tipo diferente de magia.

— Bom — Nadia disse sorrindo, quando se afastou para respirar em algum momento. — Prazer em conhecer você, de qualquer forma. — Ela pressionou a testa dela contra a dele. — Me chamo Nadia Fielding.

Daniel riu, a mão dele firme na parte de trás do pescoço dela, puxando-a para mais beijos.

— Daniel Weissman — ele disse. — Muito prazer — A boca dele beijou a bochecha e o pescoço dela e o cantinho da boca —, em conhecer você.

EPÍLOGO

CONEXÃO PERDIDA TORNA-SE
PROJETO BENEFICENTE

Dois pombinhos pegavam o mesmo trem todos os dias lado a lado, sem nunca se falarem, e se apaixonaram ao escreverem por meio deste jornal. Agora estão lançando juntos uma iniciativa pela qual têm tanto carinho quanto têm um pelo outro.

Dizem que o amor chega quando você menos espera. Para a especialista em inteligência artificial Nadia Fielding, uma manhã quente de julho parecia um dia como outro qualquer. Mas aí um anúncio neste jornal mudou o curso de sua vida — e de seu coração.

Nadia, 29, não conhecia o engenheiro Daniel Weissman, 30. Ela não sabia que depois de duas semanas de trabalho na London Bridge ele entreouvira uma conversa dela com o chefe em Borough Market e ficou encantado. Ela não sabia que ele a tinha visto várias vezes na sua nova rota do transporte coletivo, onde ele estava desesperado para conseguir a atenção dela.

— Mas eu sabia — ri Daniel, empoleirado no veludo azul e vermelho do vagão da Linha Northern — que eu precisava ser esperto. Eu sabia que Nadia não era uma mulher na qual eu poderia dar uma cantada no metrô lotado. Eu a ouvi conversando, eu sabia que para ter uma oportunidade de conseguir a atenção dela, eu precisava antes refletir.

Um comentário irrefletido do colega de apartamento de Daniel fez com que ele a procurasse pela *Conexões Perdidas* — a famosa seção do nosso jornal, dedicada aos corações solitários, projetada para que os usuários do transporte de Londres consigam uma segunda chance em uma conexão caso não tenham tido os nervos ou a oportunidade de chegar em um crush.

— Ele estava totalmente certo — concorda Nadia, sorrindo, sentada ao lado de sua conexão des-perdida enquanto vão juntos para o trabalho. — Eu não acho que teria dado uma chance para um rapaz me importunando às sete e meia da manhã. Mas eu sou obcecada pela *Conexões Perdidas*, não que ele tivesse como saber disso.

Ela pausa e sorri para ele outra vez. O casal prestava atenção ao entrevistador, mas olhavam um para o outro constantemente, deixando claro que são uma parceria firme.

— Minha melhor amiga e eu costumávamos mandar nossos anúncios favoritos uma para a outra, mas aí um dia ela me mandou um dizendo que parecia comigo. Eu não pude acreditar! De repente as minhas manhãs ficaram muito mais interessantes!

No entanto, no começo ela não estava cem por cento convencida de que era para ela:

— Dizia algo sobre estar no último vagão do metrô da Linha Northern, que passa por Angel às 7h30, e é esse o que eu tento pegar, mas eu pensei que um monte de mulheres também deviam pegar! Foi minha melhor amiga que enviou a primeira resposta para ele.

— Então a melhor amiga de Nadia, Emma, definitivamente merece receber muito crédito — diz Daniel, batendo seu ombro contra o de Nadia em uma demonstração do que era claramente uma piada interna dos dois —, porque depois disso, nós trocamos bilhetes pelo jornal durante todo o verão, às vezes é estranho contar isso, mas não foi estranho na época. Foi divertido e empolgante, e um pouco como sentir que metade de Londres estava lendo suas conversas privadas no Tinder.

E, de fato, metade de Londres leu: a hashtag #NossaEstação entrou nos *trending topics* do Twitter, e vários companheiros de transporte público estavam engajados no romance e loucos para ver o casal finalmente se encontrar.

— Mas aí ele me deu um bolo no nosso primeiro encontro — Nadia revelou com a face impassível antes de começar a rir de Daniel, obviamente mortificado, enquanto fazia carinho na cabeça dele. Nadia continua: — Quando finalmente marcamos um encontro ele teve uma emergência de família e me deixou esperando no bar. Eu fiquei furiosa!

Furiosa ela deve ter ficado, mas, apesar disso, Nadia estava determinada a descobrir quem era o autor das cartas.

— Mesmo que me matasse admitir isso — ela acrescenta.

— Nesse meio tempo eu namorei, mas sempre me perguntava se ele continuava no meu vagão do metrô. Eu queria pelo menos dar uma olhada no cara que tinha criatividade o suficiente para escrever cartas no jornal, caramba.

Mas foi em um encontro por acaso no Secret Cinema de Londres que eles se viram face a face pela primeira vez.

— E pouco depois disso, era oficialmente amor — diz Daniel enquanto Nadia inclina sua cabeça em direção a ele para um selinho. Eles ficam à vontade na companhia um do outro e são abertamente carinhosos.

Isso foi há seis meses.

— Mas não estávamos com pressa — diz Nadia. — O Daniel acabou de se mudar para a rua debaixo da minha, então nos vemos muito, mas estamos felizes em deixar tudo isso se desenrolar naturalmente. Nós dois sabemos que se apaixonar não é o final feliz, é apenas o começo.

Apenas o começo é um tema para eles que uniram forças para um empreendimento filantrópico, a Conexões Futuras — uma brincadeira com sua própria conexão e com o amor deles por moldar a cultura do trabalho nas indústrias da tecnologia e da engenharia.

— A ideia é capacitar pessoas que normalmente seriam deixadas para trás pela revolução tecnológica — explica Daniel.

— Eu trabalho com IA — diz Nadia —, e é vergonhoso construir robôs que tecnicamente deixam as pessoas desempregadas. Esta é minha forma de retribuir.

Daniel é rápido para sair em defesa da namorada.

— Não que ela não devesse estar construindo robôs: vários trabalhos são melhor executados por robôs. Mas as pessoas sempre vêm primeiro e, com o nosso programa de capacitação, elas poderão conseguir as habilidades e oportunidades para se desenvolverem.

— Nosso foco é aproximar pessoas mais velhas do STEM e também mais mulheres.

O lançamento será amanhã e todos podem se inscrever para os programas com um mês de duração, que estão no formato de módulo para download, o que quer dizer que os estudantes poderão trabalhar no seu próprio ritmo.

— E eles podem parar no estúdio em um fim de semana para demonstrações e conselhos ao vivo — diz Daniel, fazendo referência ao escritório na Newington Green, que foi pago por meio de uma doação dos empregadores de Nadia, a RAINFOREST.

— Não tem nenhum julgamento ou expectativa do que as pessoas "devem" saber — acrescenta Nadia. — Nós só queremos ajudar. E estamos muito orgulhosos por poder fazer isso juntos.

Conforme paramos na estação do metrô London Bridge, Nadia sussurra para Daniel:

— Amor, é nossa estação.

O par nos agradece e se despede e caminha em direção à sua Conexão Futura, juntos.

AGRADEÇO A:

Ella Kahn, Phoebe Morgan, Katie Loughnane, Sabah Khan, Bella Bosworth e Cherie Chapman — um time dos sonhos com mulheres sem as quais esse livro literalmente não existiria.

E.

À minha família, que sempre me disse que eu podia fazer isso e que me lembraram quando eu me esquecia. Eu estou vivendo meu sonho para que eu possa fazer justiça à fé que depositaram em mim.

Exemplares impressos sobre papel Cartão LD 250g/m2 e pólen
Soft LD 80g/m2 da Suzano Papel e Celulose para a
Editora Rua do Sabão.